KB273493

는없 수 할속
는없 수 할교
비상구
상할 수 없는

지지 시리즈 4

비교할 수 없는 **상**상할 수 없는 **구**속할 수 없는

초판 발행일 | 2011년 6월 20일

초판 2쇄발행 | 2011년 11월 10일

글 중리중 글나래 1기 | 그림 마지희

펴낸곳 도서출판 예원미디어 | 펴낸이 허경애

편집 박은수 | 디자인 정현

출판등록일 2004년 6월 16일 | 등록번호제 313-2004-000152호

주소 서울시 마포구 서교동 331-15번지 서정빌딩 403호

전화번호 02-323-0606 | 팩스 02-323-6729

E-mail yewonmedia@naver.com | 블로그 blog.naver.com/yewonmedia

ISBN 978-89-91413-62-7 (43810)

이 도서의 국립중앙도서관 출판시도서목록(CIP)은 e-CIP홈페이지(http://www.nl.go.kr/ecip)와 국가자료공동목록 시스템(http://www.nl.go.kr/kolisnet)에서 이용하실 수 있습니다.(CIP제어번호: CIP2011002364)

중리중 글나래 1기

머 리 말

비상구 

각자 개인의 책쓰기 작업이 대충 윤곽을 드러낼 무렵이었다.
자장면, 탕수육에 코를 박고 사이사이 느끼함을 중화시키기 위해 단무지를 집어 올리다, 건져낸 이름이었다.

그 이후, 길고 긴 첨삭과 퇴고의 과정을 거치면서, 급기야는 자신의 작업에 스스로 부족함을 새삼스레 느끼기 시작할 때부터 한없이 아쉽고, 무한히 자랑스러운 책쓰기를 마친 지금까지 이 공동의 책제목에는 아무도 이견(異見)을 가지지 않을 정도로 만족감을 느끼고 있다.

비교할 수 없는, 상상할 수 없는, 구속할 수 없는 비.상.구
청소년들의 생각, 꿈, 행동을 가장 잘 나타내고 있는 말인 듯하다.
아니, 오히려 그들의 생각과 꿈, 행동은 종종 결박당하고, 꿈에 대한 상상은 화려한 허구일 뿐이도록 철저한 상대적 비교만이 난무한 이 세상에서 벗어나고자 하는 비상구(EXIT)의 의미가 더 절실했는지도 모른다.
그들은 1년의 책쓰기 활동이 힘겨웠다고 말하면서도 모두들 행복했다 한다.

외과 의사가 되어 선교활동을 하겠다는 아이는 주인공을 통해 꿈을 향한 고민과 갈등을 표현하고 자기 자신에게 다짐을 최면처럼 걸면서, 이 아름다운 사춘기(思春期)를 천천히 걷듯 음미하고 싶다 한다. 『蹴春期』

다독의 힘으로 마치 누에가 실을 뽑듯 술술술 이야기를 풀어내는 재주를 부려, 기존의 동화를 비틀고 엮어가면서, 모방이 습작의 과정에 어떻게 기여하는지를 여실히 보여준 이 아이는 글을 쓰면서 자신의 꿈도 여러 번 바뀔 정도로 하고 싶은 것이 많다. 『Tale in Neverland』

중딩들이 어떤 연애를 하고 싶어 하는지 그 눈높이가 궁금하다면 읽어보라 권하고 싶다. 단, 읽을 때 온몸이 닭살로 오글거린다든지 상당한 유치함과 뻔함을 읽어낸다든지 이런 발칙한, 하고 불편하다든지 하는 독자는 이미 순수의 시대에서는 벗어났다고 보면 된다. 『예그리나』

삽화를 그린 아이는 마치 장인 같았다. 다른 사람의 말을 경청하는 대신, 자신의 말수는 없다. 작업에 진지하고 성실하다. 표지와 소설 속의 그림을 그려, 빛나는 조연의 역할에 최선을 다해준 이 아이에게 많이 감사한다.

그리고, 첫 단추를 꿰는 과정(주제를 정하기)에서 적절하지 못해, 가지고 있는 능력을 제대로 발휘하지 못하고 매니저로, 독자로의 역할을 자청한 다른 아이들에게도 격려와 애정을 보낸다.

오늘 이 한 권의 책쓰기로 인하여, 후일, 그들이 삶의 지표와 용기와 가능성을 가질 수 있었다고 회고하기를 간절히 바란다.

지도교사 황선미

목 차

천천히 걸을 蹉 봄 春 기약할 期

박 성 경

아무 곳에나 끼적거리는 걸 좋아하고
음악과 문학에 순수한 열정을 느낌
자신 있게 당당하게 살아가는,
풋풋한 대한민국 만능 여중생

차 례

프롤로그

만든 지 얼마 되지 않아 아직까지 온기가 남아있는 토스트와 우유, 그리고 작은 쪽지 하나.

딸! 오늘도 엄마가 아침 챙겨주지 못해서 미안해…. 아빠가 며칠째 집에도 못 들어오시니 걱정도 되고… 옷도 갖다 드리고 아침식사도 챙겨드릴 겸 병원에 다녀오려고 해. 우리 딸은 엄마가 없어도 잘할 수 있지? 학교 잘 다녀오고… 사랑해!

ps. 아침 꼭 먹고 약도 꼭 챙겨 먹어!

쪽지를 내려놓고 토스트를 들었다. 입 안에 한입 가득 넣고서 꼭꼭 씹어 먹다가 꿀꺽 삼켜버렸다. 엄마는 오늘도 계피가루를 너무 많이 넣었다. 결혼한 지 20년이 다 되어가고 내가 태어난 지 19년째인데도 이런 걸 보면 엄마는 요리에 소질이 없는 것이 분명하다.

지각하지 않으려면 서둘러야 한다. 토스트는 포기하고 우유가 든 컵을 들었다. 한 주먹이나 되는 약을 꺼내 먹은 후 물로 입을 한 번 헹구고, 오래 신어 조금은 낡았지만 깔끔하게 닦인 학생용 구두를 신었다.

현관 옆 신발장에 놓여 있는 사진. 엄마 아빠의 손을 꼭 붙잡고 환히 웃고 있는 소녀가 나다. 액자에 살짝 내려앉은 먼지를 손가락으로 살랑살랑 털어주고 현관문을 잡았다.

"다녀오겠습니다!"

집에 누군가 있는 것처럼 높고 밝은 목소리로 인사를 했다.

이미 지각을 면하기 힘들 것 같아 뛰지 않았다.

"나하늘!"

내 이름을 부르는 소리가 들렸다. 솔직히 말해 내 이름보다 동네가 떠나갈 듯한 목소리에 고개를 돌려보니 검은 봉지가 휙 나를 향해 날아온다. 뛰거나 과격한 운동은 하지 못하는 나지만 순발력은 누구보다도 뛰어나다고 자부할 수 있다. 물론 이번에도 날아오는 그것을 쉽게 잡았다.

"나이스 캣취!"

다시 한 번 들려오는 큰 소리에 미간에는 살짝 주름이 잡힌다.

"하…하…하…… 힘들어… 하늘아!"

얼마나 열심히 뛰어왔는지 숨이 넘어갈 듯이 보인다.

"하…하…하… 숨…… 이 턱까지…… 하아… 차올라서……"

"어디서부터 뛰어온 거야?"

"하아……하…하…… 에고고 너희 엄마가 문자 남기셨더라! 오늘 같은 날은 너 아침 제대로 안 먹는다고…"

손에 들고 있는 검은 비닐봉지를 열어 보니 삼각김밥 2개와 바나나우유가 들어있다.

"그래서 내가 이 이른 아침에 여는 마트 찾는다고 온 동네를 다 뛰어 다녔어~ 편의점 가려면 너무 멀고……. 흐흐 나중에 한 턱 쏴라. 알겠지?"

한 손으로 나를 툭 치며 말하는 소라는 중학교 때부터 같이 지내온 나의 오랜 친구다. 한 쪽 눈에만 쌍꺼풀이 있는 눈 밑으로 주근깨가 조금 보이고, 짧은 머리에 덜렁대는 성격을 가진 소라는 누구보다 밝고 쾌활하다. 날카롭게 다듬은 눈썹은 약간은 차가운 인상을 풍기지만 소라는 사실 '의리에 죽고 의리에 산다!'라고 외치는 여고생이다. 무엇보다 소라의 가장 큰 매력은 항상 기분 좋은 웃음을 가지고 있다는 것이다.

"고마워, 소라야!"

그리 높지도 낮지도 않는 내 목소리를 소라는 매력 있다고 하지만 아무래도 아부성 멘트 같다.

나는 성격이 명랑하고 사교성이 좋긴 하다. 문제점이 있다면 은근히 흥분을 잘한다는 것이다. 아! 물론 경우에 따라 낯을 가리기도 한다.

"기지배… 너희 엄마한테 좀 잘해. 나는 울 엄마가 너희 엄마 같았음 소원이 없겠다."

나를 흘겨보면서도 장난기 가득한 소라의 눈빛만은 변하지 않았다. 삼각김밥은 내키지 않아 가방에 넣고는 빨대를 바나나우유에 꽂은 뒤 한 모금 들이마셨다. 아침에 마신 우유와 섞이는 바람에 속이 조금 메스꺼웠지만 달콤한 바나나우유의 맛이 입 안 가득 퍼지면서 기분을 좋게 만들어준다.

5월, 한창 봄의 계절이라는 것을 알리고 싶은지 연한 분홍꽃잎이 바람과 함께 흩날린다. 예쁘다. 한 순간이지만 벚꽃은 꽃 중에 가장 아름답고 순결한 것 같다. 물론 꽃잎이 다 떨어진 민둥나무는 보기 흉하지만 대부분의 사람들은 벚나무를 좋아하지 않는가. 아니, 벚나무가 아니라 벚꽃을 좋아하는구나.

"아아, 학교 가는 길은 좀 따분해. 그렇지 않아?"

"응."

“중간고사도 끝났고 성적표 잘 숨겨 둬야지!”

“응.”

“꽃다운 나이 19살인데 남자친구 하나 없이 살아야 한다니 이대로 가면 내 청춘이 끝나고 말 거야.”

“…….”

“하늘아?”

“응?”

“넌 참 못생겼어.”

“응.”

“…….”

“응.”

“야!”

“응…?”

“무슨 생각을 그렇게 하냐? 자동 응답기 앞에다 두고 혼자서 말하는 것 같잖아.”

말을 끝내고선 양 볼을 복어처럼 부풀린 소라. 제 아무리 날카로운 눈썹이라 해도 소라의 이 귀여운 표정 앞에서는 차가운 이미지를 떠올릴 수는 없다.

“폽”

“어어? 너 웃어? 웃어? 웃냐구.”

“푸흡, 푸하하하하! 아 어떡해… 소라야 너…너무… 아하하하.”

“야~ 나하늘!!!!”

“흠 흠 폽, 아… 미안 너무 귀여워서….”

대답 대신 소라는 눈을 작게 만든 채 나를 흘겨보지만 결국 같이 웃어버리고 만다.

"다 웃었냐?"

"아… 응."

"에고고, 우리 지각이야. 완벽한 지.각. 우리 학교는 참 이상한 것 같아. 등교시간이 왜 이렇게 빠르냐?"

"하지만 일찍 끝나잖아."

"차라리 늦게 마치는 게 나아. 아침잠은 그대로 오지, 일찍 마치는 건 집에 가서 공부하라는 소리 아니냐."

"어쩔 수 없지 뭐. 그래도 우리 마지막이잖아, 고등학생으로 있을 수 있는……."

소라는 그래도 불만인지 입을 삐죽 내밀며 앞서간다. 평소에는 털털하고 멋있는 소라지만 이럴 때만은 누구보다 귀여워 보인다. 따뜻한 봄날의 이야기, 지금처럼만 편안했으면 싶다.

아, 오늘은 하늘이 맑구나.

"빨리 안 와? 우리 지각이야!"

"지금 가!"

언제 저기까지 간 건지, 꽤나 멀리 있는 소라. 소라가 있는 곳까지 빨리 뛸 수는 없지만 살짝 걸음을 재촉해 본다.

Come on dream!

삐익 삐익~.

"에헤이! 빨랑 빨랑 안 뛰나!"

호루라기 소리와 함께 들려오는 학주의 목소리. 뒤따라 들려오는 친구들의 궁시렁거리는 소리. 나와 소라를 포함해 지각한 학생들이 너무 많아서 봐주는가 싶었는데, 학주는 점심시간에 지각생들을 몽땅 불러내 단체 벌을 주었다. 다른 친구들은 운동장을 달리고 있다. 아무리 봄이라도 시원한 바람을 기대하기는 어렵다. 게다가 햇볕이 쨍쨍 내리쬐는 운동장을 오리걸음으로 돌고 있으니 땀이 비 오듯 쏟아지는 게 눈에 보인다. 보고만 있는 나도 힘든데 당사자들은…. 생각만 해도 끔찍하다.

하지만 다행히도 나에게는 화단에 잡초를 뽑으라는 일이 주어졌다. 항상 이런 일이 생길 때마다 나는 잡초를 뽑았기 때문에 이제 이런 일쯤은 눈을 감고도 할 수 있다.

"으으음으음~ 음음음~"

평소에 좋아하는 음악을 흥얼거리며 나름 즐겁게 잡초를 뽑고 있었는데, 순간 얼굴에 차가운 느낌이 들었다.

"앗!"

두 눈을 동그랗게 뜬 채로 고개를 드니 씨익 웃고 계시는 음악선생님.

"다른 친구들은 죽어라 열심히 뛰고 있는데. 응? 이 꼬맹이 아가씨는 노래나 부르고 있나?"

선생님의 말에 배시시 웃어버린다. 선생님도 픽 하고 웃으며 내 옆에 쪼그리고 앉는다.

"자. 하늘이가 좋아하는 포도주스."

"앗, 감사합니다."

캔 뚜껑을 따고 포도주스를 한 모금 마시면 달고 향기로운 포도향에 기분은 한층 더 업그레이드! 다시 기운을 내서 잡초를 뽑으려고 하자 선생님이 나를 말린다.

"열심히 벌 받는 것도 중요하지만 선생님이 잠깐 하늘이랑 이야기 좀 하고 싶은데?"

사실 잡초를 뽑는 것이 그리 재밌는 일은 아니기에 선생님의 말씀을 거부할 이유는 없다. 조금 헐렁한 체육복 바지를 붙잡고 화단 옆에 앉았다.

"음악 시간에는 멍하니 집중 안 하더니 다른 수업은 그래도 열심히 듣는가 보더라?"

선생님 말에 한 번 뜨끔.

"헤헷, 아니에요. 제가 음악시간을 얼마나 사랑하는데요…. 아시잖아요."

"모르겠는데?"

"에이…."

"다음 수업시간에도 딴생각 하고 있으면 선생님 진짜 삐져버릴 거야!"

"알았어요! 에이. 무슨 선생님이 나보다 어려 보여요?"

"나하늘!"

"풋, 사실이 그런 걸요?

내 말에 선생님은 잠시 멍한 듯 그러다 벌떡 일어나신다.

“너 정말~!”

“알았어요. 알았어요. 그런데, 무슨 말씀을 하시려고요?”

“음… 뭐… 에휴… 요즘 학교생활은 어떠니?”

“좋아요. 친구들도 재밌고 공부도 그리 힘들지 않고, 그리고…….”

“그리고?”

나는 씨익 웃으면서 말했다.

“이렇게 예쁜 선생님도 볼 수 있잖아요?”

“뭐어?”

선생님은 어이없다는 듯이 나를 빤히 쳐다보다가 결국 웃어버린다. 작게 미소 짓는 선생님. 솔직히 예쁘긴 예쁘다. 무슨 이야기를 하시려는 걸까. 한참 뜸을 들이시다가 겨우 입을 떼신다.

“하늘아, 사실… 어제 선배한테서 전화가 왔었어.”

“엄마가요?”

“응.”

선생님이 무슨 이야기를 하려는 것인지는 대충 짐작이 간다. 그래서 알았다는 듯이 고개를 끄덕였다.

“무슨 말을 할지 짐작 가니?”

“대충요.”

“그래?”

난 또 한 번 고개를 끄덕였다.

“……그래.”

“선생님, 말씀하셔도 돼요.”

“하늘아….”

“네.”

“흠…… 내가 이런 말 꺼내는 게 좀 참견인 것 같지만…… 요즘 엄마랑 왜 사이가 벌어진 거니?”

“음… 글쎄요.”

“……”

“사실… 벌어진 게 아니에요. 단순히 내가 엄마를 피하고 있는 거죠.”

“왜?”

“심한 말을 했어요. 겉으로는 아무렇지 않아 보이지만 상처 입었을 거예요.”

“왜 그런 말을 했는데?”

“……진학 문제 때문이에요.”

“진학 문제?”

“네.”

나는 고개를 한 번 끄덕이고 포도주스를 한모금 마셨다. 차가웠다.

“하늘이는 의사가 되고 싶어 했잖아?”

“맞아요. 의사. 근데 그건 부모님 바람이 더 커요.”

“……부모님 바람?”

선생님의 눈빛이 이해한다는 듯이 바뀌었다.

이야기하느라 몰랐는데 학교 안은 꽤나 소란스러웠다. 시끌벅적한 소리가 들리고 고개를 돌렸을 때 땀이 송글송글 맺힌 이마를 닦고 있는 소라와 눈이 마주쳤다. 소라는 왜 농땡이를 치냐는 눈빛으로 바라보다가 선생님을 보고선 고개를 끄덕였다. 그리고 입 모양으로 뭔가를 말하긴 했는데 알아들을 수는 없었다. 아마도 먼저 올라간다는 내용일 것이다. 소라는 기다리는 걸 좋아하지 않기 때문이다. 소라가 떠나고 얼마동안 조용한 침묵만이 흘렀다. 때마침 바람 한 자락이 살며시 불어왔다.

"하늘아."

"네?"

"단지 부모님의 바람이니?"

"……."

선생님은 아무 말도 하지 않고 나를 바라보았다. 한참 동안 선생님을 바라보다 하늘을 바라보며 입을 열었다.

"우와, 역시 선생님은 되게 예리해요. 엄마가요, 이번에 우리 학교에 오시는 음악선생님은 모든 면에서 감이 정말 좋은 사람이니까 과제 수행 똑바로 하라고 그랬어요."

내 장난스런 말에도 선생님은 그냥 입가에 살짝 미소만 짓는다. 아마 내 말을 기다리고 있는 것 같다.

"……어렸을 때는 제 꿈이었어요."

"……."

"하지만 지금은 모르겠어요."

"……."

"의사가 되어야 한다고 생각은 해요. 그런데 그 직업이 그렇게 달갑지만은 않아요. 생명을 다루는 거잖아요. 두렵기도 하고 제가 그리 좋아하지도 않는 것 같아요. 게다가 요즘에는 자꾸만 다른 걸 하고 싶어져요. 내 억지인지도 모르지만……. 하지만 그건 마음속으로만 담아 두었어야 했나 봐요."

"……."

“의사가 되고 싶지 않다. 자유롭게 내 꿈을 선택하고 싶다……. 그런 생각을 자주 했어요. 그래서 엄마에게 말했어요. 의사가 되고 싶지 않다고, 내 꿈은 내가 선택하고 싶다고…… 무척 화를 낼 줄 알았는데 그냥 알았다고만 하셨어요. 엄마는 그 이유를 어렴풋이 짐작하는가 봐요.”

“그래?”

“네, 근데 거기까지만 했어야 해요.”

“무슨 말이니?”

“……더 이상 다른 이야기는 하지 말아야 했는데…….”

“하늘이가…… 말실수를 한 모양이구나?”

“……네.”

“무슨 이야기를 했는데? 말해줄 수 있니?”

“후…… 실망하실 거예요.”

“하늘이에게?”

“…….”

“말하고 싶지 않나 보구나.”

“…….”

“하늘이는 하늘이 엄마랑 참 많이 닮았어.”

“…….”

“하늘이가 자기 이야기를 해줬으니까 이번엔 선생님 이야기를 해줄게.”

물끄러미 선생님을 쳐다보았다. 선생님은 살짝 미소를 띠고 있다. 무슨 이야기를 하시려는 걸까?

“선생님이 하늘이 어머니의 후배인 건, 좀 나이차이가 나지만, 알고 있지?”

“네.”

“사실 선생님은 주위에서 알아준다는 개구쟁이 소녀였어. 하늘이 나이 때까지 말이지. 공부에 관심도 없고 놀기 좋아하고 틈만 나면 장난치는, 선생님들까지도 두 손 두 발 다 들었을 정도니깐……. 후후.”

장난기 있는 목소리. 순간 스쳐 지나가는 사람이 있다.

“소라랑 비슷한 것 같아요.”

작게 중얼거렸다.

“응?”

“아니에요.”

“아무튼 그렇게 고등학교 3학년까지 놀았어. 물론 나름 욕심이 있어서 다른 사람들이 안 보는 곳에서 틈틈이 공부하기도 했지만…. 뭐 그래서 대학에 겨우 들어갈 수 있었지….”

“겨우요?”

“응, 겨우. 내신은 그나마 괜찮은 편이었거든.”

“아…….”

“항상 밝은 나였지만 집에서만큼은 엄마랑 싸우기 일쑤였어. 도대체 커서 뭐가 될 건지도 모른 채 매일 소리 지르고, 싸우고 그러다 지쳐 울면서 잠들었었어. 하지만 그 때 내가 유일하게 좋아하던 게 있었는데……. 그게 뭔지 아니?”

“모르겠어요.”

고개를 두어 번 저었다.

“피아노 치는 거야.”

"아……."

"5살 때 엄마를 따라 피아노 콘서트에 간 적이 있었어. 그 때 엄마에게 피아노 학원에 가겠다고 졸라댔지. 그로부터 14년 동안 일요일을 빼곤 매일 갔어. 하지만 소질은 없었지. 다른 사람들이 두세 번 만에 치는 걸 나는 1시간, 2시간씩 연습을 해야 제대로 된 소리가 나오곤 했으니까. 하지만 다행히 하느님은 그런 나의 노력을 알았나 봐. 내가 가려고 했던 음대에 합격했거든."

"거기서 너희 엄말 처음 만났어. 처음으로 교정에 들어서는 순간 왠지 모를 벅찬 감격에 들떠 있었어. 이제는 개구쟁이가 아니라 진짜 음악가로서 살아보자. 그런 생각을 했었거든. 그렇게 캠퍼스에 들어섰는데 어디선가 피아노 선율이 들려왔어. 엄청나게 고요하고 맑으면서도 두근거리는 소리. 그런 선율에 이끌려 따라가 보니 하얀색 원피스를 차려입은 너희 엄마가 피아노를 치고 있는 거야. 이미 7년 전에 그 대학을 졸업한 선배였지. 선배는 일주일에 한 번씩 학교에 들러 피아노를 연주한다고 했어. 나는 선배를 동경했고 선배 같이 피아노를 치기를 원했어. 물론, 그 사건 이후로 선배의 피아노 소리는 들을 수 없었지만……. 후후."

"네."

"그래. 그런데 나중에 선배한테서 들었는데 말이야."

"……."

"선배는 피아노를 좋아하지 않았대… 단지 집안의 강요로 매일 레슨을 받았고, 음대에 들어가고 나서도 매일 지루하기 짝이 없었지만, 오케스트라와 협연을 하면서 자신의 피아노 소리를 좋아하는 사람들로 인해 피아노가 소중해졌대, 목숨보다 더. 하지만 선배는 그런 피아노보다 하늘이가 더 소중했을 거야."

"알아요."

"하늘아."

"아는데요. 엄마한테 그랬어요. 너무 답답했어요. 아무 말도 하지 않는 엄마가."

"……."

"제가 엄마한테 왜 아무 말도 하지 않는지… 엄마가 어렸을 때부터 나에게 말해왔던 꿈인데, 하늘이가 하얀 가운을 곱게 차려입은 걸 보는 게 꿈이라고 했으면서 왜 아무 말도 하지 않느냐고…. 나는 엄마가 피아노를 좋아했던 것처럼, 공부를 좋아하지 않는다고, 나는 하고 싶은 일을 할 수 있는 기회를 버리면서까지 의사가 되고 싶지 않다고, 엄마처럼 나를 위해, 엄마같이 다른 사람을 위해 자신의 일을 포기할 만큼 바보가 아니라고, 이젠 책만 보면 진절머리가 나 주저앉고 싶다고……."

"……."

"엄마한테 갈래요."

"……하늘아."

"아직 내가 하고 싶은 일이 뭔지는 모르지만 그래도 후회하지 않게 공부는 포기하지 않겠다고 말하고 싶어요."

"……그래."

"선생님,"

선생님을 똑바로 쳐다보았다. 그리고 활짝 웃었다.

"감사합니다."

바지를 털고 탈의실로 가는데 선생님의 목소리가 들렸다.

“하늘아! 아무리 엄마 보고 싶다고 해도 땡땡이는 안 된다!”

삐걱거리는 소리와 함께 집 안으로 들어섰다.
“하늘이 왔니?”
집 분위기가 밝다. 어제 저녁 깜빡이던 거실 형광등을 새것으로
갈아 끼웠나 보다. 집 안에는 포근하다고 느껴질 만큼 고요한 온
기가 있다.
구두를 벗고 거실로 들어서자 엄마의 가방이 소파 위에서 나를
반긴다. 오늘 아침에 먹은 몇 안 되는 그릇을 설거지하고 있었다.
“엄마…….”
“응?”
때마침 수도꼭지를 잠그고 손을 닦으면서 나를 바라보았다.
“엄마한테 할 말 있어?”
고개를 갸웃거리는 엄마.
엄마를 그냥 물끄러미 쳐다보았다. 말랐다. 눈 밑에 다크서클도
생기고 눈 옆엔 자잘한 주름도 잡혀있고……. 왜 이렇게 피곤해 보
이냐…….
“하늘아?”
와락, 엄마에게 안겼다. 엄마냄새가 난다. 항상 그랬던 것 같다.
복잡한 일이 생길 때마다 엄마 품에 얼굴을 묻고 있으면 마음이
편안해졌었다.
“미안해요.”
“하늘…아…?”
“나는… 꿈이 뭔지는 잘 모르겠어. 이제는 결정해야 하는 시기라

고 해도 난 아직도 잘 몰라. 하지만 공부하는 거 포기하지 않을 게. 의사가 되든지, 되지 않든지, 내가 하고 싶은 거 선택할 때 후회하지 않도록 열심히 할게.”

“하늘아…”

“공부가 싫지는 않았어. 만약에 싫었다면 지금 같은 성적, 나오기 힘들었을 거야. 그냥 나 스스로 공부에 손을 놓아버리면 이 압박감에서 벗어날 거라고 생각했던 거야. 엄마가 음악을 포기하면서도 나를, 아빠를 택해준 걸 바보 같다고 생각한 적 없어. 언제나… 언제나 고마워하고 있었는걸.”

“엄마야말로 미안해.”

“……”

“엄마는 겁쟁이라서 항상 피하는 것밖에 하지 못했어. 그래서 하늘이만큼은 편안한 길로 가길 원했는지도 몰라.

“엄마…….”

“아빠의 생각은 다를지도 몰라. 하지만 하늘이는 겁쟁이가 아니니까. 엄마는 하늘이를 믿을 거야. 우리 딸 잘할 수 있지?”

눈가에 눈물이 고이는 것을 느꼈다. 그래서 더욱 더 엄마의 품에 파고들었다.

“응…….”

낯선 아빠

“나하늘!”

신발을 갈아 신으려고 사물함을 여는데, 또 한 번 학교가 떠나가라 들려오는 목소리에 고개를 돌리니 주인공은 역시나 소라다. 빠른 속도로 계단을 내려와 내 옆으로 바짝 다가선다. 눈썹이 오묘한 각도로 올라가 있다. 뭔가를 기대하는 표정, 뭐지?

“하늘아!”

“응!”

“너, 아버지 병원 간다며?”

“아, 응. 안 가본 지도 오래 됐고 또 이야기할 것도 있고 해서… 근데 어떻게 알았어? 너한테는 비밀로 하려고 했는데.”

“네가 야자 빼길래 음악쌤한테 물어봤지. 뭐 그런 거야 담임보다 음악쌤이 더 잘 알잖아?”

“아……. 그래?”

“응. 근데, 아부지한테 간다고 야자도 빠지고 너 이러다 나처럼 된다!”

“풋, 알았어. 조심할게. 근데 무슨 할 말 있어?”

“응… 너 근데, 혼자 갈 거야?”

“아, 응.”

“너 아버지 껄끄러워 하잖아.”

“괜찮아. 우리가 뭐 싸운 것도 아니고 그냥 좀 어색한 거잖아.”

나는 어깨를 한 번 들썩였다.

“에휴……. 같이 가주고 싶은데 난 울 엄마가 야자를 안 빼주네.

아이고 내 신세야."

"그래?"

"응."

"음 그러니깐 본론은?"

"어? 아, 그게 그러니까…헤헤"

소라가 멋쩍은 듯이 고개를 돌리며 머리를 긁적였다.

"에휴……, 그러니까 나 좀 데려가 달라. 뭐 이런 소리지?"

"야! 나라고 뭐! 헤헤, 우리 하늘이는 참 똑똑해."

"……."

"……."

"내가 무슨 말 할 줄 알지?"

"하늘아! 제발! please!"

"안 돼."

"아이~ 하늘아."

"……에휴, 솔직한 심정으로 나도 같이 가고 싶긴 한데. 나한테 힘이 있어야지."

"하늘아!"

"미안 소라야. 나 먼저 갈게."

나는 뒤돌아서서 빠른 걸음으로 걸어 나갔다. 이미 야간자습이 시작되었는데도 교실로 들어가지 않는 소라를 노려보며 학주가 달려오고 있는 것이 보였기 때문이다.

"아악! 쌤! 지금 들어가려고 했어요!"

"목소리 안 낮추나! 요게 뭘 잘했다고!"

"악! 쌤! 귀 잡아당기지 마요!"

"왜, 왜 안 되는디?"

"쌤 땜에 고막 터지면 쌤이 책임질 거예요?"

"머? 고막 터진다고? 니이, 안 되긋다. 니 내일 점심시간에 운동장으로 나온나!"

"아악! 쌤~."

물론 나는 한 일주일 소라의 원망을 들어야 했다.

학교를 나와 버스정류장에 섰다. 7시 반. 제법 어두컴컴해진 하늘을 한번 바라보았다. 내일 갈까 생각도 해봤지만 이미 아버지와 약속을 잡아뒀다. 저녁시간이라 북적북적한 정류장 앞, 조금 한기가 도는 저녁 바람은 차가웠다.

아버지의 병원은 학교에서 버스로 10분 거리다. 버스가 도착했다. 내가 타야하는 버스는 421. 다행히 오늘은 만원은 아니다. 어느 정도 넓은 버스 공간은 내가 한 자리를 잡아 편히 갈 수 있을 정도였다. 좌석이 따로 떨어져 있는 의자에 앉아 창밖을 바라보았다.

낯익은 모습이 보여 자리에서 벌떡 일어났을 때 금방 버스에 올라타던 남학생 무리들 중 한 명과 부딪혔다.

"아······."

그렇게 세게 부딪힌 것은 아니었지만 꽤 아프다. 내 짧은 신음소리에 나와 부딪힌 남학생이 뒤를 돌아봤다. 아직 여름은 아니지만 나의 팔에는 멍이 생기기 시작한다.

"어, 아니 저······. 괜찮으세요?"

"아, 네. 괜찮아요. 신경 쓰지 마세요."

"아, 아니 멍이 들었는데······."

"하하, 음··· 이건요."

말을 더듬는 것을 보니, 세게 부딪힌 건 아니었는데 멍이 들어 당황했을 것이다.

'다음은 한우리병원입니다. 다음은 한우리 병원입니다.'

어색한 기류가 흐르고 있을 때 나를 구제하는 안내 방송이 들렸다. 정차 벨을 눌렀다.

"원래 조금만 부딪혀도 멍이 잘 들어요. 미안해하지 않으셔도 돼요."

차가 멈추자 엷은 미소를 보낸 후 곧 바로 버스에서 내렸다. 뒤를 돌아보자 그 사람과 눈이 마주쳤다. 그가 고개를 살짝 숙인다. 미안해서 하는 행동일까? 나도 따라 미소를 짓고 뒤를 돌았다. 그리고 병원을 향해 걸음을 옮겼다.

종합병원의 정문에서 중앙현관까지 일직선으로 나 있는 길에는 그리 크지 않은 분수가 있고, 그 주변엔 나무로 만든 벤치가 있다. 분수를 중심으로 다시 여러 개 길이 나 있고 양 옆으로는 역시 나무로 만든 등받이 벤치가 있다. 잔디 위로 돌을 얹어 길을 만들어 놓았는데 잔디 위에 한 개씩 만들어 놓은 벤치 옆으로는 사람들이 밟아 만들어 놓은 흙길이 나있다.

정원을 둘러싼 오래 된 단풍나무들과 아직 봉우리만 핀 화단의 꽃들이 아름다웠다. 이렇게 예쁜 정원이지만 지금은 희미한 불빛이 정원을 비추고 있다. 저녁 산책하러 나온 사람들도 보였지만 그다지 많지 않아 조금 무서운 감이 있다.

재빨리 건물 안으로 들어갔다. 아빠가 일하고 있는 곳은 흉부외과다. 그 중에서도 아빠는 심장질환 전문의로 일하고 계신다.

“어머, 하늘아.”

엘리베이터를 타고 흉부외과가 있는 층에 도착하니 지나가던 언니가 나를 불렀다.

“아, 인영 언니.”

인영 언니는 예전 아버지가 계신 부서에서 일하던 간호사였는데 어렸을 때부터 알던 사이라 그냥 이름을 부르는데-사실 그렇게 안 부르면 화를 냈다-병원에서는 가장 친한 언니다. 지금은 자리를 옮겨서 다른 과에서 일하고 있다.

“나과장님 찾아온 거지?”

“응.”

“어쩌지? 과장님 지금 회진하고 계시다던데? 나도 볼 일 있어서 갔다가 그냥 돌아왔어.”

“응. 알아. 아버지한테 연락하고 왔어. 8시 반쯤 만나기로 했거든.”

“아 그래? 그럼 언니는 가 볼게. 로비에 앉아서 쉬고 있어.”

진료병동은 조용해서 좀 무섭다. 아무래도 병원이다 보니……. 아빠와의 약속시간까지 거의 20분 정도의 여유가 있다. 그때까지 여기 혼자서 버틸 만큼 용기가 나지 않아 자리를 옮겼다.

“아야.”

환자병동. 로비에 앉아 물을 마시고 있는데 내 쪽으로 달려오던 꼬마와 부딪혔다. 그리고 물이 교복에 스며들었다.

“죄송합니다!”

환자복을 입고서 고개를 숙이는 아이. 하얗게 질린 얼굴에 핏기가 없는 입술에 너무나도 아파보이는 생김새와는 달리 목소리는 활기차고 장난기가 넘친다.

“세현아!”

“으악! 마귀할멈이다!”

“뭐? 마귀할멈?”

“뭐야, 마귀할멈. 마귀할멈은 자기 병실로 가라구…”

“요게…”

나와 부딪힌 아이의 머리에 꿀밤을 먹이는 사람은 나와 비슷한 또래지만 너무 말라 보이는 여자아이였다. 얼굴은 백색증 걸린 사람보다 더 창백하고, 눈 밑에는 피곤함이 물씬 풍기는 다크서클이 자리 잡고 있다.

“할아버지가 너 데리고 오래.”

“할아버지가?”

“응.”

“알았어. 곧 갈게.”

“에휴……. 빨리 와야 된다. 곧 저녁 식사시간 끝나. 알았지?”

“응.”

“어휴.”

아무래도 불안한지 한숨을 쉬던 여자아이는 나와 눈이 마주치자 살짝 고개를 숙여 인사를 한 뒤 뒤돌아서 갔다.

“아, 저기 예쁜 누나. 미안해요. 이거……. 손수건인데…요.”

“아…”

무슨 일 때문에 남아 있나 하고 생각했더니 아까 물을 쏟은 것 때문인가 보다. 예의 바른 아이인 것 같다. 아이가 건네 준 손수건을 받아 치마에 묻은 물 자국을 닦았다. 손수건 모퉁이에 아주 작은 천사 그림이 수놓아져 있는 것이 인상적이다.

“고마워. 이거 네가 수놓은 거니?”

“천사 그림? 헤헤. 이쁘죠? 그거 아까 마귀할멈이 해준 거야…요.”

“풋, 응. 예뻐. 날개를 달았네?”

“네에! 나는 날개 넣지 말라고 했는데 끝까지 넣더라고요! 히히 마귀할멈 주제에 재주도 좋아.”

“그런 말 하면 못 써, 꼬마야.”

“나 꼬마 아니야! 내 이름 있어요. 세현이, 세현이에요.”

“풋, 그래 세현아.”

입을 삐쭉 내밀며 말하는 세현이의 머리칼을 두어 번 쓰다듬었다.

“흥, 근데 누나 이름은 뭐예요?”

“내 이름?”

“응… 아, 아니, 네.”

“하하, 반말 써도 돼.”

“진짜?”

“응.”

“히, 울 할아버지가 나보다 나이 많은 사람한테는 존댓말 쓰라고 했어. 근데 좀 어려워.”

“그래? 아까 그 누나한테는 반말 썼잖아.”

“그 누나는 처음 봤을 때부터 나보다 정신연령이 낮았어. 누나라고 부를 맛이 안 나.”

“뭐어?”

“히.”

하얀 이를 내 보이며 웃는 세현이의 오른쪽 볼에는 보조개가 있다. 한 점의 티도 없는 맑은 웃음.

“아, 그래 누나 이름. 누나 이름 뭐야?”

“……누나 이름은 나하늘. 하늘이야 하늘이.”

“나하늘? 히히. 나는 하늘이다! 막 이러는 거야?”

“뭐어? 흥. 세현이 너!”

“에이! 장난한 것 가지고 뭘 그래. 나 사실 하늘이라는 이름 되게 좋아해!”

“그래?”

“응! 왜냐면 나 하늘이라는 말 들어가는 노래 알거든. 그 노래 되게 좋아해. 불러줄까?”

나는 고개를 한 번 끄덕였다.

“음, 음, 아아아, 크흠, 히, 시작한다! 하아늘…”

“세현아! 빨리 오라니까?”

“으악!”

아까 봤던 여자아이다. 그리고 옆에는 지팡이를 짚은 할아버지가 한 분 서 계셨다.

“조금만 기다려.”

“좀 있으면 의사선생님 오신데!”

“어? 정말?”

세현이의 얼굴에 생기가 돈다. 그런데 갑자기 얼굴빛이 또 어두워진다.

“누나… 나 아직 노래 못 불러줬는데. 아… 저기…….”

“가도 돼.”

“내 노래 안 들어도 돼?”

“누나가 내일 올게.”

“정말?”

“응!”

“그럼 내일 연습해서 더 잘 불러줄게!”

“응!”

“아! 나 저기 305호실에 있어! 꼭 와야 돼?”

“그래.”

“히히, 누나 잘 가.”

손을 흔들고서 빠르게 뛰어가는 세현이에게 나도 손을 흔들어주며 시계를 봤다. 8시 30분이 조금 넘은 시간. 이런, 낭패다. 아무리 급해도 뛰는 건 무리이기 때문에 종종걸음으로 걸었다.

탁.

“아……. 죄송합니다.”

오늘만 두 번째다 느낌상으로 아까보다 좀 더 세게 부딪혔으니. 부딪힌 곳을 부여잡고 살짝 고개를 숙였다.

“……하늘아…….”

“……아, 아빠.”

잠시 동안의 어색한 기류. 힐끔 아버지가 내 팔을 쳐다보고 있는 것이 느껴졌다.

“멍 들었구나…….”

“아, 응. 괜찮아. 그렇게 아프지 않으니까.”

“……그래. 저기….”

“교수님. 저기……. 세현이 병실 회진 들어가야 하는데요?”

아버지 옆에 서 있던 여자 의사가 말했다.

“그렇군. 하늘아. 여기 로비에 기다리고 있을래? 한 병실만 회진

돌면 되거든."

"아…. 응. 알았어."

"그래. 빨리 오마."

뒤돌아서 세현이의 병실 쪽으로 가는 아버지. 전에 봤을 때보다 더 나이가 들어 보이신다. 세현이의 병실이라기에 궁금하기도 하고 병원에서의 아버지 모습이 보고 싶기도 해서 세현이 병실로 향하는 아버지를 따라 들어갔다.

시끌벅적하고 밝은 병실. 웃음소리가 들린다.

"세현이 잘 있었니?"

"네!"

"오늘 몸은 괜찮고?"

"네! 네! 선생님! 저 오늘 디게 이쁜 누나 만났어요! 진짜 이쁜데요! 선생님이랑 닮았어요. 그리고 음……. 이름이 하늘이래요. 하늘이! 헤헤 이름 이쁘죠?"

잠시 멈칫하시는 아버지.

"아…. 그래 멋진 이름이구나?"

"응응! 나 하늘이 누나한테 노래 불러줄 거예요! 헤헷."

"녀석!"

부드러운 손길로 세현이의 머리를 쓰다듬으시며 크게 미소 짓는 아버지. 웃고 계셨다. 요 몇 년 사이 아버지와 관계가 그리 좋지 않았던 나는 좀처럼 볼 수 없었던 미소다. 솔직히 조금 서운한 마음이 들었다. 나에겐 가끔 미소 짓는 것도 인색한 아버지가 환자들에게는 환한 웃음을 주신다. 아까 봤던 아버지의 피곤한 모습이 보이지 않을 정도다. 갑자기 눈물이 핑 도는 것을 참지 못해 로비로 걸어 나왔다. 아무래도 오늘은 울어버릴 것만 같다. 아버지에게 문자를 남기고 버스정류장으로 향했다.

'아버지. 오늘은 사정이 있어서 먼저 돌아가야 할 것 같아요. 죄송해요. 내일 올게요. 오랜 만에 딸이랑 만나는데 맛있는 거 사주실 거죠?'

집으로 돌아가는 길, 어두운 밤길이 왠지 평소보다 더 외로웠다.

"세현아."

"어? 누나!"

토요일이다. 학교는 일찍 마쳤지만 집에 들렀다 오기에는 좀 번거로워서 학교에서 바로 병원으로 왔다.

"누나! 누나! 누나! 나 오늘 연습 진짜 많이 했어! 누나한테 노래 들려주려고. 히히. 기대하라구."

세현이의 이끄는 대로 창가 쪽 침대로 갔다. 어제 밤 시끄러운 분위기와는 달리 오늘 이 병실에는 세현이밖에 없었다. 다른 사람의 병실에 오는데 그냥 오기에는 조금 미안해서 사온 오렌지주스를 침대 옆에 두고서 간이 의자에 앉았다.

"흐흠, 그래, 어디 세현이 노래 솜씨나 한번 들어볼까?"

"그래! 아, 아니. 내가 그냥 불러 준다고 했나? 내 노래는 이래 뵈도 비싸다구."

"뭐? 얼씨구! 세현이 노래 정말 비싸나 보네? 그래, 세현이가 바라는 게 뭔데?"

"흠……."

"응."

"흠······."

"······."

"좋아! 내가 하늘이 누나한테만 특별 서비스 해줄게!"

"특별 서비스?"

"응! 간단해! 너무 자주는 아니더라도 음···, 적어도 병원에 올 때
만큼은 내 병실에 꼭! 놀러오기!"

"그거야 당연하지."

"히힛."

"자 그럼 이제 불러줄 거지?"

"응! 아아아···"

예쁜 하늘색에 맑은 하얀색 물감을 색칠해 놓은 듯이. 동화 속 성과 함께
보오이는 예쁜 하늘. 너무 높아 손에 닿지가 않네요. 하늘을 보아요. 하늘을
봐요. 하늘을 봐아요, 하아늘을 봐요. 아름다운 하늘 구름 어우러지듯이 우리
엄마 아빠 그곳에서 웃고 있겠죠. 하늘을 봐요. 하늘을 봐요···

"······."

세현이의 목소리는 굉장히 맑고 예뻤다. 밝은 가사와는 달리 슬
픈 빛이 감도는 멜로디는 내 기분을 묘하게 만들었다. 어린아이의
목소리가 왜 그렇게 구슬프게 들리는지 알 수 없었다. 세현이와
만난 지 얼마 되지도 않았는데 너무 안쓰러워 보인다. 몇 분 전까
지만 해도 밝았던 우리의 분위기는 조금 가라앉아 있었다.

"히히. 누나. 나 노래 잘 부르지?"

"응······."

세현이의 노래를 듣는 동안 눈가에 핑 도는 눈물을 집어 삼킨
탓에 조금 잠긴 목소리였지만 그래도 세현이는 눈치 채지 못했나

보다.

"세현아."

"응. 누나."

"그 노래 완전 이쁘다. 한 번도 못 들어본 노랜데?"

"히히. 당연한 거 아냐? 우리 형이 지어준 거야!"

"형이?"

"좋은 형이구나?"

"응. 세상에서 제일 멋지고 완전 잘생겼어! 나중에 누나한테도 소개시켜줄게."

"정말?"

"응, 형도 누나 좋아할 거야. 우리 형은 예쁜 사람 좋아하거든."

"하하, 그럼 누나가 예쁘다는 거네?"

"응, 아, 아니. 예쁘다고는 안 했어. 누가 그래? 근데 누나."

"응?"

"흠… 근데 우리 형 소개시켜주고 나서 우리 형이 너무 멋있어도 반하면 안 돼!"

"왜?"

"……으아. 나 잘 거야. 누나 다음에 봐."

내 말에 얼굴이 빨개지고 재빨리 침대로 가 이불을 덮고선 누워버리는 세현이. 흐음, 왜 그러지?

"그럼 세현아, 누나 갈게."

"응, 잘 가!"

세현이가 편안히 자도록 불을 끄고 병실을 나왔다. 시계를 보고선 아버지와의 약속 장소로 발걸음을 옮겼다.

딸랑.

방울 소리와 함께 들어선 곳은 병원 근처의 한 음식점이다. 깨끗한 바닥과 벽 그리고 고전적인 분위기를 풍기는 인테리어와 잘 어울리는 테이블과 의자도 보인다. 근처 레스토랑보다는 작지만 카페 분위기를 풍긴다.

"아빠!"

주위를 두리번거리다 진회색 정장을 입고서 물을 마시던 아빠를 불렀다.

"왔구나."

"응."

"그래. 뭐 먹을래?"

"음……. 아빤 주문했어?"

"아니, 아직."

"그럼 까르보나라 스파게티 있을까?"

"물론이지."

"그럼 그걸로 할래."

"아직도 좋아하는가 보구나, 까르보나라."

"응."

"그래, 그걸로 먹자."

아빠는 고개를 한 번 끄덕이고선 손을 들어 종업원을 불렀다.

"까르보나라 하나, 크림스파게티 하나요."

"네, 까르보나라 하나, 크림스파게티 하나 주문하셨습니다."

종업원이 가고 나자 우리 사이에는 또 한 번 정적이 찾아왔다. 싫다, 이런 정적.

“아, 세현이가 네 이야기를 하더구나.”

“아, 네.”

이번엔 아버지가 먼저 입을 열었다.

“어떻게 만나게 된 거니?”

아버지가 입가에 엷은 미소를 지으며 말했다. 다정한 미소다.

“하늘아?”

“어? 어, 아…, 어제 로비에 앉아서 물을 마시고 있는데 갑자기 뛰어와서 나랑 부딪혔지 뭐야. 조금 당황하고 있는데 세현이가 먼저 사과했어. 아파 보이는 얼굴이랑은 달리 목소리가 밝아서 금방 호감이 갔지. 근데 어떤 여자아이가 나타나선 빨리 오라고 하니깐 마귀할멈이라면서…….”

세현이랑 이야기 했던 것, 오늘 노래 들으러 오기로 했던 것, 앞으로 병원 올 때마다 세현이 병실 들르기로 한 것, 그리고 세현이의 노래를 들은 것까지 모두 이야기를 하고 나니 아버지는 고개를 끄덕였다.

“세현이가…….”

“주문하신 음식 나왔습니다.”

아버지의 말이 끝나기 전에 스파게티 접시가 테이블에 놓여졌다.

“응, 세현이가?”

“일단 먹으면서 이야기하자꾸나.”

아버지의 말에 수저를 들었다.

까르보나라. 어릴 적 아버지와 이탈리아에 간 적이 있었다. 그때 맨 처음 먹어본 스파게티가 까르보나라였는데 어찌나 맛있게 먹었던지 지금도 기억한다. 포크를 들어 면을 몇 번 휘감고 입에 넣었다. 부드럽고 따뜻한 맛이 혀에 감긴다.

"음, 맛있어. 이거."

"다행이구나."

"응, 이제 이야기해줘. 세현이가?"

"그래, 세현이가 자진해서 노래를 불러줬지?"

"응."

"아마 그건 네가 처음일 게다."

"처음?"

"그래, 그 녀석 노래들은 사람은 세현이 형이랑 할아버지밖에 없어. 오늘은 너한테 노래를 들려줘야 한다고 모두 나가라고 그랬거든."

"아……"

"부탁 하나 해도 되겠니?"

"응, 뭔데?"

아버지가 내게 뭔가 부탁한 건 처음인 것 같다.

"그 녀석한테 좀 잘해줘. 세현이는 엄마 아빠가 없어. 교통사고로 돌아가시고 형이랑 할아버지랑 셋이서 살아가고 있는데 어느 날 세현이가 학교에서 쓰러졌단다. 병원에 입원하고 만만찮은 입원비 때문에 형도 학교에 자퇴서 내고 돈을 벌려고 했단다. 다행히 어느 단체에서 병원비 보조해주겠다고 연락이 온 모양이야. 그래서 세현이 형도 학교 계속 다니고 있지만 그래도 좀 빠듯한 모양인지, 밤낮으로 아르바이트를 하는 모양이더구나. 그래서 세현이가 외로움을 많이 타. 할아버지도 항상 일하러 가시고."

"……"

사실 조금은 예상하고 있었던 이야기이다.

"네가 세현이 엄마와 많이 닮았다고 하더구나. 왠지 누나가 다른 사람에게 웃어주는 걸 보면 엄마를 빼앗기는 기분이 든다고….″

엄마라……. 하루아침에 내게는 조금 큰 아들이 생긴 것 같다. 뭐 물론 세현이 같은 아들이라면? 피식 웃음이 나왔다.

"응……."

"그래, 식기 전에 먹자. 어서 먹거라."

포크를 들고 다시 부지런히 손을 움직이기 시작했다. 다시 어색한 침묵이 찾아왔다. 아버지는 세현이의 이야기 말고는 나와 할 말이 없는 걸까? 집에서부터 연습해 온 말이 있는데, 하지 못할 것 같다.

"그럼 아빠는 먼저 일어나마."

잠시 동안 우리 둘 중에 아무도 말을 꺼내지 않았다.

"응."

"먹고 조심해서 들어가거라."

계산서를 챙기고서 빠르게 나가는 아버지. 계속 힐끔힐끔 호출기 바라보는 것을 보니 아무래도 급한 일이 생긴 것 같다. 난 아무도 없는 곳에 혼자 앉아 있는 것은 익숙지 않아 그냥 자리에서 일어났다.

'결국 오늘도 아무 말 못하고 말았네.'

버스 정류장에 서서 혼자 중얼거렸다. 언제쯤이면 다른 부녀 사이처럼 자연스러운 사이가 될 수 있을까. 아마도 그건 내가 진짜로 마음을 열기 전까지는 불가능한가 보다.

문자왔어요.

메시지가 왔다는 벨소리에 휴대폰을 확인했다.

'딸! 오늘 아빠랑 데이트는 어땠어?'

답장은 하지 않았다. 별다른 뜻은 없다. 단지 별로 하고 싶지 않았을 뿐이다.

못 말리는 형제

"하늘아! 일어나야지! 너 오늘 당번이라며!"

엄마가 깨우는 소리에 놀라 일어나 보니 6시. 머리 감을 시간도 없을 것 같아 머리를 하나로 질끈 묶고 교복을 챙겨 입었다.

"딸!"

"응, 엄마."

"엄마가 오늘은 토스트 제대로 했어. 이리 와서 먹어 봐."

평소보다 높은 톤으로 말하는 엄마. 엄마는 기분이 좋으시다.

"아……, 하하, 엄마, 나 아직 먹고 싶지 않는데…?"

"그래? 그럼 일단 씻고 와. 그러면 입맛이 살아날지도 모르잖아?"

"응."

우리 엄마의 음식 솜씨는 별로다. 뭐 모양새 내고 냄새나는 것까지는 어느 정도 평범한 주부와 비슷하다. 문제는……. 양념의 양을 못 맞춘다는 것이다. 그것만이 아니다. 소다와 소금을 잘못 구별해서 '싱겁다'를 벗어난 '무'의 맛을 창조하기도 하고, 설탕을 왕창 쏟아 붓는 탓에 설탕국을 끓이기도 한다. 이러니 나는 물론 아버지도 가급적 엄마가 만든 음식은 입에 대지 않으려고 한다.

아마 얼마 전 엄마가 병원에 가져간 음식도 엄마 몰래 쓰레기 신
세가 되었을지 모른다. 그 정도로 엄마의 요리솜씨는 심각한 수준
이다. 아마 오늘은 내가 학교에 가기 전에 병원에 먼저 들러야 할
사태가 올지도 모른다. 왜? 엄마의 음식은 남길 수가 없다. 눈앞에
서 기대된다는 듯이 눈을 동그랗게 뜨고선 웃고 있는 표정을 보
라. 양심의 가책 때문에 도저히 남길 수는 없다.

"아……, 그럼 먹고 씻을게."

"정말?"

"응."

"나 오늘은 진짜 열심히 만들었어. 먹어봐."

진짜 기쁜 표정으로 의자도 꺼내 주고선 내 앞에 마주 앉는다.
근데 오늘은 엄마도 같이 먹을 모양인가 보다. 식탁에는 내 접시
외에 접시 한 개가 더 놓여 있다.

"엄마도 같이 먹게?"

"어, 그래."

"그래."

꼴깍, 침을 한 번 삼키고는 토스트를 잡았다.

"잘 먹겠습니다."

"응, 맛있게 먹어!"

엄마의 말을 끝으로 토스트를 입에다 한 입 물었다. 그리고 오물
오물…… 이제 곧 내 혀는 이 이상한 토스트에 반응하면서 소리
치게 될 것이다.

"어?"

괜찮았다. 목으로 삼켰는데도 오늘은 괜찮다. 엄마의 요리 실력

이 늘었나?

"우에엑."

반면에 엄마는 이미 싱크대로 가서 토하고 있다. 왜 그러지?

"딸아……, 하늘아, 이걸 어떻게 먹은 거야?"

"응? 맛있는데?"

"뭐?"

"안 먹으면 줘. 내가 먹을게."

이렇게 말하자 엄마가 내 머리에 손을 얹었다.

"애가 토요일 날 아빠 병원 갔다 오더니 어떻게 됐나? 하늘아 무슨 일 있었어?"

"나 환자 취급 하지 마. 정상인이니까."

"엄마 입이 이상할 리는 없는데?"

오랜만에 먹는 제대로 된 아침이라 그런지 평소보다 좀 많이 먹었다. 다 먹고 나서 우유를 한 손에 들고선 재빨리 마시고는 화장실로 들어갔다. 양치질을 하고 세수를 하고 다시 머리 빗고는 질끈 묶었다. 그리고 화장실을 나오니 엄마가 내 가방을 들고 서 계셨다.

"딸, 잘 갔다 오고."

"응."

"선생님 말씀 잘 듣고."

"응."

"아, 맞아! 딸 약 먹어야지!"

"아……, 응."

후다닥하는 소리와 함께 주방으로 달려가더니 약과 물을 가져온다.

“안 먹으면 큰일 나잖아. 잊으면 안 돼!”

“알겠어.”

엄마에게 약과 물을 건네받고 입에 넣었다.

“아련이가 너 뭐 잘못하는지 보고한다고 했으니까 속일 생각도
하지 마라.”

“치, 음악쌤이나 엄마나……”

“흠…… 다녀오렴.”

“다녀오겠습니다.”

“뛰지 말고! 약 꼭 챙겨 먹어!”

“응”

걸어가다간 지각할 것 같아서 자전거를 타고 가기로 마음먹었다.
빠르게 달릴 수는 없지만 단거리는 괜찮으니까. 엘리베이터에서 내
려 아파트 자전거 주차장으로 갔다. 제일 안쪽에 있는 자전거를
꺼내 의자에 앉은 먼지를 털었다. 그리고 자리에 앉아서 페달을
밟기 시작한다. 평소보다 조금 빨리 속도를 낸 탓에 내 머리를 스
쳐지나가는 바람은 아침 기운과 함께 상쾌하게 어우러졌다.

학교 뒤뜰의 자전거 주차장에 자전거를 세워 놓는다. 행정실에서
교실 열쇠를 가져와야 한다. 사실 오늘 당번활동은 같이 하는 친
구가 있는데 “하루씩 번갈아 가면서 하자. 굳이 두 명씩 해야 할
만큼 일이 많은 것도 아니고 매일 기다리는 것도 힘들잖아, 안 그
래?”라고 제안했다. 기분 나쁜 일도 아니었고 사실상 효율적인 일
이었기에 쉽게 승낙을 했다.

행정실에서 열쇠를 가지고 교실에 가 보면 한두 명 공부하는 아

이들이 문 앞에 앉아 있다. 이른 아침부터 학교에 와서 공부하다니 존경할 만한데, 열심히 하는 것에 비해 그다지 성적이 좋은 아이들은 아니었다.

"안녕."

"그래, 안녕."

짧은 인사만 남기고 단어장을 뚫어져라 쳐다보면서 교실로 들어간다. 공부벌레라는 말이 꼭 어울리는 아이들이다.

교실로 들어가 창문을 열고 커튼을 젖혔다. 분필을 꺼내놓고 교단을 정리한 다음 교실을 나왔다. 그렇게 이른 아침은 아니지만 공부하는 애들 틈에 끼면 아마 나 또한 다시 단어장을 손에 쥐고 말 것이기 때문이다.

건물 서쪽 계단을 내려가면 작은 정원이 나온다. 계단을 통하지 않고서는 가기 어려운 곳이기 때문에 사람들이 많이 오지 않는다. 왜냐하면 서쪽 계단은 귀신이 나타난다는 소문으로 유명한 곳이기 때문이다. 요즘 같은 세상에 그런 미신을 믿는 사람이 어디 있겠냐고 콧방귀를 뀌겠는가. 요즘 같은 세상에 그런 미신을 믿는 사람, 많다. 귀신은 둘째 치더라도 서쪽계단은 불이 잘 안 들어와서 좀 무섭다. 게다가 고3 수험생은 작은 정원 한번 보겠다고 음산한 계단을 오르내릴 만큼 여유롭지 못하다. 자주 가지는 않지만 난 혼자서 조용히 생각하고 싶을 때, 답답할 때 이곳을 찾아온다. 너무 진하지 않은 풀 향기가 언제나 기분을 맑게 만들어주기 때문이다.

"어?"

계단을 내려가고 있었는데 익숙한 멜로디가 들려온다. 병원에서 세현이가 불러줬던 노래. 이번에는 노래는 아니다. 하지만 뭘까. 이 소리. 약간 빽빽한 느낌이 나면서도 맑은 듯하고 묘한 중독을 일으킨다. 구슬픈 멜로디가 이 소리와 너무 잘 어울려서 발걸음을 빨리 하게 됐다.

끼이익

녹이 쓸어 조금 삐걱거리는 문소리와 함께 문을 열고 나간 나는 잠시 멍하니 서 있을 수밖에 없다. 아침바람에 머리를 흩날리면서 누군가 정원 벤치에 앉아 하모니카를 불고 있었다. 좀 오래된 하모니카인지 하모니카 원래 은색의 반짝임은 없었다. 하지만 오래된 만큼 더 깊고 오묘한 소리가 정신을 빼앗은 것만 같았다. 묘하게 두근거리는 가슴을 부여잡고 세현이가 불렀던 노래의 가사를 흥얼거릴 때었다.

"……하늘을 봐요. 하늘을 봐요, 하늘을 봐요. 아름다운 하늘 구름 어우러지듯이 우리 엄마 아빠 그곳에서 웃고 있겠죠. 하늘을 봐요. 하늘을 봐요."

세현이와는 달리 좀 더 높은 내 목소리가 연주를 망치고 있지는 않을까 걱정도 되었지만 다행이도 하모니카소리는 내 목소리가 끊기기 전까지 멈추지 않았다.

"으아!"

"으악!"

노래가 끝나고 살짝 감은 눈을 뜨니 하모니카 소년이 나를 뚫어져라 쳐다보고 있었다.

"아 저기, 음, 미안. 내가 하모니카소리를 망쳐버린 것 같네."

"아니야. 음……. 네가 나하늘이구나?"

"어?"

내 이름을 부르는 아이의 눈빛은 내 가슴에 있는 명찰로 향해
있었다.

"아······."

"흐음. 세현이 말대로 진짜 이쁘네?"

"아, 그래, 고마····· 세현이?"

그가 싱긋 웃는다. 세현이를 아는 사람인가?

"아, 저기····· 세··· 세현이라니··· 그 그게 무슨······."

"응, 크큭, 너 내 상상 속 이미지와는 좀 다르다. 왜 말을 더듬어?
나 무서워?"

얼굴이 빨개지는 것을 느꼈다.

180센티미터 정도 될 것 같은 큰 키. 단정한 교복차림을 벗어났
지만 일부러 그렇게 입은 것은 아닌 듯 와이셔츠 단추사이로 은색
십자가 목걸이가 있었다. 웃을 때마다 생기는 오른쪽 볼의 보조
개. 보통의 여자아이라면 누구나 호감을 느낄 만큼 멋있었다.

"아······, 음, 세현이라니?"

"아, 세현이가 나 소개시켜주기로 했다면서."

"응?"

"내 이름 강민현. 세현이 형이야."

"아··· 그렇구나."

"······"

"···뭐?"

"크큭, 우와, 너 진짜 덜렁거리는구나?"

눈가에 주름이 지면서 천사같이 환한 웃음을 짓는다. 가슴이 두
근거린다.

“아하하, 진짜? 그래서 어떻게 됐는데?”

“어떻게 되긴. 세현이가 너보고 반하면 안 된다고 하고선 이불 속으로 들어가버렸어.”

“푸하하하! 아, 세현이 완전 귀엽다. 내 동생이지만 귀엽지 않아? 나는 세현이가 세상에서 제일 귀여운 거 같아. 크큭.”

“그 웃음 좀 안 보이면 안 돼?”

“왜?”

“……”

“흐음, 왜? 두근거려?”

“……좀 많이. 근데 너 너무 직설적인 거 아냐?”

“크흠……, 하긴 내가 좀 잘생기긴 한 것 같아. 이건 거짓말 아니고 진짜, 솔직히 그렇지?”

“……”

그래, 이놈아. 너 잘생겼다. 부정할 수 없는 사실이라 살짝 눈을 흘기고는 작게 고개를 끄덕였다. 그랬더니 이번에는 싱긋 웃는 민현이.

“세현이가 너 좋아하는 거 아냐?”

“응……. 뭐?”

“크큭, 세현이가 너 좋아하잖아. 이담에 너 우리 제수씨 될 생각 없어?”

“글쎄…, 한번쯤 고민해 봐야겠어. 아마 세현이 크면 너보다 훨씬 잘생길 것 아냐?”

오늘 처음 만났고 처음으로 이야기하는 건데 마치 오래된 친구처럼 편했다.

“야! 그건 아니지! 내가 더 나아!”

"헤에~, 아! 근데 나 깜짝 놀랐어. 네가 우리학교 다닐 줄은 상상도 못했다."

"당연하지! 나 전학 왔거든!"

"언제?"

"지난 주 수요일인가? 근데 나 그전에 너랑 만난 적 있어."

"뭐?"

"그때 기억 안나? 나 너랑 버스에서 부딪혔잖아."

"진짜?"

"응, 기억 안 나?"

"설마…….

"설마가 사람 잡는다지?"

"진짜?"

"응, 전학 온 뒤로 너 몇 번 봤다? 좀 반반하게 생기기도 했고 안면도 있어서 관심이 있었는데 우리 반 애들이 너한테 다 차였다고 그러잖아. 그래서 김 팍 새고, 생각 접어버렸지."

"헤에~, 나 좀 기분 좋은데?"

"피식. 그래, 왜 남자애들마다 다 차는 거냐?"

"관심도 없고, 솔직히 우리 학교에 잘난 인물이 어디 있어?"

"하긴……. 근데 버스에서 나 너랑 세게 부딪혔나?"

"아니, 그건 아닌데…….

"그럼 왜 멍든 거야?"

"음… 아직은 비밀. 나중에 진짜 많이 친하게 되면 진짜 너도 나도 너무 편한 친구가 되면 음……, 그러면 말해줄게."

"그래 그럼. 그러면 이제 그만 가 볼까?"

바지를 툭툭 털면서 일어나는 민현이. 그리고는 내게 손을 내민다. 잡으라는 건가?

"뭐 해? 안 잡아?"

내 손에 비해 너무나도 큰 민현이의 손은 생각보다 따뜻했다. 자리에서 일어나 녹이 슨 문을 열고 계단을 올라섰다.

"넌 뒤에 올라와."

좀 기분이 나빴다.

"뒤에?"

"응, 너 치마 입었잖아."

또 얼굴이 붉어져 버렸다.

"아무렇게나 그런 말 하지 마. 정말 너희 형제는 둘 다 매너라고는 눈곱만큼도 없는 거 같아."

"그래?"

민현이가 어깨를 한 번 으쓱했다.

"엄마 없이 자라서 그런가. 뭐……, 우리 집은 여자라고는 할머니밖에 없으니까"

뒤돌아보며 싱긋 웃었다.

"……그런 이야기 아무렇지 않게 하는 것 좀 봐. 정말 능구렁이 같아."

"능구렁이?"

"그래, 빨리 올라가. 늦었어!"

"알았어. 거 참! 너 성격 되게 급하다?"

"빨리 안 갈래?"

"갑니다, 가요!"

민현이에게서 세현이 이야기를 많이 들었다. 전혀 그런지 몰랐는데 지금 세현이의 상태는 생각보다 심각했다. 하루에도 몇 번씩 어레스트(환자의 숨이나 심장박동이 멈춘 상태, 응급심폐소생술이 요구되는 상태)가 올까 가슴을 졸여야 할 상태라면 이건 생각보다 심각하다. 자세하게 무슨 병명인지는 모르지만 벌써 병원에 머무른 지도 몇 년째라고 하니 걱정이 많이 된다. 난 솔직히 말해 간병인의 마음은 잘 모른다. 하지만 병과 맞서 싸우면서 아픈 모습 보이지 않기 위해 애쓰는 것이 더 힘들다는 것을 알기에 세현이의 밝은 웃음이 자꾸만 눈에 밟혔다.

"세현이는 항상 아프지 않은 척해. 그래서 나랑 할아버지는 더 운다? 아파 보이는 게 눈에 띄고 하루하루 더 말라가는 세현이를 보면 너무 원망스러웠어. 웃고 있는 사람들 모두…"

"응……."

"하지만 뭐……. 내일은 세현이랑 놀러가기로 했어,"

"허락은… 받았어?"

"당연…히 안 받았지."

"허락해줄 것 같아? 울 아부지가? 아이고 착각도 자유라지만, 우리 아부지는 그런 것에 대해선 엄청 엄하셔. 무엇보다 환자의 안전이 최우선이니깐…"

"에휴…. 그러니깐 말이다…. 오늘 생각 난 건데……."

"응."

"너는 딸이잖아? 의사선생님의……."

발걸음이 멈췄다 그리고 순간적으로 얼굴이 굳었다.

"그러니깐……음, 저기 염치없긴 한데……."

“휴……, 알 것 같네.”

일부러 의도한 건 아닌데 차가운 목소리가 나왔다. 아마 아버지와 다시 대면하게 될 상황 때문일까, 아님 나를 단지 의사선생님의 딸로 봤다는 사실 때문이었을까. 민현이의 뜻이 그건 아니라고 알고 있지만 왠지 모르게 서운했다.

“아 저기, 하늘아?”

민현이도 내 반응에 좀 당황한 것 같았다.

“하아……. 내가 오늘 좀 예민했어. 아버지한테 여쭤보고 연락해줄게. 나 먼저 간다.”

몇 마디라도 더 이야기하면 뭔가 울컥할 것 같은 기분 때문에 먼저 올라가려고 하니 민현이가 뒤에서 손목을 잡는다.

“고맙다는 인사 안 했잖아. 계집애가 무슨 그렇게 퉁명스러워?”

“…….”

“고마워. 그리고 혹시나 해서 하는 말인데… 만약에 세현이 밖에 나가는 거 허락받으면 같이 안 갈래?”

“휴……, 생각해 볼게. 그런데 혹시라도 기대는 하지 마라. 나는 아버지한테 그렇게 영향력 있는 딸이 아니거든.”

민현이의 손을 놓고 걸음을 재촉했다. 왠지 모르게 자꾸 눈가에 맺히는 눈물이 창피했다.

“휴……, 내가 이렇게 속 좁은 아이였나?”

하아. 한 번 한숨을 내쉬고선 발걸음을 빨리해 교실로 돌아갔다.

폰을 집었다가 놓은 게 벌써 몇 번째다. 문자를 넣을까 전화를 할까 하다가, 문자는 씹힐 가능성도 있고 자세한 상황은 말하지 못할 것 같아, 결국 전화하기로 마음먹은 지도 30분째. 계속 아버지의 번호를 눌렀다 지우기를 반복하고 있다.

"어휴. 하늘아! 그냥 아빠한테 전화하면 되지. 몇 분째 그러고 있는 거니?"

깜짝 놀라 몸을 떨었다. 뒤를 돌아보니 엄마는 설거지하다 말고 나왔는지 고무장갑에 비누거품이 묻어 있다.

"내……내가 아빠한테 전화하는지 어떻게 알았……."

"네가 내 딸인데 그것도 모르겠어? 너 아빠한테 전화할 때마다 항상 그랬어."

"아……."

"도대체 무슨 일 있는 거니? 평소보다 좀 시간이 길다?"

"아……, 아니, 좀 어려운 부탁이라서 그래……."

"부탁? 부탁이라고?"

"응? 응……."

"세상에, 당장 전화해 봐. 네 부탁이라면 뭐든 다 들어줄걸? 너희 아빠는?"

"뭐? 말도 안 돼……."

"나하늘, 네가 한 번이라도 아빠한테 부탁한 적이 있긴 하니?"

솔직히 뜨끔했다. 항상 필요하면 엄마에게 부탁하곤 했으니깐…….

아빠와 나 둘 사이에 부탁하는 관계는 잘 형성되지 않는다. 지난번에 아빠가 내게 부탁한 것도 정말 오랜만이었다.

“휴…… 알았어. 해볼게.”

“그래…… 정 힘들겠으면 엄마가 해줄까?”

“아니, 됐어. 내가 할게.”

엄마가 걱정하지 않게 한 번 웃고선 천천히 방으로 들어와 문을 닫았다. 그리고 아빠의 번호를 눌렀다. 나는 아버지에게 전화번호를 걸 때마다 마치 낯선 사람에게 전화를 거는 것처럼 가슴이 뛴다.

잡다한 생각을 지워버리려고 고개를 두어 번 젓고 통화버튼을 눌렀다. 통화음이 몇 번 넘어갔는데도 전화를 받을 기미가 없다.

'연결이 되지 않아 삐 소리 후 소리샘으로 연결되오며 통화료가 부가됩니다.'

“하늘이에요. 수술중이신가 봐요. 끝나시면 연락 주세요. 이야기할 게 있어요.”

전화기를 내려놓았다.

“하아…….”

침대에 누워 한숨을 내쉬었다.

삐리리리 삐리리리

갑자기 울리는 전화소리에 놀라 자리에서 일어나 핸드폰을 보니 모르는 번호다. 밤 10시인데, 이 시간에 누굴까?

“여보세요?”

“하늘아!”

“…민현이?”

“세현이, 세현이가…….”

“세현이? 세현이가 어떻게 됐는데?”

"정신을 잃었어. 지금 수술실로 들어갔어. 어떻게 해야 할지 모르
겠다. 하… 솔직히 무서워. 어쩌지? 우리 세현이 어떡하지? 걱정돼
미칠 것 같아."
"민현아, 지금 어디니?"

아빠가 계신 병동의 제 2수술실이었다. 아침까지만 해도 밝았던
민현이의 얼굴에서는 미소를 찾아볼 수 없었다.
"하늘아…….”
"강민현."
"……”
"할아버지는?"
"쓰러지셨어."
"몇 시간째 이러고 있었던 거야."
"세 시간, 괜찮아. 예전에 더 길었던 적도 있어."
"민현아…"
"미안… 늦었는데, 할아버지는 쓰러지시고… 도저히 연락할 곳이
없었어. 아무도 없으니까 무서워서…… 제길!"
결국 민현이는 고개를 땅 밑으로 떨어뜨리고 만다.
"하늘아."
"엄마!"
사정을 듣고서 밤이 늦었으니 데려다주신다고 해서 함께 나왔
다. 민현이를 안타까운 눈빛으로 보신다.
"김간호사에게 들어보니 수술 시작한 지 세 시간이라고 하더구
나……."

“응…….”

“민현이라고 했니?”

“아, 안녕하세요.”

“그래, 하늘이에게 이야기 들었어… 힘들겠구나.”

“아닙니다.”

엄마가 민현이에게 한 발자국 다가갔다. 그리고 민현이의 어깨에 손을 얹으셨다.

“남자가 힘든 일 때문에 운다고 해서 창피할 것이 어디 있니. 아무도 뭐라 하지 않는단다. 한 번쯤 울어도 괜찮아…”

잠시 아무 말도 하지 않고 있던 민현이의 어깨가 조금씩 들썩인다. 소리가 들리지 않는 걸 보니 이를 물고 있는 것 같다.

얼마나 흘렀을까. 거의 12시가 다 되어 갈 때쯤 수술실에서 아빠가 나오셨다. 그와 동시에 민현이도 재빨리 일어났다.

“선생님!”

“그래.”

희미한 미소를 지으시는 아버지 얼굴을 보니 조금 안심이 된다.

“세현이는…….”

“걱정할 것 없단다. 일단 수술을 잘 마무리됐어. 하지만 수술 시간이 너무 길어서 세현이 몸이 많이 지쳐 있을 거야. 그래서 의식을 찾기까지 시간이 좀 걸릴 수 있을 것 같다만 기다려보자…….”

“아…….”

“근데 문제는…….”

“네…?”

“발작이 일어나는 주기가 점점 짧아지고 있어. 심장이식이 지금으로선 가장 좋은 방법인데 기증자가 나타나질 않는구나.”

고요한 침묵이 찾아왔다.

“세현이가 쓰러지기 전에 이런 말을 했어. 수술 같은 거 하지 않아도 좋으니 한 번만 밖에 나갈 수 있게 해달라고.”

“……”

“어차피 완치될 수 없다는 거 알고 있으니깐 적어도 형이랑 할아버지랑 한번쯤 밖에 나가서 세상 구경을 하고 싶다더구나.”

“그래도 수술은…….”

“내 생각에도 수술을 당장 권장하고 싶진 않다. 환자가 긍정적인 생각을 가져야 새 심장이 거부반응을 일으키지 않는데 세현이가 부정적인 생각을 확고하게 가지고 있어.”

“선생님….”

“요즘에는 심장이식도 흔하지 않고 우리 병원이 큰 병원이라고는 해도 세현이에게 차례가 돌아올지 예상조차 하기 힘들단다. 환자의 생명을 무엇보다 최우선하는 나이지만 세현이가 간절하더구나. 세현이가 회복하는 대로 한 번 외출을 허락해주마. 하지만 발작이 일어날 경우 바로 병원으로 돌아와야 해. 알았지?”

“아빠!”

“선생님!”

희미하게 미소 짓는 아버지. 그리고 민현이에게 말한다.

“피곤했을 텐데. 오늘은 이만 쉬거라. 지금 세현이는 중환자실에 있으니 말이다.”

“감사…합니다.”

“그래.”

"여보."

엄마가 아빠를 불렀다.

"아, 당신…? 하늘아!"

"아빠한테 할 말 있다고 메시지 넣었는데 필요가 없게 됐어요. 세현이 일…… 감사해요."

"이제 들어가서 쉬어야지."

"네."

민현이를 바라봤다.

"세현이랑 놀러갈 때 나 불러야 돼! 아, 아니다. 일어나면 나 불러줘."

"그래."

"이제 그만 가자."

엄마의 말에 뒤돌아섰다. 왠지 오늘이 너무 힘들게 느껴진다. 집에 가서 침대에 누우면 아마 바로 곯아떨어질 것 같은 기분이다.

기억

세현이의 수술이 있은 지 벌써 2주일인데, 아직 민현이에게는 연락 한 번이 없다. 아무에게도 연락이 없는 휴대폰을 만지작거리며 운동장 땅바닥에 앉아 있었다. 친구들은 뜨거운 여름날 무슨 체육이냐면서 불평이더니, 어느새 신나게 놀고 있다. 고3은 체육 수업 없다고 하더니 우리 학교는 예외인가 보다.

유난히도 맑은 하늘을 바라보며 운동 잘하는 우리 반에서도 유독 튀는 소라의 움직임을 힐끔힐끔 쳐다보고 있었다.

퍼억!

순식간의 일이라 나에게 공이 날아오는 줄도 몰랐는데, 옆 반 여자아이들의 피구공이 내 얼굴로 날아왔다. 키득키득 웃고 있는 걸 보니 아마 노리고 던진 것 같았다. 옆 반 여자아이들을 한 번 쳐다보고 다시 하늘을 쳐다보는데 우리 반 친구들이 우르르르 몰려왔다.

"꺄악! 하늘아! 너 코피 나!"

몇 명은 안절부절못하고 있다. 잠시 후 소라의 우렁찬 목소리가 울려퍼진다.

"야! 이 미친것들아! 어디다가 피구공을 던지냐! 엉? 하늘이 체육시간에 수업 안 하는 거, 아니 못하는 이유 뻔히 알면서 던져?"

"우리가 일부러 그랬니?"

"맞아!"

"못 피한 재도 잘못 있어! 게다가 아프다는 핑계로 맨날 쉬고 있고. 허연 얼굴로 남자애들한테 꼬리만 치잖아!"

"그럼 지금 일부러 던졌다는 거냐? 엉? 그리고 하늘이가 남자 꼬시는 거 너희가 봤냐? 봤어? 게다가 지금 너희가 지금 잘했다는 거야? 뭐야! 당장 사과 안 해?"

"진짜, 괴롭히는 것도 어느 정도지. 하늘이 부러우면 자기도 좀 아파보던가."

"맞아. 하늘이가 체육수업 못할 때마다 얼마나 미안해하는데."

“야야, 쟤네는 1학년 때부터 하늘이 볼 때마다 시비 걸던 애들이
야.”

점점 사태가 심각해지고 있다.

“우리가 사과를 왜 해! 배 째! 배 째!”

“뭐야? 이년들이 보자보자 하니깐 진짜!”

큰 싸움으로 번질 듯해 보였다. 하지만 왠지 지금은 나서기가 힘
들었다. 다리에 힘도 풀렸고 지금 소라는 누가 무슨 말을 해도 들
리지 않을 것 같았다. 나를 싫어하는 애들도 있을 거라고 알고 있
었지만 오늘 난 너무 무방비상태였다. 무엇보다 아마 얼굴에 멍이
들었을 것이다. 멍…… 잘 안 지는데…….

코피가 나서 버린 체육복을 씻기 위해 코를 몇 번 문지르고 수
돗가에 가려고하니 뒤에서 누군가가 두드렸다. 민현이었다.

“강민현?”

“쉿!”

“너!”

“조용하라니까? 잘 있……지 않은 거 같네…….”

매고 있던 작은 가방에서 물티슈를 꺼내 코와 얼굴을 닦아주고
휴지로 코를 막는다.

“너 왕따지?”

“아니야.”

“크큭, 가자.”

손을 내밀었다.

“어딜 가? 내가 왜? 더군다나 지금 소란스럽긴 해도 수업시간이
야.”

“그러니깐 지금밖에 없다는 거지. 왜냐고 물으면 할 말 있는데 지금 꼭 해야 되거든. 그리고 쉬는 시간이면 나 학주한테 잡혀. 2주 동안 세현이 때문에 학교 안 나왔잖아. 사정 말해도 신경질 팍팍 부렸으니 나 벼르고 있을 거야. 그러니깐 응? 나 살려주는 셈 치고 같이 가자.”

실실 웃는 모습이 정말 얄미울 정도인데 자꾸만 나도 모르게 얼굴이 빨개진다.

“휴…… 가자.”

세현이의 손을 잡고 빠른 걸음으로 뒷담으로 갔다. 높지 않은 담이라 쉽게 넘을 수 있었다.

“여기서 잠깐만 기다려.”

담까지 넘은 상태에서 학교 바로 밖에 나를 두고 어디론가 사라져 버린 민현이. 이건 좀 너무하지 않은가.

얼마나 지났을까. 신호등 신호가 몇 번씩 바뀌고 나서야 횡단보도에서 민현이가 뛰어오고 있는 것이 보였다. 손에 무언가를 들고서.

“자!”

“계란?”

“응, 날계란이야. 너 코에 멍 진짜 크게 들었어!”

민현이는 참 매너 없는 놈이다. 어떻게 저런 소리를 아무렇지 않게 할 수 있는지 정말. 설마 하는 생각에 근처 차 유리에 얼굴을 비춰 바라보았다. 결국 계란을 얼굴에 문지르며 걸을 수밖에 없었다.

“지금 어디 가는 거야?”

“음… 글쎄.”

"그냥이라는 이유로 나 데리고 온 거면 너 나한테 혼날 줄 알아?"

"왜?"

"수업시간인데 땡땡이를 쳤어. 것도 아무도 모르게 지금쯤 아마 날 찾는다고 모두 혈안이 되어 있을걸? 때릴 수야 없겠지만 나 많이 혼날 거야. 나 그 각오하고 온 거라구. 알았어?"

"흠…… 그렇구나."

민현이가 손을 내밀었다.

"가자."

"어디로?"

내 손을 잡은 민현이는 손을 흔들며 걸어간다. 잠시 후 민현이의 발걸음이 작은 공원 앞에 멈춰 섰다. 데이트하기 좋은 장소였다.

"여긴 왜 온 거야?"

"데이트하러."

"뭐?"

순간 장난이 좀 지나치다는 생각에 얼굴이 굳어졌다.

"장난이야, 장난. 뭘 그렇게 정색을 해? 나 조금 섭섭하다. 나도 나름 괜찮은 얼굴인데?"

"이야기를 말아야지, 어이고."

"기지배가 매일 그렇게 한숨만 쉬어? 웃어야지 웃어."

"나 잘 웃어."

"……"

"나 잘 웃는다니깐!"

"누가 뭐래?"

어깨를 으쓱 하고선 놀이터로 들어가 그네에 앉는다.

"만날 때마다 너 조금씩 싸가지 없어지는 거 알아?"

"어? 진짜? 흐음…… 좀 그런 것 같기는 하다."

저 솔직한 성격은 좀 고쳐야 하지 않겠는가. 아마 언젠가는 저 녀석 그 성격 때문에 호되게 혼날 날이 있을 것이다.

"뭐 해? 이리 와서 앉아!"

"내가 밀어 줄까?"

"됐어. 나 그네 별로 안조……ㅎ… 꺄악!"

말하는 도중에 그네를 밀어버리는 민현이. 도대체 이 녀석은 정말 눈곱만큼의 배려심도 없는가 보다.

"꺄악! 그만해!"

"왜? 싫어?"

"싫어!"

사람들이 있다는 걸 깜빡하고 소리치다가 주위의 어르신들 눈치가 보인다. 그네를 타면서 점점 숨이 가빠오는 것을 느낀다. 숨 쉬기가 너무 힘들다. 내가 진짜 힘든 것을 느꼈는지 그네를 멈추는 민현이.

"괜찮아? 진짜 어디 아픈 거야?"

"하아……, 정말. 여기에 온 목적이 뭐야!"

"미, 미안…….'"

"하아…….

빠르게 뛰는 심장을 부여잡고 한참을 있으니 그제야 심장박동수가 제대로 돌아온 것을 느꼈다.

"괜찮아?"

"응…, 정말 도대체 여기 온 이유가 뭔지 몇 번째 묻는 건지 알아?"

“아하하……, 미안. 사실은 하고 싶은 이야기가 있어서.”

“뭐?”

“할 말 있다고 했잖아.”

“아까 그건 정신이 없어서 그냥 넘어 간 것도 있어. 도대체 무슨 이야기인데 내가 땡땡이를 쳐야 할 만큼 중요한 거니?”

“흠… 이야기할 것도 있고, 묻고 싶은 것도 너무 있어서.”

“그럼 다음에 물어보면 되지. 꼭 땡땡이쳐야 할 이야기였어?”

“응.”

민현이의 확고한 말과 얼굴, 결국 나는 백기를 들 수밖에 없었다. 작은 공원은 인적이 드물었지만 참 아름다웠다.

“나 너한테 묻고 싶은 거 되게 많아.”

“응?”

“옛날에 기억 나?”

“하늘아.”

“어.”

“…….”

그렇게 쳐다보면 어쩌라는 것인가. 민현이는 나의 얼굴을 계속해서 쳐다본다. 아니, 사실은 멍 자국을 계속해서 쳐다본다. 하긴, 아무리 피구공에 맞아도 이 정도로 멍이 들지는 않지.

“우리 만난 지 몇 주 되지도 않았지만 나 되게 궁금한 거 많아. 말해줄 수 있는 거니?”

좀 전의 확고한 얼굴과는 달리 이번에는 좀 조심스러웠다. 말 못할 이유가 없었다. 모든 사람이 알고 있는 사실이다.

“이 멍 자국이 궁금한 거야?”

“일부긴 하지만……”

“그래, 이야기 해줄게. 일단 네가 해야 할 이야기부터 듣고.”

“네 이야기부터 들려줘. 내가 해야 하는 이야기는……”

민현이가 아랫입술을 깨물었다. 자꾸만 심각해지는 민현이의 분위기가 평소 같지 않다. 도대체 무슨 일이지?

“이야기는?”

“좀 꺼내기가 힘들어. 네 이야기부터 말해주면… 안 되니?”

한동안 우리 사이에는 침묵이 찾아온 것 같다. 어쩔 수 없이 내가 먼저 입을 열었다. 사실 이 이야기를 내가 입을 열어 말하는 건 처음이다. 소라 또한 우리 엄마를 통해 알았으니. 하지만 특별히 아프거나 힘든 것 같지는 않았다. 오히려 좀 더 편해지는 느낌이었다.

“7살 때, 그 때가 아마 세현이 나이와 비슷했을 거야.”

아직도 추억이 되지 못하고 남아 있는 기억, 아마 평생 추억이 되지 못할 기억을 하나둘씩 꺼내 보려고 한다.

“엄마! 엄마! 엄마!”

“응? 왜 그러니 우리 딸?”

“오늘도 아빠 늦게 와?”

“응, 아빠는 바쁘니깐 하지만 하늘이 이해해줄 수 있지?”

“응!”

품에 자신보다 약간 작은 커다란 곰 인형을 품고서 동그란 눈을 더 동그랗게 뜨면서 고개를 끄덕이는 한 소녀의 모습이 귀여운지 얼굴을 살짝 꼬집고는 자신의 볼을 두어 번 치는 사람이 보인다.

뽀뽀를 한 소녀는 배시시 웃으면서 고개를 앞으로 숙인다.

"안녕히 주무세요!"

아이는 인사와 함께 방에 들어갔다. 한 동안 소녀가 사라진 자리를 바라보던 엄마도 싱긋 웃으며 몸을 돌리고 자신의 방으로 들어간다.

따리리리 따리리리

방에 들어서자 휴대폰에서 들리는 벨소리를 듣고 전화를 받는 엄마.

"네, 여보세요?"

"아, 여보."

"아, 당신. 하늘이가 당신 전화 기다리다가 들어가서 자요. 어떻게 할 거예요?"

"하하, 그래도 하늘이는 날 닮아서 날 미워하진 않을 거야. 얼마나 착하다구?"

"뭐라구요?"

계속해서 화기애애한 대화가 이어지고 엄마가 먼저 전화를 끊는다.

"응, 잘 자요. 네, 당신두요."

처음 전화 받을 때보다 더 밝아진 미소를 띠고 끊어진 전화기에 대고 혼잣말을 한다.

"고마워요."

잠시 후 방에는 불이 꺼지고 고요한 침묵만이 맴돈다.

"하늘아, 하늘아!"

"우웅……, 엄마. 하늘이 오늘 유치원 가는 날 아니에요."

“알고 있습니다. 공주님, 오늘 엄마랑 어디 가야 되는데, 빨리 안 일어날 거예요?”

그 말에 아이는 더 이상 자리에 누워 있지 않고 벌떡 일어나 화장실로 들어갔다.

“하늘아! 오늘은 병원에 가야 하니깐 좀 더 깨끗이 씻기!”

잠시 세면대 물소리가 멈췄다. 잠시 뒤에 우렁찬 목소리가 들렸다.

“네!”

방긋방긋 웃어가며 귀엽게 노래를 부르는 아이는 분홍색 머리띠를 하고 하얀색 원피스를 곱게 차려입었다.

“하늘이 기분 그렇게 좋으니?”

“네!”

“그래?”

“웅! 하늘이는 아빠 본 지 엄청, 엄~청 오래 되었는걸요!”

“하늘이는 아빠가 많이 좋은가 보구나.”

“네! 그치만 음… 음… 엄마도 좋아요!”

“어머, 이거 영광이네?”

“웅웅! 아! 저기 아빠 병원이에요! 아빠 병원이다.”

한우리 종합병원. 아직 표지판조차 보이지 않는데도 엄청나게 높은 병원의 정경이 눈에 들어왔다.

“그래.”

“아빠!”

“딸!”

그리 멀지 않은 거리에서 하얀색 가운을 입고 나오는 남자에게 안기는 소녀. 누구보다 하얀 미소를 보여준다.

“딸! 아빠가 미안해. 어제 아빠 전화 기다리고 있었다면서?”

“아, 맞아! 나, 나, 나, 삐졌어. 아빠랑 이야기하지 않을 거야!”

“정말? 아빠는 어제 하루 종일 하늘이한테 전화하려고 시계만 보고 살았는데 하늘이는 그것도 몰라주고…….”

시무룩한 표정을 지어보이는 아빠를 보자 아이의 마음은 뜨끔하지만 이내 표정을 새침하게 바꾼다.

“아빠! 환자를 돌봐야 하는 사람이 하루 종일 시계만 보고 있으면 어떡해? 정말 의사 자격 미달이에요!”

“뭐? 하하하하!”

환자들의 진료병동부터 진료실과 수술실 앞, 로비와 병원의 온갖 곳곳을 다 누비고 다니던 아이는 숨을 거칠게 몰아쉬며 말한다.

“아…빠, 음… 하늘이 화장실 다녀올게요!”

“화장실?”

“응! 다녀올게요!”

“녀석, 그렇게 급했나?”

한 마리의 다람쥐처럼 후다닥 사라져버린 하늘이의 자리를 보고선 혼자 중얼거리는 남자다.

“하아, 하아, 하아… 윽… 아파… 엄마… 하늘이… 아…파… 아…”

왼쪽 가슴을 부여잡고서 세면대 밑에 쭈그리고 앉아 입을 가리고 작게 신음을 흘리는 아이. 하지만 계속해서 일그러지는 아이의 표정을 보는 사람도 없이 계속 고통스럽게 일그러지고 있었다. 새하얀 얼굴이 더 창백해지고 이제는 땅바닥에서 구르는 아이는 결국은 의식을 놓고야 만다.

"이 녀석, 왜 이렇게 안 나오는 거지?"

아이가 화장실에 들어간 지 10분이 지났는데도 나오지 않자 결국 남자는 주위를 살피다가 화장실 안으로 들어갔다. 이리저리 두리번거리며 누군가를 찾는 듯, 잠시 후 남자의 안색이 창백해졌다.

"하늘아!"

"펄스-맥박- 확인해주게!"

"펄스가 불규칙합니다. 점점 느려지는 것 같습니다."

"제기랄, 인공판막 준비는?"

"말씀하신 대로 조직 판막 준비되었습니다만, 선생님…"

"알고 있네, 일단 시간이 없어. 바로 수술 준비해줘."

그 말 한마디와 함께 검사실 안의 모든 사람들은 발걸음과 손놀림이 빨라지고 있었다.

햇살이 조용히 침대로 내리쬐는 아침, 새하얀 침대에 산소마스크를 쓰고 있던 아이의 오른손가락이 살짝 움직이며 눈을 뜬다.

"어…ㅁ…마…"

작은 목소리를 내며 눈을 뜨는 아이의 눈은 빨갛게 충혈되어 있었다.

"하늘아!"

마침 들어오던 여자와 눈이 마주쳤고, 여자는 눈물을 글썽이며 아이를 안는다.

"하늘아……."

“엄마.”

“그래, 하늘아. 이제 괜찮아, 괜찮아, 괜찮아…….”

“엄마…….”

“평소에 아팠을 텐데 왜 말을 하지 않은 거야. 진작에 말을 했어
야지. 정말 얼마나 걱정했는지 알아?”

“응… 엄마. 미안해.”

“아니야, 괜찮아. 그래, 괜찮아.”

“엄마?”

“응?”

“나 졸려…….”

“그래, 더 자. 아빠 오면 깨워줄게.”

“응…….”

결국 병실 안은 아이의 쌕쌕거리는 호흡소리만이 감돈다.

“하늘아, 흑……. 미안해, 엄마가 미안해.”

하늘이의 아빠가 들어왔다.

“하늘이는 좀 어떻소?”

“깨어났다가 다시 잠들었어요.”

“그래?”

“하아, 내가 엄마의 자격이 있는지도 모르겠어요. 가장 가까이
있으면서 하늘이가 아픈지도 모르고 있었다구요. 여보.”

“하늘이가 죽기라도 했소? 뭘 그렇게 계속 울어?”

작은 울음소리가 가득 찬 병실이지만 어디선가 행복이 냄새를
풍기고 있었다.

"그래서, 그때 이후로 계속 이런 거야?

"아니."

뚱한 표정을 보여줬다. 그랬더니 머쓱해하며 어깨를 한 번 들썩인다. 민현이의 얼굴을 빤히 쳐다보다 다시 고개를 앞으로 돌렸다. 그때까지는 그나마 괜찮았다.

"그 후 3년이 지난, 열 살 때 이야기야."

머리카락을 찰랑이며 걷는 소녀를 향해 자동차 경적이 울린다.

"엄마!"

산뜻한 민트 색 원피스에 빠른 걸음으로 뛰어와 문을 콩 닫고 들어가는 소녀.

"딸, 공부는 좀 했어?"

"그럼! 나 오늘 학원 테스트에서 100점이야! 이것 보라구!"

"어머! 정말? 우리 하늘이 진짜 기특하네?"

"그렇지? 나 기특하지?"

"그래."

"오늘은 어디 가는 거야?"

"금세 잊어버린 거야? 외할아버지 산소에 간다는 말 몇 번 했어요?"

"아! 맞아! 그렇지? 아빠는 늦게 오신대?"

"그렇지 뭐……."

어깨를 한 번 들썩이고는 운전을 시작하는 엄마 옆에서 아이는 조그마한 입을 계속해서 움직인다.

"엄마, 엄마! 그랬더니 내 친구가……."

"어머, 정말이니? 그 애 좀 웃기는구나?"

"그렇지? 엄마도 그리 생각하지?"

"요즘 애들은 애들답지가 않아. 애늙은이지! 하늘이 너도 그런 건 아닌가?"

엄마는 눈을 흘기셨다.

"당연하지! 내가 누굴 닮았는데……."

"자, 잠깐, 하늘아 조용히, 저 차 좀 이상한 것 같아."

"응?"

"아니, 정말, 왜 저래?"

"엄……마?"

"아, 안 돼. 하늘아, 안전벨트 꽉 매고 있어!"

"엄마!"

"어, 엄마!"

"하늘아!"

"꺄아아아악!"

"그래서 차에 부딪힌 거야?"

"흠……. 궁금해?"

"응."

"뭐……, 사실 나에겐 큰 부상이 없었지만 엄마는 왼쪽어깨를 많이 다치셨지"

"그건 고칠 수 있지 않아?"

"그렇지. 근데 우리 엄만 피아니스트였어."

"피아니스트?"

"응, 치료를 하면 정상적인 생활은 할 수 있지만 피아노를 칠 수 있을 만큼은 아니었어."

"아⋯⋯."

"내가 깨어났을 때 엄마는 패닉 상태였어. 울고 있던 엄마를 처음 봤어. 처음에는 엄마가 왜 울고 있나 했는데⋯⋯."

"날 담당하는 간호사가 얼핏 하는 이야기를 들었어. 날 안으려다 엄마의 어깨가 더 망가져 버렸다는⋯⋯. 엄마가 나를 안으려고 하셨던 거야."

후우, 말을 잠깐 끊고 크게 숨을 쉬었다.

"난 조금씩 호흡 곤란이 왔어. 엄마를 볼 때는 더 심했지. 그러다 조직판막 이식했던 것을 다시 재수술 해야 한다는 결과가 나왔지. 원래는 15년이나 20년 후에 재수술을 받아도 된다고 하셨거든⋯⋯."

"⋯⋯."

"그래서 재수술을 하게 되었는데⋯ 수술이 끝나자 이번에는 뭔가 이상한 거야. 피부에는 혈색도 잘 돌지 않고 조금만 세게 부딪혀도 멍이 들고 귀에는 기계소리까지 들렸어."

"왜?"

"아빠가 기계판막을 이식했던 거야. 조직판막을 이식한다면 다시 재수술해야 할 경우가 생길까 봐. 그리고 기계판막을 이식한 다음 나타나는 단점이 아까 말했던 것들이야. 아빠 결정이 잘못이 아니란 걸 알지만 그걸 알기에는 나는 너무 어렸지. 그래서 아빠를 무지 원망했어."

"의사선생님을?"

"응. 나는 아빠가 나를 기계로 만든 것 같았어. 그 때 이후로 난 아빠를 피했어. 말도 안 붙였고, 싫어했어. 지금은 조금 나아지고 이 생활이 익숙해졌지만……. 오래된 습관처럼 쉽게 좋아지지가 않네. 아빠와의 사이가 말이야."

말을 마치고 일어서려는데 민현이가 먼저 손을 내밀었다.
"가자."
"어?"
"집에 데려다줄게."
"뭐? 너 할 말 있다고……."
"나중에, 내가 준비가 되면 이야기해줄게. 오늘은 좀 힘들다."
장난이라고 넘기기엔 민현이의 눈빛은 아파보였다. 고개를 한 번 끄덕이고 민현이의 손을 잡았다.
"그럼, 강민현군의 에스코트를 한번 받아 볼까?"
"……뭐?"
무거웠던 분위기가 좀 가벼워졌다.
"어이, 민현군! 숙녀가 내민 호의를 거절하는 겐가?"
"푸하하하!"
결국은 웃음을 터뜨리고야 만다. 물론 나도 역시 민현이와 함께 웃음을 터뜨렸다. 한참 동안 시간이 가는지도 모르고 그렇게 계속 웃고 있었던 것 같다.

"너무 늦은 거 아냐? 내가 설명 안 해 드려도 되겠어?"
"응."
"게다가 아버지는 지금 집에 없으실걸? 계신다고 해도 화내시지는 않을 거야."

"그래? 근데 말이지, 얼굴 말이야."

"뭐가?"

······.

"아! 맞다! 나 멍들었지?"

"하아, 바보."

"후후, 됐으니깐 가보셔요!"

"그래도!"

"내가 알아서 할게!"

얼른 민현이의 등을 떠밀었다. 이렇게라도 하지 않으면 영영 안 갈 것 같아서였다.

"그럼 나 갈 테니까, 문자라도 해주든가······."

"암튼 빨리 가! 세현이가 기다린다구!"

"진짜? 가?"

"그래, 가!"

"알겠어, 잘 가!"

보통은 민현이가 안 보일 때까지 손을 흔들어 주겠지만 오늘은 예외였다. 손을 두어 번 휘저어주곤 곧바로 집으로 들어갔다.

나는 그래도 네가 살아 있다는 것에 감사해. 그런 일이 있었다고 해도.

민현이의 문자였다.

사실 민현이 앞에선 아무 말 안했지만 솔직히 걱정이 되긴 했다. 아빠는 이런 일에 별로 크게 화내지는 않지만, 엄마는 좀 엄하신 편이다. 무엇보다 얼굴에 든 멍 때문에 걱정하실 걸 생각하면 마음이 무거웠다.

“다녀왔습니다.”

얼굴에 멍이든 것을 인식한 나는 최대한 고개를 푹 숙이고 집에 들어왔다.

“왔니?”

“아, 응.”

“손 씻고 와서 앉아라. 가족끼리 식사나 하자꾸나.”

엄마의 말에 이어 갑자기 들리는 아빠의 목소리에 환청인가 싶어 고개를 들었다.

“아, 아빠…….”

“그래….”

“휴가 나오셨어요?”

“그래, 그동안 미뤘던 거 잠깐 썼다. 내일까지지만……”

“네.”

나와 이야기를 하고 있는데도 눈이 마주치질 않는다. 씁쓸한 기분이 자꾸만 든다. 아마 이럴 거라고 예상은 했지만 사실 난 오히려 아빠가 혼내시길 바랐다. 하지만 오늘도 그럴 생각은 없으신가 보다.

침묵이 맴돌았다. 달그락달그락 오로지 엄마가 식탁을 차리고 있는 소리만 들렸다.

“하늘아, 일단 손부터 씻고 옷 갈아입고 나와. 오랜만에 아빠 휴가인데, 밥부터 한 끼 해야지?”

아무 것도 모르는 사람처럼 일부러 꾸짖지 않으려고 하는 모습이 보인다. 하지만 엄마는 하고 싶은 이야기가 많은 모양이다. 말은 그렇게 하면서도 약간 뾰로통한 표정이다. 아마 아버지가 한마디 하신 모양이다. 아버진 항상 나에게 미안해하시니까…….

"네."

화장실에 들어와 거울을 보았다. 오늘 우리 아버지 마음에 피 멍 들었겠네.

10대로서 겪어야 할 일들

매엠- 매엠- 매엠-

매미 소리가 한창인 여름 날, 나와 소라는 화단에 앉아 잡초를 뽑고 있다. 이유? 뻔하지 않나? 또 다시 우리는 지각을 하고 말았다.

"하늘이 가스나하고 소라! 니네는 허구헌 날 맨널 지각이가. 아따봉 니네 고3이라믄스 공부는 안 하나!"

"아, 쌤! 공부랑 지각이랑 무슨 상관이에요!"

"이 가스나가 지금 그걸 말이라고 하는 기가!"

"아 또 왜요?"

"학생이 학생다워야 공부를 하재. 솔직히 너네는 내 얼굴 보는 것도 지겹지 않나? 더버 죽겠데이… 오늘은 둘이서 잡초 뽑고, 담부터 한 번만 지각 더 하면 느그들 진짜 알제?"

"알알어요. 아 빨리 가세요, 쌤!"

"뭐? 이 가스네가 참말로…"

"선생님! 하하하. 소라가 더워서 좀 힘들어서 그래요. 이해하시죠? 제가 잘 달래놓을 게요. 걱정 마세요. 하하하."

"아이구……. 그래 하늘이 니밖에 믿을 꺼 읍다. 내는 간데이. 다 하면 올라오그라."

학주가 뒷짐을 지고 건물 안으로 들어서자 나는 깊은 한숨을 내쉬었다.

"뭘 그렇게 빌빌대냐?"

"빨리 잡초나 뽑으세요. 소라양?"

"체엣, 알겠습니다. 나하늘씨."

잡초를 뽑기 시작한 지 10분이나 지났을까? 나에게 잡초 뽑는 일은 식은 죽 먹기였지만, 소라는 아닌가 보다.

"야, 이것도 뽑아?"

"뭘? 아, 그건 뽑으면 안 돼. 안 된다니까, 소라야!"

"왜, 왜?"

"그건 잔디야."

"야, 뭐 잔디 한 포기 뽑은 거 가지고…….'"

"잔디…… 한 포기?"

"뜨끔거리네 하하하."

소라가 잡초라고 생각하며 뽑아 놓은 잔디가 한무더기였다.

"지금…… 진심이지?"

"……나 손 대지 말까?"

"하아, 그래. 그게 낫겠다."

"미안하다. 히힛, 내가 이걸 해봤어야지."

"일단은 저 증거자료부터 없애자. 학주는 또 저런 건 귀신이란 말이야."

"그래?"

혹시 누가 볼까 조마조마하면서 잔디들을 몽땅 비닐봉지에 넣었다.

수업도 곧 시작되고 손을 재빨리 움직이고 있는데 내 옆에서 나만 바라보고 있던 소라가 입을 연다.

"어느 학교 갈지 정했어?"

"응? 뭐라고 소라야?"

"어느…… 학교 갈지 정했냐구……."

소라의 얼굴에 그늘이 졌다.

"나야 뭐……, 가고 싶은 학교가 있다고 해도 마음대로 갈 수 있는 게 아니잖아."

애꿎은 잡초만 뜯으며 말했다.

"나하늘 너 좀 얄미운 거 알지?"

나를 살짝 흘겨보긴 해도 목소리는 다정한 소라. 평소 잘 움츠리지 않던 어깨가 움츠려져 있다.

"불안해?"

"솔직히 불안해, 좀 많이."

"……."

"뭔가 좀 해보고 싶은데 여기서 할 수 있는 게 뭐가 있나 싶기도 하고. 평소에 너랑 엄마가 잔소리할 때 좀 더 귀 기울여서 공부해 둘 걸…… 뭐 그런 생각도 들고 말이지."

"아직 방학 남았잖아. 방학 동안 피터지게 공부해서 수능 치면 되지."

"말이 쉽지. 수능이 수시보다 어렵다고 하잖아. 나는 뭘 하고 싶은지도 모르겠다."

"그러게, 나도 그런 것 같아."

“너는… 뭐가 되고 싶냐?”

“글쎄…….”

“의사 되고 싶은 마음은 접은 거야?”

“…….”

“하긴 심란하기야 네가 더하겠다.”

그리고 찾아온 잠시 동안의 침묵 끝에 내가 먼저 입을 열었다.

“소라야.”

“엉?”

“어렸을 때는 말이야, 아빠처럼 훌륭한 의사가 되고 싶다고 생각했어.”

“지금은 훌륭한 의사가 아니란 말씀이냐?”

소라가 구시렁대며 말했다.

“그런 게 아니고 아, 아무튼 끝까지 들어봐!”

“그래, 그래서.”

“근데 내가 아빠를 거려하게 된 이후로는…….”

“…….”

“어떤 이유도 없이 그냥 공부를 했어. 뭔가 답답하기 그지없는 가슴속에 덩어리들을 던져버리고 싶어서 말이야.”

“…….”

“사람들이 뭐가 되고 싶으냐고 물으면 무의식적으로 의사라고 답을 했어. 어렸을 때부터 꿈이 의사였으니까.”

“…….”

“사람들은 납득을 했어. 근데 시간이 흐르고 난 덜컥 겁이 나기 시작한 거야.”

“……?”

“내가 의사가 되지 못하면 어쩌지? 나는 의사가 되고 싶은 걸까? 의사가 되었는데도 행복하지 않으면?”

“……”

“사람들은 엄마, 아빠의 강요로 내가 의사가 되고 싶어 한다고 생각해. 그래서 나를 좀 불쌍하게 여기지. 하지만 그건 아니야. 엄마, 아빠도 나에게 의사가 되라는 말은 하지 않았어. 나 스스로 결정한 것이지만, 매일매일 하루하루가 똑같은 일상에, 내가 지쳐.”

“하늘아.”

“내가 정말 의사가 되고 싶은 열정이 있는 걸까? 만약에 있었다면 이렇게까지는 힘들지 않았겠지?”

“……그래. 참…… 너도 복잡한 인생이다. 그런데 그거 알아? 난 이 순간에도 그런 고민을 말할 수 있는 네가 부러워. 적어도 네가 하고 싶은 일을 할 수 있는 성적이 되잖아. 결정되지는 않았다고 해도… 하지만 나는 공부를 잘하는 것도 아냐, 진로를 정한 것도 아니지…… 난 어떡하냐…”

“소라야.”

“뭐, 이건 내가 고민해야 하는 거니깐. 그래도 잘 생각해 봐. 이제는 정하고 앞으로 나가야 하는 시기잖아. 얼마 안 남았어. 반 년 뒤엔 우리도 성인이라구.”

집으로 가는 길에 아까 소라와 했던 대화가 생각난다.

성인, 성인이라. 사실 이제야 조금 실감이 나는 것 같다. 반 년 뒤, 우리는 성인이 된다. 더 이상 떼쓰고 사소한 일에 풀이 죽는 어린아이가 아니라 어른, 어른이 되는 거다. 몸이 조금씩 떨린다.

새하얀 벚꽃이 보여 잠깐 멈칫한다. 지난 번 봤던 벚꽃나무이다. 많은 사람들이 벚꽃은 꽃이 지면 앙상한 나무만이 남을 거라고 생각했는데 꽃 진 자리에서 열매가 맺고 있다. 벚꽃도 단지 한순간의 아름다움만을 지닌 나무는 아니었구나.

"풋 푸 푸하하하!"

갑자기 웃음이 터진다. 한참 웃은 후에야 지나가던 사람들의 시선이 느껴진다. 아고고, 부끄러워라. 붉어진 볼을 어루만지며 발걸음을 빨리 했다.

뭐랄까, 조금 오묘한 느낌이다. 한바탕 시끄럽게 웃고 나니 되게 시원해진 느낌이다. 내가 요즘 좀 피곤해졌나 보다. 아무 것도 아닌 일에 웃고 말이다. 하지만 소라의 말대로 한번쯤 진지하게 생각해 봐야 할 것 같기는 하다.

진로라, 하아……, 머리도 복잡하고 어디 갈 데 없나?

'띠링띠링~ 문자왔어요.'

하ㄹ2이누나! 진짜 너무하ㄴ 다. ㅠㅜ 세현이 일어나ㅆ다고 이제 잘 보러오지도 안고 뭐야~ 체엣! 이건 비밀인대, 우리 형도 누나 보고십퍼한 다 ㅎㅎ설마 이 문자보고도 안 오면 세현이 삐질꺼얏!

민현이에게서 온 맞춤법이 하나도 맞지 않는 문자였다. 귀여운 세현이. 그러고 보니 민현이와도 연락 안 한 지 꽤 된 것 같다. 오늘은 날이 늦었으니 내일은 병원에 한번 다녀와야겠다.

노을빛이 보이는 늦저녁이다. 오늘 하루만 다른 문제들은 잊으려고 한다. 그래도 아직 시간은 좀 남아 있지 않은가.

똑똑 병실 문을 두드린다.

"세현아?"

대답이 없다.

"들어갈게."

몇 번을 두드려도 대답이 없어서 답답한 마음에 그냥 들어와 버렸다. 여러 명이서 사용하는 병실인데도 아무도 없다. 어디 갔지?

"하늘이 누나!"

안기기보다는 기대는 쪽에 가까운 힘으로 누군가가 내 등 뒤에 섰다. 목소리는 세현이가 맞는데, 목소리에 힘이 없다.

"세현아?"

"응……."

"고개 들어봐. 응? 세현아!"

도리도리.

"싫어~."

"세현아… 응?"

"대신 세현이 얼굴 보고 웃으면 안 돼."

"그래."

"약속!"

힘없는 동작으로 고개를 푹 숙인 채 새끼손가락을 내거는 세현이의 손가락에 나도 약지를 걸었다.

"자, 약속! 이제 보여줄 거지?"

"흐어엉, 진짜 웃으면 안 돼!"

"알겠어."

내 말이 끝남과 동시에 살짝 고개를 드는 세현이. 한 발자국 물

러서서 세현이의 모습을 봤다.

“세…세상에…… 세현아?”

오랜만에 보는 세현이의 모습을 말이 아니었다.

“것 봐. 내가 이상하다고 했잖아, 히잉.”

울상을 짓는 세현이. 평소 같으면 귀엽다고 안으면서 토닥여줄 텐데, 내가 안으면 부서져버릴까봐, 안지도 못하겠다.

며칠 밤은 못 잔 사람처럼 새빨간 눈에, 눈 주변이 움푹 들어가 있었다. 입술은 다 터지고 울었는지 퉁퉁 부어오른 얼굴에 앙상하게 마른 몸…. 너무 가슴이 아팠다.

“혹시 세현이한테 냄새나? 그래서 그러는 거야?”

한동안 실의에 빠져있던 나는 세현이의 칭얼거림에 다시 정신을 차렸다. 세현이 병이 그렇게 심했나? 왜 이렇게 빨리 진행되는 거지?

“세현아 이리 와.”

두 팔을 벌리고 세현이를 향해 웃었다. 그제야 다시 환하게 웃으면서 내 품에 안기는 세현이. 불을 켜려고 했더니 불을 끄고 있자고 하는 세현이. 할 수 없이 세현이 침대에 걸터앉아 무릎 위에 올려놓고 이야기를 했다.

“누나, 누나.”

“응?”

“있지… 사람이 죽으면 별이 된다는 게 사실이야?”

“어?”

“형이 그랬어. 그래서 세상에 있는 사람들을 훤히 비춰준대! 그러니깐 사람이 죽으면 다른 사람에게 좋은 일을 하는 거랬어. 그러

니깐 죽음은 무섭거나 두려운 게 아니래. 많은 사람들이 함께 있

을 테니까……."

　별이라……. 아직도 그런 이야기를 하는구나. 역시 민현이답다.

　"그래, 세현이는 어떤 별이 되고 싶어?"

　"사실은 음… 죽으면 별이 되지 않는다는 걸 알고 있어."

　"뭐?"

　"쯧쯧, 누나도 한물갔구나. 어떻게 사람이 별이 될 수 있겠어?"

　"요 꼬맹이!"

　알밤을 때리는 시늉을 하며 세현이에게 말했다.

　"킥! 그치만 진짜 별이 될 수 있었으면 좋겠다."

　"……."

　"그러면 누나랑 형이랑 할아버지랑 다 볼 수 있겠지?"

　"세현아…"

　혼란이 생긴다. 왜 갑자기 죽음을 말하는 거야? 너 왜 그래 세현

아.

　"누나, 솔직히 나는 무서워. 그래도 슬프지 않은 거지? 내가 별이

된다고 생각하면… 그렇지?"

　"많이 많이 슬플 거야."

　"나도…나도……."

　"……."

　조그마한 세현이의 몸을 꼭 끌어안았다. 그리고 세현이의 귀에

속삭였다.

　"절대 죽지 않을 거야……."

　"히힛, 누나가 그런 말 하니깐 진짜 같잖아. 근데 누나,"

“응.”

“나는 누나 아부지, 아니지 우리 의사선생님이 참 좋아.”

“아버지가?”

“응, 나는 의사선생님이 최고로 존경스러워. 너무 너무 멋져.”

“왜?”

“희망을 잃지 말랬어. 아무리 작은 희망이라도 여러 사람의 희망
이 모이고, 모이고 모이면 아주 작은 기적이 일어날지도 모른다고
했어. 사람들은 쉽게 죽지 않는다고, 죽지 말라고…… . 나만 보면
그런 소리를 하는데 의사선생님은 의사라기 보단 아빠… 같은 느
낌이 들어.”

“흠, 이런 나는 아빠를 빼앗기는 건가?”

“그래! 히힛, 그런데 누나, 누나는 어떤 사람이 될 거야?”

“어?”

“어떤 사람이 될 거야?”

“글쎄… 어떤 사람이 되면 좋겠어?”

“의사선생님 딸이니깐 의사, 여자의사는 어때? 우리 의사선생님
처럼 되어서 존경스러운 사람이 되는 거야!”

“너 마치 생각해 놓았던 것처럼 말한다?”

“응! 생각했어. 누나 오기 전부터!”

이 형제는 대체 어디까지 나를 놀라게 할 셈이지?

“그래, 왜 그렇게 생각했어?”

“나는 누나 처음 봤을 때 천사인 줄 알았다?”

“얼굴이 새하얀데, 아파서 새하얗기보다는 너무 예뻤어. 물론 성
격은 좀 아닌지만.”

“강세현!”

“에이, 끝까지 들어 봐… 그래서 일부러 나 부딪혔다?”

“뭐?”

“쉬! 이제 말 끊지 마.”

“…….”

“누나한테 물을 쏟았는데도 별로 화도 안 내고, 또 내가 마귀할 멈 싫어하는 척 좋아하는 것도 한 번에 맞추고, 내 이야기도 들어주고 노래도 들어주고 말이야. 히힛. 나는 누나가 참 좋아. 그래서 누나를 매일 생각했다, 근데 교복 입은 모습보다 하얀 가운을 입은 모습이 자꾸 생각나는 거야! 우리 병원 선생님들은 무서워. 히히”

“어휴…….”

“그러니깐……웅? 누나는 어떤 사람이 되고 싶어?”

“모르겠다……. 아직은 잘 모르겠어.

“그래?”

어깨를 한 번 들썩였다.

“그러면 다음에는 말해줘!”

“웅.”

“나 졸려……. 누나.”

“그래, 자…….”

“나 일어날 때까지 어디가면 안 돼. 알겠지?”

“그래.”

“누나 자장가 불러주라.”

“자장가?”

“응…….”

반짝 반짝 작은 별 아름답게 비추네. 서쪽 하늘에서도 동쪽 하늘에서도…

밤하늘에 뜬 수만 개의 별들을 생각하며 노래를 불렀다. 그런데 왜 이런 기분이 드는지 모르겠다. 왜 자꾸 내 품에 안긴 이 아이의 온기가 사라져버릴 것만 같은 기분이 드는 건 왜일까.

잠이 든 세현이를 침대에 내려놓고 병실 문을 나왔다. 병실 문을 가만히 닫고 있을 때 뛰어온 누군가와 부딪히고 말았다.

“어? 하늘아?”

익숙한 목소리에 고개를 드니 거기엔 민현이가 있었다.

“민현아?”

“너…… 아! 세현이 만났어?”

“아 응.”

“그래? 지금 세현이 자?”

“응.”

“흠……. 그러면 다른 데로 가자.”

“왜?”

“그때 네 이야기만 듣고 내 이야기는 안 했더라고. 늦기 전에 이야기해줘야지. 가자!”

“어? 민현아!”

싱긋 웃으며 내 손을 잡고 걷는 민현이의 모습을 보면 다시 한 번 두근두근 거린다. 그만하라고 왼쪽 가슴에 손을 대어 봐도 멈출 기미가 보이지 않는 심장소리……. 물론 기계소리와 함께. 하지만 오늘 이 익숙한 기계소리조차 사랑스럽게 들리는 이유는 뭘까?

깜깜한 밤하늘 아래 잘 뜨지도 않는 별이 유난히도 많이 떴다.

"하늘아."

"응?"

"세현이 수술 날짜 잡혔어."

"수술?"

"응. 심장이식 수술."

…….

"뭐?"

"수술 날짜 잡혔어."

"기증자가 있어?"

"응, 운 좋게도 기증자가 생겼어."

"정말? 잘됐다! 언젠데?"

"모레, 심장 보존 때문에 모레도 좀 늦지만."

"그래도 다행이잖아! 휴우."

"바보. 심장 기증 차례가 왔다는 건 그만큼 세현이의 상태가 심
각하다는 걸 의미한다고. 역시……. 하늘이는 바보였어."

"뭐?"

바보라는 말은 중요하지 않았다.

"심장상태가 많이 좋지 않은 문제도 있지만, 사실 이번 수술은
세현이에게 많이, 아주 많이 힘들 거래."

"……."

"세현이는…… 2년 전에도 가슴을 열었던 적이 있어. 그런데도
이번 수술이 위험하지 않다는 건 거짓말이겠지?"

2년 전, 같은 곳을 가까운 시일 내에 두 번이나 수술 한다는 것

은 많이 위험하다. 게다가 세현이는 아직 어려서 회복력도 좋지 않을 텐데.

"문제는 세현이에게 차례가 돌아오긴 했는데, 거부하고 있어."

"왜?!"

"심장 기증자가 생겼다고 통보받은 날, 병원에서 세현이와 친하게 지내던 두나가… 수술을 받았는데… 이후로 두나가 의식불명이야. 너무 오랫동안 깨어나질 않아. 그리고 수술 전에 두나는 다른 곳의 장기기증서를 썼어."

"잠깐만 그런 건 부모 동의 없이는! 게다가 그게 세현이랑 무슨 상관이라고!"

"두나는 고아야. 대리인이 병원비를 대주고는 있지만 두나에게 마음대로 하라고 했던 모양이야. 그리고 세현이는……"

눈이 부어버린 세현이의 얼굴이 생각났다.

"심장이식 받을 수 있다는 거 알고부터 화색이 돌았어……. 그런데 지나가다 간호사들이 이야기하는 걸 들었나봐. 두나는 심장을 기증할 수 없고, 또 세현이가 기증받는 심장이 두나 것이 아니라고 이야기해도 세현이가 거부하고 있어."

"……."

"그래도 수술은 할 거야."

"강민현."

"하아. 그런데 만약에, 만약에 말이야."

"민현아."

"만약에 세현이가……. 세현이도 많이 위험해져서……. 그래서 눈을 못 뜨면……."

“…….”

민현이의 울음 섞인 목소리를 들으면서도 나는 아무것도 해줄 수가 없었다. 아무것도.

“눈을 안 뜨면…….”

“…….”

“장기기증을 할 생각이야.”

정신이 번쩍 들었다. 장기기증이라고?

“세현이 때문에 매일 기다렸어. 언제쯤에 세현이가 이식받을 수 있을지… 다른 사람들도 마찬가지일 거야.”

“강민현.”

“그리고 시골에 내려가기로 했어. 할아버지랑 시골에 내려가서 시골학교 다니면서 조금 남은 땅 가지고 할아버지께 일 배우고, 가끔 도시로 놀러 오고…….”

“…….”

“하아. 벌써부터 이런 생각하면 안 되는데, 참 많이 슬프다.”

“바보.”

“응. 나 바보 맞아.”

“벌써부터 이상한 생각하면 어떡해!”

“나는….”

“세현이 괜찮아. 우리 아빠 알잖아. 우리 아빠 만능인 거 몰라? 왜 벌써부터 이상한 생각하는 건데!”

결국 고함을 질러버렸다. 그리고 조금씩 차오르는 눈물을 닦으며 말했다.

“이게 뭐냐? 암튼 너희 형제 때문에 되는 일이 없어.”

"하늘아."

"너희 너무 순진한 거 아냐?"

"……."

"나랑 만난 지 얼마나 됐다고 그렇게 다 말하냐……."

"……."

"나 갈 거야. 그리고 세현이 쉽게 가지는 않아. 그런데, 만약에 진짜 만약에 전학가게 되면, 연락 한 번은 해주라."

"그래……."

"나 갈게."

"데려다줄게."

"됐어! 그냥 택시타고 가면 돼. 세현이 옆이나 잘 지켜줘."

끝까지 날 데려다주겠다는 민현이의 말을 사양하고 집에 돌아왔다.

"하늘아, 욕조에 물 받아놓을까?'

"……됐어요. 그냥 양치만 하고 잘래요."

오늘 따라 유난히 기분 좋아 보이는 엄마의 얼굴을 뒤로하고 방에 들어와 베란다에 나갔다.

"별님. 있잖아요, 제가 평생 기도란 걸 제대로 해본 적이 전혀 없거든요? 근데 누구 때문에 오늘 처음으로 진지하게 기도하려고 해요. 만약에 기도 안 들어주시면 다시는 기도라는 것 안 할 거예요. 그러니까… 우리 세현이 좀 살려주세요. 나도 살려주셨잖아요. 나… 그래도 살아가고, 숨 쉬고 있다는 것에 감사해요. 그러니깐 이번에도 그 기적이란 것 좀 보여주세요. 네? 우리 세현이 자꾸 울게 하시지 말고 웃게 좀 해주세요……."

 서울에서는 잘 보이지 않는 별이 유난히 많이 뜬 날, 나는 하늘에 대고 소원을 빌었다. 늦었다면 더 심한 모습을 보아야 할 것이다. 민현이 말에 의하면 하루에 발작이 몇 번씩 일어나서 크게 웃거나 울지도 못한다고 한다.

"세현아!"

세현이가 좋아하는 과자들과 음료수들을 사오면 일단 할아버지의 눈초리부터 받지만 그래도 이건 나의 애정 표현이다.

"누나."

힘없이 웃는 세현이의 얼굴이 처음 만났을 때보다 더 수척해 보인다.

"뭐야. 수술 앞두고 무섭다고 우는 건 아니지?"

"히히."

분위기를 띄워보려 해도 힘없는 미소만을 보이는 세현이 때문에 답답해진다.

"어, 왔어?"

때마침 병실로 들어오는 민현이. 이 녀석, 요즘 참 많이 까칠해진 것 같단 말이야.

"그래, 왔다."

"……나하늘. 너 저런 거 사오지 말라고 했잖아."

"왜? 내가 좋아서 사오는 건데!"

"우리 동생 버릇 나빠지면 네가 책임질 거야?"

"그래, 이왕이면 입양하지 뭐!"

"에? 그러면 형도 누나 아들 되는 거야?"

“…….”

“…….”

“푸하하하하.”

“푸하하하하.”

아슬아슬한 길 위에서 걷고 있는 느낌이다. 내일 수술이 끝나면 이 길이 넓어질까?

집에 돌아와 세현이가 준 편지를 읽어보았다.

하늘이 누나,

누나! 나 세현이! 히힛. 형의 도움을 빌려 이렇게 편지를 써. 이번에는 맞춤법 안 틀릴 거야!

히히, 누나. 세현이 아프다고 병원 와주고 과자도 사주고 음료수도 사주고 참 고생이 많았어. 하하하, 누나 이거 무슨 나이 많은 사람이 쓴 건가하고 있지? 하지만 이건 우리 할아버지가 한 말이니까 신경쓰지 마.

누나! 본론을 말하자면! 내일부턴 오지 마! 히히.

형한테도 누나 오면 병원 밖으로 쫓아버리라고 했엉. 아~ 내일이 누나 보는 마지막일 수도 있겠다. 근데 나 건강해지면 무지 창피하겠지? 하하하, 하지만 살고 싶다. 근데 누나 이건 비밀인데 누나가 세현이 고쳐줬으면 좋았을걸. 히히, 그건 누나가 미래에서 의사가 돼서 타임머신 타고 오는 수밖에 없겠지?

물론, 누나가 의사가 될 거란 보장은 없지만……. 사실 누나의 어릴 때 사진이랑 편지를 봐 버렸어!

히히, 의사선생님한테 졸랐지. 누나가 이렇게 썼더라고 아빠! 하늘이는 꼭 아빠 같은 훌륭한 의사가 될 거에욧! 하하하. 되게 귀여웠어. 미안해ㅠㅜ (사실 이건 의사선생님이 쓰라고 부추긴 내용이야)

어쨌든 세현이는 열심히 힘내서 살아나올 테니깐 누나는 나랑 한 약속 지키기!

아……. 밤이 깊었어. 이제 자야 한다고 간호사 누나가 야단쳐. 아직 할 말이 너무 많은데 누나가 울고 있을 거라면서 형도 팔 아프다고 그만 쓰래. 어쩔 수 없지 뭐. 그래도, 내가 하늘이 누나 진짜 좋아 하는 거 알지? 우리 형 잘 부탁해. 히힛.

PS. 누나 울면 안 돼!

-누나를 좋아하는 세현이가-

세현이가 울지 말라고 했는데 결국 울어버리고 말았다. 한 방울 두 방울 내 눈물에 세현이 마음이, 민현이 글씨가 사라지면 나는 또 쓸데없는 생각으로 마음이 복잡하다.

편지를 고이 접고 눈을 감았다. 내일은 일요일. 월요일 아침, 제발 웃을 수 있는 결과가 나오길…….

침대에서 눈을 떴다. 창밖이 아직 어두운 걸 보면 새벽녘인 것 같다. 눈을 몇 번 깜박이는 사이 오늘이 월요일이란 걸 깨달았다. 막상 월요일이 오면 울고불고 참 많이 슬플 줄 알았는데 슬픔보다 두려움이 먼저 몸을 휘감는다.

한참 동안 멍하니 누워 있다가 자리에서 일어났다. 화장실로 가서 양치질을 하다 거울을 보니 퀭한 얼굴이 먼저 보인다. 수술은 어제 저녁부터 시작해 지금쯤이면

결과가 나왔을 텐데 너무 조용하다. 아직 수술이 안 끝난 건가.

세수를 다 하고 교복을 입고 나오니 싸한 아침 공기가 나를 반긴다. 역시, 이른 아침이었다. 엄마는 아마 내가 학교가기 전까지는 일어나지 않을 것이다. 어제 끓인 미역국을 떠서 작은 냄비에 옮기고 불을 켰다.

하아, 결국은 기다릴 수 없어 방문을 열고 휴대폰을 찾는다. 때마침 전화 진동벨소리가 들린다. 발신번호제한. 휴대폰에 뜬 이름이었다. 누구지?

"여보세요?"

"하늘아?"

"민현아!"

"응."

"세현이, 세현이는?"

"……."

"민현아?"

"세현이……."

"민……현아….”

"세현이 수술은 성공적이래."

"그래?……아, 야!"

"뭐야, 너 긴장했어?"

"당연한 거 아냐? 정말, 나 어제 울 뻔했다구! 근데 발신번호제한은 왜 한 거야?"

"음……. 너 애 좀 먹이려고 했는데, 어땠어? 스릴 만점이지 않냐?"

"하아. 그래, 세현이 의식은?"

“글쎄, 좀 기다려 봐야 돼.”

“그래, 오늘 마치고 병원으로 갈게.”

“아니, 오지 마. 하늘아.”

“……어?”

“나야 뭐 공부 포기했다지만, 너는 다르잖아. 네가 수험생이란 걸 기억해야지.”

미간 사이가 좁아지는 느낌이 들었다.

“그게 지금 무슨 상관이야?”

“이제 병원으로는 오지 마. 세현이도 그걸 바라지 않아.”

“뭐?”

“하아, 아마도 할아버지 고집 때문에 세현이 깨어나는 대로 몸 추스려서 시골로 내려 갈 작정이야. 거기서 좋은 공기 마시고 건강 되찾아서 가끔 하늘이 보러 오지, 뭐.”

“강민현.”

“응.”

“장난치지 마.”

“장난 아니야.”

“하아, 너희 형제 진짜 웃긴다.”

“미안.”

“장난해?”

“장난 아닌데.”

“지금 너 장난하는 걸로 밖에 안 느껴져. 뭐? 하, 좋은 공기? 적어도 그렇게 갈 거였으면 그때 같이 말해주지 그랬어. 응? 결과가 어떻든 시골로 내려간다고 말이야. 나 혼자 걱정하고 김빠지게 하루 종일 기다렸던 거야?"

"미안해."

"너 지금……."

"끝까지 들어주라."

"하, 그래. 너 네 변명 한번 들어보자."

"하늘아,"

"……말해."

"하늘아,"

"뭔데?"

"이제 나랑 세현이 사라지면 하늘이 맨날 우는 거 아니냐?"

"울긴 무슨, 속이 시원하겠는데,"

"나는 너희 아버지께 정말 감사해."

"그건 네가 직접 전해."

"그래. 근데 나 너 친구 소란가? 걔한테 들었어. 너 의사가 꿈이었다며?"

"네가 무슨 상관이야."

민현이가 알아버렸다. 사실 알아도 상관없다.

"나도 꿈이 의사였는데, 우린 통하는 게 참 많다. 시골로 내려간다고 해서 연락 안 한다는 거 아니야. 연락도 계속할 거고, 세현이 소식도 꼬박꼬박 알려줄게. 그러니까 우리가 좀 더 커서, 좀 더 성숙해져서 사회인이 되면, 지금처럼 아무 것도 할 수 없는 어린애가 아닌, 어른이 되면 그때, 다시 한 번 만나자. 나는 좀 괜찮은 하늘이 모습 보고 싶은데 어떠냐?"

"언제 가는데…?"

"모르겠어. 가능한 빠른 시일 내에 조용히 떠날 거야. 약속……
해줄 거지?"

"……이기적인 놈."

민현이의 짧은 웃음소리가 들렸다.

"나, 너희들 용서 안 할 지도 몰라."

"그래,"

"너희가 찾아와도 아는 척 안 해줄 거야."

"그래……"

"오늘이 여기서 통화하는 마지막이 될 수도 있어."

"응."

"강민현."

"응?"

"좋아해."

"나도."

"아니, 친구로서 말고."

충동적인 말이었지만, 진심이었던 것 같다.

"……"

"한 순간의 감정일 수도 있지만, 지금은 나 너 좋아해. 가기 전에
이 말 해주고 싶었어. 잘 가. 갈 때 문자만 넣어. 보러오지도 말고
통화하지도 마. 나 공부할 거야."

"……"

"끊을게. 내가 했던 말은 그리 심각하게 받아들일 필요 없어. 그
냥 단순하게 생각해."

"……"

"잘 가, 민현아."

"……나도."

전화를 끊으려다가 민현이의 목소리에 한 번 멈칫한다.

"고마워, 친구."

먼저 전화기를 손에서 내려놓았다. 가슴이 조금 따끔거리는 것 같다. 뭐, 이것도 10대로서 겪어야 할 경험이라고 생각하자. 그 날 아침, 다 졸아붙어 소금국이 된 미역국보다 더 짜게 느껴졌던 건 자꾸만 흘러내리는 눈물의 맛이었다.

폭풍

학교 안은 어수선했다. 민현이가 전학을 가고도 민현이 이야기가 오르내릴 때면 나도 모르게 쓸쓸한 생각이 들었지만, 세현이가 나에게 주고 간 숙제, 의사가 된 누나가 보고 싶다는 말들을 생각했다. 도대체 다들 왜 의사, 의사, 하는지…….

민현이의 연락을 받았다. 민현이가 가끔 일방적으로 전화하는 것이지만, 그래도 고맙다. 사랑, 우정, 모든 걸 포함시킬 수 있는 '친구'라는 단어가 있다는 것 말이다.

"하늘아, 가사실 가야 돼."

"그래. 가자."

민현이가 간 뒤로 생긴 버릇은 멍하게 생각에 잠기는 시간이 길어졌다는 것이다. 하지만 대체로 즐겁게 지내고 있다.

"하늘아! 빨리 안 오면 가정쌤이 너희 혼낸대!"

소라와 느긋하게 이야기하며 걷고 있으니 가사실에서 고함치는 반 친구의 목소리가 들린다. 나와 소라는 누가 먼저랄 것도 없이 걸음이 바빠진다.

"자, 오늘은 너희가 고등학생으로서 마지막으로 받는 가정수업이다."

"우우"

"아, 쌤! 왜요!"

"에이!"

"조용!"

우리 반과 함께 다른 반도 같이 받는 수업이라 조금 시끄러웠다.

"너희가 수험생이란 걸 기억해라."

"으아~ 쌤!"

"비록 비교과지만, 그래도 한 달에 한 번씩 요리하는 거 재미있었지? 스트레스도 풀고 말이야."

"네!"

이번에는 옆 반과 우리 반 전체가 함께였다.

"마지막이니 오늘만큼은 화끈하게 만들어 보자. 알겠나!"

"넷!"

"좋아, 오늘은 닭가슴살 샐러드, 그리고 팥빙수를 만들어 보자. 자, 일단 설명부터."

가정 수업은 사실 정식 교과가 아닌, 한 달에 한 번 있는 비교과 실습 수업이다. 담당 선생님은 쾌활하시고 수업도 재미있어서 나도 이 수업이 끝난다는 것이 아쉬웠다.

"아!"

요리설명을 듣고 샐러드를 만들기 위해 야채를 썰고 있었는데 비명이 들렸다. 고개를 돌려보니 지난번 나에게 공을 던졌던 옆 반의 우림이었다. 그 애 역시 야채를 썰다가 딴 생각을 했는지 손가락을 깊게 베어버린 것 같았다. 생각보다 많은 출혈 때문에 모두 웅성거렸고, 가정선생님도 어쩔 줄 몰라 했다.

"아, 보건실. 보건실 데려다줄 사람?"

아무도 없었다. 하긴, 이 재미있는 가사실습을 빠지고 싶은 사람이 어디 있겠는가. 그 아이는 상처 때문에 울상이면서도 이런 분위기 때문에 더 기분 나쁜 표정이다.

"제가 데리고 갔다 올게요."

손을 들었다.

"야, 하늘이, 박우림이 그때 자기한테 공 던진 앤 거 알아?"

"야, 모르긴 왜 모르냐? 정면에서 봤는데."

친구들이 웅성거렸고 소라의 미간이 좁혀졌다. 다른 애들은 둘째치더라도 소라의 기분은 알고 있기에 모른 척하고 우림이의 손을 잡고 나왔다.

"야."

"응?"

"나 너 싫어하는 거 알아?"

"응."

입술을 삐쭉 내밀고서 뭐라고 말하긴 하는데 그래도 내 손을 뿌리치지는 않는다. 우림이 손에 휴지가 빨갛게 물이 들었다. 발걸음을 빨리 했다.

"선생님, 환자 왔어요."

보건실 문을 열고 들어가니 보건 선생님이 없었다. 이런… 낭패군.

"야, 보건쌤 없는데?"

"응, 그런 것 같아. 할 수 없다. 자, 여기 앉아."

"뭐?"

"응급처치라도 하고 심하면 병원 가야 돼. 아까 상처 잘 못 봤으니깐 빨리 손 이리 줘 봐."

눈에 띄는 곳에 있는 약상자를 들고 와 말했다. 순순히 말을 듣고 싶은 눈치는 아니었지만, 뾰족한 수가 있겠는가.

"여기."

휴지를 걷어내고 상태를 보니 상처가 깊다. 도대체 무슨 생각을 했기에 이렇게 손이 베일 수 있는 거지?

"너 일부러 베었어?"

"미쳤어?"

"그러면?"

"나 오늘 칼질 처음 해봤다. 왜!"

"미안."

어쩔 수 없다. 칼질 처음 해봤다는 이야기에 조금 미안해졌다. 일단 소독약을 상처에 부었다.

"따가워."

"어쩔 수 없어. 참아. 칼에 베인 거라 이렇게 해야 할 것 같아"

"칫."

소독약은 다 따갑다. 상처에 닿으면 따갑고 아프지만 다친 부위를 깨끗하게 소독해주는 고마운 약이다. 아파도 꾹 참는 우림이가 대견해 보였다.

소독약을 바른 뒤에는 지혈제를 발랐다. 꽤 상처가 깊어 쉽게 지혈이 되지 않아 걱정했는데 효과는 있었다. 여름이라 밴드는 좋지 않아, 일단은 약을 바르고 소독된 거즈를 붙였다.

"이거, 심하면 흉터 남으니깐 병원에 가 봐. 알았지?"

"……고마워."

어색하게 웃는 우림이는 처음 만났을 무렵 소라의 모습과 비슷했다.

"너 말이야. 치료 되게 잘한다?"

"아, 정말?"

"응, 고마워."

속이 울렁거렸다. 두려움이 아닌 기쁨이었다. 왜일까.

"네가 치료해주는데 웃으면서 하니깐 나도 좀 편하더라. 우리나라 의사들 다 웃고 치료하면 안 되나? 딱딱한 표정을 지으니깐 무서워서 죽겠잖아."

"푸핫!"

"야! 웃지 마!"

말도 안 되는 우림이의 투덜거림에 웃고 말았다. 하지만 뜻밖이었다. 내가 웃고 있었다니 말이다. 사실 누군가를 치료해줄 때의 기분 좋은 두근거림은 이미 알고 있었다. 인정하고 싶지 않았을 뿐인지도 모른다.

우림이에게 좀 쉬라고 한 뒤 양호실 밖으로 나왔다.

아직도 두근거리는 떨림이 손에 남아있다. 눈을 감고 벽에 기댔다.

"하아……."

나는 치료하는 게 좋다. 환자를 돌보는 것이 좋다. 치료 뒤에 공감하는 상황이 좋다. 그렇다면 나는 무얼 망설이고 있는 거지? 하지만 내 마음 속에서 이미 결정을 지었음에도 불구하고 무언가 하나가 내려가지 않은 느낌이었다.

"다녀왔습니다."

"다녀왔니?"

평소처럼 가늘고 예쁜 여자 목소리가 아닌 굵지만 듣기 좋은 남성의 목소리가 들려오면 당혹감이 몰려온다.

"아, 아빠?"

"그래."

"어, 어쩐 일이세요?"

"왠지 내가 일찍 오면 안 된다는 말 같구나?"

"아, 아니에요!"

아빠가 장난스럽게 말한 것을 알지만, 나는 또 민감하게 반응을 해버렸다.

"옷 좀 갈아입고 올게요."

거실의 분위기가 싫어 방으로 들어왔지만 곧 있음 나가봐야 할 것 같다. 오랜만에 집에 오신 건데 그래도 딸의 도리가 있지 않은가.

옷을 갈아입고 나갔더니 아빠가 요리를 하고 계신다.

"아, 아빠?"

"네 엄마 요리 솜씨는 도저히 믿을 수가 없어서 오늘은 내가 밥을 하려고…"

“엄마는요?”

“옆집에 갔어.”

“네.”

“다 된 것 같구나. 앉거라. 식사나 하자.”

여느 때와 같이 조용한 식탁은 긴장감이 맴돈다. 아무 말도 오고 가지 않는 식탁. 하지만 아버지가 먼저 입을 여신다.

“민현이와 세현이 이야기는 들었다.”

“네.”

“좋은 아이들이었는데, 아쉽구나.”

“네”

“흠 흠, 그래, 어느 대학에 갈 건지는 생각해 봤니?”

아버지가 걱정하셔서 하는 말씀이란 것은 알지만 순간 몸을 멈칫했다.

“아……, 아직이요.”

“그래?”

“나는…….”

“?”

“네가 의사가 되고 싶어 하는 줄 알았는데.”

“아…….”

그 말에는 할 말이 없었다.

“아직 잘 모르겠어요.”

“그래.”

대학, 진로, 내가 고민해야 할 두 가지.

“아빠는 네가 의사가 되었으면 좋겠구나.”

"……."

"하……, 나는 네가 그 일 때문에 의사를 꺼려하는 줄 알았다."

"그건 아니에요. 단지 공부만 해왔던 이유를 요즘에는 잘 모르겠어서요."

거짓말이다. 이건……. 내 마음 속에는 어차피 한 가지 꿈밖에 없었다. 단지 내 내면의 반항이었나. 아직 진행 중인…….

"그래….."

"잘 먹었습니다. 먼저 들어갈게요."

"이젠 곰곰이 생각해 보거라. 그럴 때잖니?"

"……알겠어요."

문을 열며 돌아섰다.

"난 아버지의 딸이지 맡겨진 공주가 아니에요. 한번만이라도 내게 평범하게 대해주시지 그러셨어요. 나는 그저 아버지의 딸인데."

아버지는 아무 말씀도 하지 않으셨다.

방으로 들어와 침대에 누웠다. 뭘 망설이고 있는 거지? 내가 원하는 게 뭘까? 내가 행복해지는 방법이 뭐지? 왜 이렇게 고민하는 거니?

언젠가 민현이가 해주었던 말을 눈을 감고 되새겼다.

'나는 그래도 네가 살아 있다는 것에 감사해. 그런 일이 있었다고 해도.'

새벽쯤 되었을까? 빗소리에 눈을 뜬 나는 창문 밖을 멍하게 바라보다 다시 침대에 누웠다.

빠거걱.

문이 열리는 소리였다. 술 냄새가 났지만 눈을 뜨지 않았다.

"하늘아……. 우리 딸 하늘이, 예쁘기도 하지."

나의 머리를 쓰다듬으면서 말씀하셨다.

"아빠가…… 아빠가 미안해. 하늘아…… 네가 자괴감에 빠져 스스로를 무서워하고 아빠를 원망할 것이란 걸 알면서도 아빠가 딸을 이렇게 만들어서 미안해. 아빠가 왜 모르겠어? 시도 때도 없이 네 귀에만 들려오는 작은 소리, 쉽게 멍드는 피부, 사람들의 시선…… 많이…… 많이 힘들었지?"

얼굴 위에 물 한 방울이 떨어졌다.

"생명을 살리는 의사보다 사람을 살리는 의사가 되겠다고 생각했는데 내 딸의 목숨 앞에서는 그런 의사가 되지 않더라. 그 일이 있었는데도 의사라는 걸 싫어하지 않고 스스로 의사가 되겠다는 말을 듣고 기뻤는데……. 그래도 좁혀지지 않는 너와의 거리가 내겐 너무 힘들다. 더 잘해주고 오히려 신경 많이 쓰는 것이 너에게 부담이라고 생각했다. 하늘이 너는 나를 원망했으니까. 하지만 네가 그것 때문에 상처 입을 줄은 몰랐어. 미안하다. 내 딸, 진작에 말하지 못해서 미안해. 사랑한다, 내 딸아……."

아빠는 방에서 나갔다. 눈가로 눈물이 천천히 흘러내렸다. 나도…… 나도 사랑해요 아빠.

무언가 마음의 응어리가 서서히 내려가고 있는 느낌이었다. 지금까지 내가 가장 듣고 싶었던 말은 사랑한다는 아버지의 한마디. 그 날 이후 아버지가 내게 보여주지 않던 따뜻한 마음. 나는 아마 아버지에게 사랑 받기 위해 몸부림쳤던 것일까?

눈을 떴다. 거센 빗줄기가 잦아들고 있었다.

2학기가 시작되었다. 방학 동안 나는 무척 바빴다. 이리저리 원서 준비하러 다니면서 밀린 공부도 꼼꼼히 해두어야 했다. 그 동안 아빠와는 사이가 조금씩 좋아졌다. 사실 모든 것을 털어놓던 날 우리 부녀는 많이 울었다. 이제 아빠를 만나면 자연스러운 미소를 주고받게 된 것 같아 기쁘다.

세현이와 민현이는 밝게 생활하고 있다고 한다. 세현이가 건강하다는 소식을 민현이는 가끔 편지로 전해온다. 지금 같은 시대에 무슨 편지냐고 소라는 난리를 치지만 난 은근히 편지가 기다려진다. 민현이는 내년에 재수를 한단다. 그래도 내신 성적을 잘 관리했는지 수능만 잘 치면 꽤 좋은 의과대학에 들어갈 지도 모르겠단다.

내 손에는 조금 큰 봉투가 들려 있다. 봉투 안에 있는 대학지원서를 들고 학교를 걷는다. 이 한걸음…… 긴장되지만 떨어진다고 해도 나에겐 아름다운 추억이 있으므로 후회하지 말자.

원서를 내면서 내게 속삭였다. 나하늘! 넌 후회 없는 10대를 보냈어! 높디높은 늦가을의 하늘은 어느 때보다 맑고 깨끗했다.

에필로그

합격자 발표가 있는 날. 날이 춥다며 두꺼운 반코트, 목도리에 장갑과 모자, 부츠까지 신은 나를 사람들이 힐끗거린다. 나는 아랑곳하지 않는다. 너무 추워서 벌벌 떠는 것보다야 낫지, 뭘 그러시나? 흠흠.

아, 소라. 미대지망생인 소라는 벌써 대학생이 다 된 것처럼 파마를 하고 옅은 화장을 한다. 벌써부터 스키니 청바지에 헐렁한 티셔츠, 어른스러운 코트를 입고 다니며 뭇 남학생들의 가슴을 설레게 하고 있다.

와글와글시끄러운 소리가 들리고 많은 사람들이 모인 곳에 합격자 명단이 이리저리 붙어 있었다. 내 번호를 찾기 위해 사람들 사이를 파고들었다.

합격……?

"합격이다……. 합격. 합격이야!"

너무 좋아 고함을 질렀다. 주위의 시선이 예사롭지 않다. 서둘러 학교 밖으로 나왔다.

"하늘아!"

이런 엄마가 뒤에 계셨다. 낭패로군. 저녁때까지 비밀로 하고 싶었는데 엄마의 열정은 못 말린다.

"엄마."

"응응, 하늘아?"

"나……."

"응!"

"나……."

잠시 아무 말도 안 했다.

"아…, 괜찮아 하늘아, 다른 학교 원서 낸 것도 있으니까."

괜찮긴… 말은 그렇게 하면서도 미소는 어색하다.

"사람 말은 끝까지 들어야지! 나, 붙었어! 붙었다구!"

"뭐……?"

"나하늘은 한우리 대학에 붙었습니다!"

"꺄악!"

엄마는 결국 호들갑을 떨면서 이리저리 전화하기 바쁘다. 나는 뒤를 돌아보았다.

'한우리 의과대학'

다음에 이곳에 올 때는 10대가 아닌 20대겠구나.

내 십대여 안녕! 내 십대는 길고도 행복했다. 엄마와 아빠, 친구, 선생님, 많은 방황들, 많이 아팠기에 오늘 이렇게 웃을 수 있는 거겠지.

살다 보면 지금보다 더 힘들고 어려운 일들도 있겠지만, 가끔 이 파란만장했던 십대의 추억을 꺼내 보자. 그래! 나를, 우리를 행복하게 만들자.

하얀색 운동화 끝으로 글을 썼다.

'고맙습니다.'

새로 산 빨간 운동화 끝이 더러워졌지만 개의치 않는다.

"하늘아, 가자!"

엄마의 경쾌한 목소리가 들린다. 나는 뒤돌아 망설임 없이 씩씩하게 걸어갔다.

작가 후기

천천히 걸을 사, 봄 춘, 기약할 기의 '사춘기', 나만의 사춘기, 빛나는 그래서 더욱 아프기도 한 나의 사춘기(思春期)가 좀 더 천천히 가주기를 바라는 마음에서 사춘기(蹉春期)로 변형시킨 이 글은 나의 자랑스러운 첫 작품이다.

사실 자랑스러운… 이 말은 오직 나에게만 적용되는 말이다. 소설을 읽다 보면 만족스럽지 않은 부분도 없지 않지만, 그래도 꽤 오랜 시간 고민하고 정성들여 쓴 글이니 작품의 완벽성보다는 내가 말하고 싶던 '하늘'이 이야기로 바라봐주기를 원한다.

처음에는 의학에 관련된 내용을 중점에 두고서 글을 쓰려고 했다. 나의 꿈은 흉부외과 의사이기 때문에 의학과 관련지어 글을 쓰고 싶었지만 너무 쉽게 생각했기 때문일까, 나의 의학 소설은 퇴짜를 맞았다. 어떻게 고쳐야 하나 막막했지만 나의 결정은 '완벽하게 쓸 자신이 없다면 과감히 버리자!'였다. 그렇게 해서 처음 의도와는 많이 달라진 점이 조금 아쉽다.

'하늘'이는 나를 많이 닮아 있다. 내 글을 읽은 사람들 모두가 그런 말을 했다. 하지만 그건 당연한 이야기다. 처음 글쓰기를 시작했을 때 그것을 목표로 쓰기 시작했기 때문이다. 그래서 '하늘'이는 개인적으로 정이 많이 가는 캐릭터이다. 자신의 목표를 이루기 위해서는 똑 부러지지만 쉽게 상처받고 쉽게 사랑받고 누구보다 순수한 성격의 주인공을 만들고 싶어 밤낮을 고민했던 기억은 아직도 생생하다. 파란만장한 10대를 경험했던 하늘이. 하지만 그런 10대의 추억이 있기에 20대, 그리고 앞으로 나아갈 삶들은 더 풍요로워질 것이라고 생각했다. 하늘이라는 이름에 알맞게 사랑스러운 캐릭터가 나온 것 같아 기쁘다.

내가 가장 표현하고 싶던 것은 우리들의 이야기다. 항상 공부에 시달려 살고 매일 학원 때문에 10대를 그냥 보내고 말지만 누구나 멋진 연애를 꿈꾸기도 하고 멋진 꿈을 생각하고 즐거운 10대를 상상하기도 한다. 그런 솔직한 우리들의 이야기를 아름답게 표현하고 싶었다.

내가 생각하는 10대란 많은 사람과 만남 가운데 성장하는 길 같다. 영화와 소설을 보며 낭만을 느끼고 나면 현실이 눈앞에 있고 다시 공부해야 한다는 사실이 착잡할 수도 있다. 하지만 그 길 끝에 무엇이 기다리고 있을지 누구도 알 수 없다. 지금 자신을 위해 쏟는 1분 1초가 자신 앞에 기다리고 있을 그 무언가를 더욱 반짝이게 만들고 있다고 생각한다면 그 시간들은 전혀 아깝지 않을 것이다.

사춘기 가운데 가장 많이 묻어나는 사람의 향기가 있다면 나를 제외하고는 지도해주신 선생님과 어머니가 아닐까 한다. 내 글을 많이 읽어보고 느낀 점 그대로 말해주고 전체적인 조언과 세부적인 도움을 많이 주신 우리 어머니, 그리고 가장 나의 큰 단점을 정확히 가르쳐 주신 선생님. 두 분은 정말 아주 오랜 시간이 지나더라도 은혜를 잊을 수 없을 것 같다. 여기까지 오도록 지도해주신 선생님과 쓰지만 약이 되는 소리를 많이 해주신 어머니께 다시 한 번 감사드린다.

학교, 그리고 학원의 바쁜 일정에서도 많은 에피소드와 추억을 남긴 이 이야기가 많은 사람들이 진심으로 공감하고 또 자신을 다시 한 번 되돌아 볼 수 있는 소중한 이야기로 남길 바란다.

박성경

Tale in Neverland

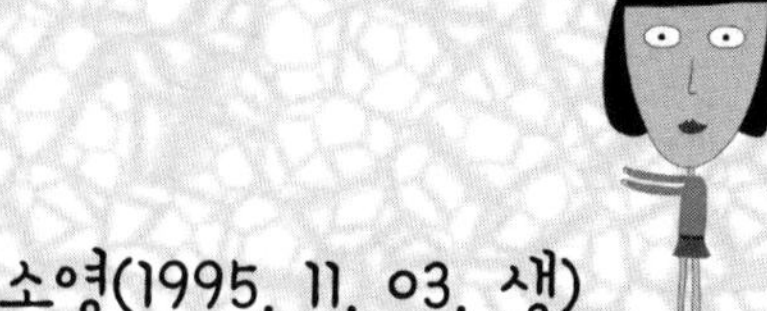

정소영(1995. 11. 03. 생)

게임 기획자 또는 게임 시나리오 작가를 꿈꾸는 중학생
취미는 그림그리기, 소설읽기, 아무데나 돌아다니기, 작곡
좋아하는 것은 곰인형, 게임, 초콜렛

차 례

Tale

네버 왕국 어느 작은 마을에 사는 소녀 테일에게는 작은 꿈이 있습니다. 아주 어릴 적부터 가졌던 꿈이었지요. 그것은 바로, 테일이 직접 세계를 여행하며 보고, 듣고, 겪은 것을 이야기로 쓰는 것입니다. 그리고 오늘로 테일은 열여섯 살이 되었습니다. 드디어 테일은 마을 밖으로 여행을 나갈 수 있는 나이가 된 것입니다.

테일은 친구들의 축하를 받으며 짐을 꾸렸습니다. 어릴 적부터 꿈꿔왔던 일이 현실이 된 것입니다. 마음씨 좋은 이웃 아주머니나, 아저씨 들은 테일에게 여행 경비로 쓰라고 돈을 조금씩 보태주기도 했습니다. 하늘도 테일이 여행을 떠나는 것을 축하해주는 듯 구름 한점 없이 맑고 푸르렀습니다. 그렇게 테일은 자신의 꿈을 이루기 위한 첫걸음을 내딛었습니다.

마을 안에서만 자란 테일에게 마을 밖의 풍경은 너무나도 생소했습니다. 들판의 풀 한 포기, 꽃 한 송이, 나무 한 그루까지 너무나 낯설고 신기했습니다. 그렇게 테일은 길을 따라 목적지 없이, 손에는 양피지와 펜을 들고 앞으로 걸어갔습니다.

중간 중간 힘이 들 때면 나무 그루터기나, 평평한 바위에 앉아 지금까지 본 것들과 그때의 느낌들을 적어나갔습니다. 세계를 동경하고, 직접 그 세계를 여행하며 보고 느낀 것을 이야기로 만들고 싶은 테일에게 지금 이 순간은 너무나도 행복했습니다.

그렇게 천천히 길을 가다 보니 어느새 테일은 이름 모를 숲에 도착했습니다. 등에 메고 있던 가방에서 지도를 꺼내 확인해 보니 길을 잃기 쉬운 숲이라 들어가지 말라는 말이 적혀 있었습니다. 하지만 이 숲을 지나지 않으면 다음 마을까지 너무 오래 돌아서 가야 하기 때문에 어쩔 수 없이 테일은 숲을 지나가기로 결정했습니다.

생각보다 숲길은 험하지 않았습니다. 가시덤불이 조금 많다는 것과, 길이 이리저리 꼬여 있어서 해매기 쉽고, 나무들이 울창해서 밝은 낮임에도 햇빛이 잘 비치지 않아 어둡다는 것만 빼면 평범한 숲과 다를 게 없었습니다. 시골 마을에서 자라며 친구들과 함께 마을 외곽에 있는 산에 자주 놀러 다닌 테일은 이런 숲을 빠져나가는 것쯤이야 어렵지 않다고 생각하며 길을 따라 열심히 걸어갔습니다.

그 숲에는 처음 보는 식물들이 많아 낯설기도 하고, 신기하기도 했습니다. 햇빛이 잘 들지 않아 이끼 같은 것들이 많았지만 작은 꽃들도 보였습니다. 그때마다 테일은 양피지에 이야기들을 써내려 갔습니다.

얼마나 걸었을까, 문득 테일은 이상한 점을 느꼈습니다. 언제부터인가 똑같은 주변 풍경이 반복되었기 때문입니다. 길을 잃은 건가 싶어서 손에 들고 있던 펜으로 눈에 띄는 바위에 작은 표시를 해두고 다시 길을 걸어갔습니다. 아니나 다를까, 테일이 표시를 해둔 바위가 보였습니다. 정말로 길을 잃은 것입니다.

"어쩌지, 길을 잃어버렸어. 그냥 조금 오래 걸려도 숲을 빙 돌아서 갈 걸 그랬나 봐."

테일이 한숨을 내쉬며 말했습니다. 숲에서 한 번 길을 잃으면 빠져나가기란 여간 어려운 일이 아니란 걸 알기에 더 걱정이 되었습니다. 숲이 어두워서 지금이 낮인지, 밤인지도 잘 구분이 되지 않았습니다.

"일단 갈 수 있는 데까지는 가 봐야겠다."

테일은 옷을 탈탈 털고 일어났습니다. 위험하긴 하지만 아까와 는 다른 길로 가 보기로 결정한 테일은 일단 길을 따라 걷기 시작 했습니다.

도대체 얼마나 시간이 흐른 것인지도 모르고 계속 걸어갔습니다. 가시덤불에 걸려서 테일의 예쁜 원피스의 끝자락이 찢어지기도 했 고, 돌부리에 걸려 넘어지기도 했습니다. 집 나오면 고생한다는 어 른들 말씀을 증명이라도 하는 것 같았습니다. 그래도 테일은 꿋꿋 하게, 반드시 세계를 구경하겠다는 일념 하나로 앞으로 걸어갔습 니다. 그런 테일의 마음을 하늘도 알아준 것인지 저 멀리서 희미 한 불빛이 보였습니다. 조금씩 움직이는 것을 보니 사람인 듯싶어 서 테일은 신이 나서 그 곳으로 뛰어갔습니다.

'아마도 숲 밖의 마을에서 온 사람일 거야. 숲을 빠져나가는 길 을 알려달라고 해야지.'

앞으로 뛰어가면 갈수록 불빛이 강해졌습니다. 한걸음, 한걸음 내딛을 때마다 테일은 드디어 숲을 빠져나가게 되는구나 하며 기 뻐했습니다.

마침내 불빛이 있는 곳에 도착한 테일은 실망할 수밖에 없었습 니다. 불빛의 주인은 테일의 생각과는 달리 테일보다 어린 소년과 소녀였기 때문입니다. 언뜻 보기에 열네 살 정도로 보이는 병아리 색 머리카락을 가진 귀여운 소년과 소녀였지만 숲을 빠져나가는 게 급한 테일에겐 어린아이들 따윈 눈에 보이지 않았습니다.

"언니는 누구야?"

소녀가 테일에게 물었습니다. 테일은 허탈감에 허공을 응시하고 있다가 소녀의 질문에 정신을 차리고 두 아이들을 바라보았습니다.

"난 테일이라고 해. 그런데 부모님은 어디 계시고 너희끼리 여기에 있는 거야?"

테일은 이 아이들의 부모님이라도 만나서 숲을 빠져나가야겠다는 희망을 품었지만 소년의 대답은 테일을 또 한 번 실망시켰습니다.

"우린 부모님이 없어. 나는 헨젤이라고 해. 그리고 나의 누나인 그레텔. 우린 쌍둥이 남매야."

"안녕, 테일 언니. 만나서 반가워. 근데 언니는 어쩌다가 이 숲에 들어오게 된 거야?"

"여행 중이야. 그런데 여기서 길을 잃었어."

"저런. 그럼 누나, 우리랑 같이 갈래? 우린 지금 막 이 숲을 빠져 나가려던 참이었어."

"너희들은 숲을 빠져나가는 길을 알고 있니?"

"응."

헨젤과 그레텔의 대답에 테일의 얼굴에 화색이 돌았습니다. 드디어 숲을 빠져나갈 수 있게 되었구나! 테일은 정말 뛸 듯이 기뻐했습니다.

"하지만 조금 오래 걸릴 거야."

"괜찮아."

"그래? 그럼 얼른 출발하자. 조금 있으면 해가 질 테니까."

그레텔과 헨젤이 테일의 손을 이끌고 테일이 가던 방향과는 전혀 다른 방향으로 가기 시작했습니다. 자꾸만 풀숲을 헤치고 길이 없는 쪽으로 가는 헨젤과 그레텔의 행동에 의아해진 테일이 물었습니다.

“너희 왜 자꾸 길이 아닌 곳으로 가니?”

“누나가 가는 방향에는 나쁜 마녀가 살고 있어.”

“응, 맞아. 아주 예쁘게 생긴 마녀가 살아.”

원래 이야기에 관심이 많은 테일은 마녀라는 말에 귀가 솔깃해져 쌍둥이들을 멈춰 세우고 옆에 있던 바위에 앉아 펜과 양피지를 꺼내들고 말했습니다.

“너희, 그 마녀에 대해 잘 아니?”

“응, 잘 알아.”

“물론, 잘 알고말고.”

“나에게 그 마녀 이야기를 해주지 않을래?”

“좋아. 헨젤은 어때?”

“나도 좋아.”

헨젤과 그레텔이 이야기를 시작했습니다.

쌍둥이와 마녀

옛날, 옛날, 아주 아름다운 여자와 그녀의 남편이 살고 있었습니다. 두 사람은 한적한 어느 숲에서 자신들의 귀여운 아이와 행복하게 살며 근처 마을 아이들의 병을 치료해주었습니다.

그런데 어느 날, 두 사람의 아이가 큰 병에 걸리고 말았습니다. 두 사람은 아이를 살리기 위해 온갖 방법을 써보았지만 결국 아이를 살릴 수 없었습니다. 두 사람은 아이를 잃은 슬픔에 삶이 지옥처럼 느껴졌습니다. 두 사람은 더 이상 마을 아이들을 돌봐주지 않았습니다. 마을의 유일한 의사였던 두 사람이 아이들을 치료해주지 않자 마을 사람들은 두 사람을 찾아가 설득하기에 바빴습니다.

몇 년이 지났습니다. 마을 사람들은 그 두 사람에게 관심을 끊은 지 오래였습니다. 마을에 다른 의사가 왔기 때문입니다. 자연스레 두 사람은 마을 사람들의 기억 속에서 사라졌고 그 두 사람도 마을 사람들의 일에 신경 쓰지 않게 되었습니다.

어느 날, 여자가 남편에게 말했습니다.

"나 잠시 바람 좀 쐬고 올게요. 왠지 오늘은 기분이 좋아."

여자의 말에 남편은 싱긋 웃으며 대답해 주었습니다.

"밤이 늦었으니 조심해서 다녀와. 곰 같은 짐승들 만나지 않게 조심해."

"응, 다녀올게요."

그렇게 여자는 집을 나섰습니다. 이미 사람의 발길이 끊어진 숲은 여기저기 길이 험하고 가시덤불들이 자리를 잡았습니다. 무성하게 자란 나뭇가지 때문에 은은하게 빛나는 달빛조차 이 숲에는 그 빛을 보여주지 못했습니다. 여자는 조심조심 길을 따라 걸어갔습니다.

그런데 어디선가 아기 울음소리가 들려왔습니다. 여자는 황급히 울음소리가 들리는 곳으로 달려갔습니다. 약간 폭신해 보이는 이끼 위에 두 명의 아기가 울고 있었습니다. 누군가가 버리고 간 것인지, 아기들은 애처롭게 울고 있었습니다. 여자는 그 아기들을 조심스레 품 안에 감싸 안고 집으로 돌아가기 위해 발걸음을 돌렸습니다.

쏴아아, 갑자기 비가 쏟아지기 시작했습니다. 여자는 혹시라도 아이들이 비에 젖을까 황급히 아이들을 안았습니다. 비가 점점 세차게 내리기 시작하고, 여자는 서둘러 집을 향해 가기 시작했습니다. 그런데 뒤에서 누군가가 따라오는 것입니다. 혹시 산짐승일까, 두려워진 여자는 더 빨리 달리기 시작했습니다. 이미 제대로 된 길을 벗어나 수풀을 헤치고, 가시덤불 사이로 지나가 여자의 몸은 만신창이가 되었습니다.

얼마나 뛰었을까, 드디어 집이 보이기 시작했습니다. 뒤에서 쫓아오던 누군가도 점점 더 속력을 내기 시작했습니다. 여자는 공포에 질려 울부짖었고, 뒤에서 쫓아오던 무언가도 슬프게 흐느꼈습니다. 그때, 여자의 눈에 굵고 긴 나뭇가지가 보였습니다. 여자는 조금의 망설임도 없이 그것을 집어 들어 쫓아오던 누군가를 세게 내리쳤습니다. 그것은 단발마의 비명을 내지르고 쓰러졌습니다. 여자는 급하게 집으로 들어갔습니다.

"드디어, 왔어. 그리운 나의 집."
"다녀왔어?"
그녀의 남편이 방에서 나와 그녀를 반갑게 맞이했습니다. 그런데 그녀가 품속에서 무언가를 꺼내 남편에게 자랑스럽게 보였습니다. 그것을 본 남편은 아주 슬픈 표정을 지었습니다.
"우리의 아이예요. 귀엽죠? 내가 구해줬어요."
"당신……."
"쌍둥이예요. 여자아이 이름은 그레텔, 남자아이 이름은 헨젤로 해요."

“우리의 아이는 이미 죽었어.”

“무슨 소리예요. 여기 이렇게 살아 있잖아요?”

“잘 들어. 우리의 아이는 이미 이 세상에 없어. 그러니, 이 아이들은 진짜 엄마에게 돌려주고 오도록 해.”

여자의 표정이 굳었습니다. 아이가 너무 갖고 싶었는데, 하늘이 도와 아이를 얻어 그렇게 열심히 달려왔는데 매정하게 말하는 남편이 미웠습니다.

“지금이라면 되돌릴 수 있어.”

“무리야. 왜냐하면 이미…….”

여자는 말끝을 흐렸습니다. 남자는 밖으로 나가보았습니다.

문 앞에는 어떤 여자가 피를 흘리며 쓰러져 있었습니다. 그녀의 옆에는 우유가 가득 담긴 유리병이 있었습니다. 여자가, 자신의 아내가 아이들의 진짜 엄마를 죽인 것입니다. 남자는 아무 말도 하지 못했습니다.

“그래, 우리의 잘못이니 우리가 해결해야겠지.”

“응?”

“이 아이들은 열심히 키우자.”

“당연하지, 우리들의 아이인걸.”

남자는 슬프게 웃었고, 여자는 해맑게 웃었습니다.

또 다시 몇 년이 흘렀습니다. 여자는 다시 마을에 갔습니다. 마을 사람들은 놀랄 수밖에 없었습니다. 몇 년 전만 해도 우울한 얼굴로 집에서 나오지조차 않던 그녀가 아주 해맑게 웃으며 마을에 나타났기 때문입니다. 게다가 그녀는 감기에 걸려 쉬고 있는 의사

대신 다친 아이들을 치료해주었습니다.

그 모습에 마을 사람들 중에 그녀와 친하던 한 여인이 나서서 그녀에게 말을 걸었습니다.

"좋은 일이라도 있으신가 봐요?"

"네, 얼마 전부터 저희 아이들이 말을 하기 시작했거든요. 아직 엄마, 아빠, 이런 말밖에 못하지만 얼마나 귀여운지 몰라요."

여자가 그렇게 말하며 환하게 웃자 마을 사람들의 표정이 굳어갔습니다. 자신을 미친 사람 보듯이 보는 마을 사람들은 신경도 쓰지 않는 듯 여자는 생글생글 웃으며 다친 아이들을 치료해주고 집으로 돌아갔습니다. 그 뒤로도 여자는 마을에 들러 아이들을 치료해주었고, 마을 사람들은 올 때마다 매번 자신의 아이 이야기를 하는 여자를 미친 사람 취급하거나, 마녀라고 칭하고 가까이하길 꺼려했습니다. 하지만 여자는 언제나 밝게 웃으며 마을에 왔습니다.

그렇게 시간이 흐르고, 어느덧 헨젤과 그레텔이 열네 살이 되었습니다. 헨젤과 그레텔은 언제나 둘이서 함께 다녔습니다. 마녀의 자식이라며 마을 아이들이 놀아주지 않았기 때문에 서로에게 더 의지하게 된 것입니다. 마을의 아이들이 헨젤과 그레텔을 마녀의 자식이라고 할 때마다 두 사람은 집으로 돌아와 부모님께 질문했습니다.

"엄마, 엄마는 마녀예요?"

"아빠, 나와 그레텔은 정말 마녀의 자식인가요?"

"엄마, 대답해주세요."

"아빠, 대답해주세요."

헨젤과 그레텔이 질문할 때마다 여자와 남자는 아무 말도 하지 못했습니다. 그저 아니야, 아니란다 라는 말밖에 할 수 없었습니다.

그러던 어느 날, 헨젤과 그레텔은 부모님의 대화를 우연히 듣게 되었습니다. 그 대화는 두 사람을 놀라게 하기에 충분했습니다.

"나 힘들어요."

"우리가 벌인 일이잖아, 2년만 더 있으면 그 아이들도 스스로 살아갈 수 있을 거야."

"처음엔 그 아이들이 너무 갖고 싶었어요."

"그래도 이 아이들은 잘 키우기로 했잖아."

"진짜 내 아이가 아니니까, 애들이 자랄수록 너무 힘들어요. 그냥 내일 숲에 두고 와요."

오늘 따라 슬프게 들리는 여자의 목소리에 헨젤과 그레텔은 고개를 떨어뜨렸습니다.

다음날, 여자와 남자는 헨젤과 그레텔을 불러 말했습니다.

"오늘은 간만에 가족 모두 함께 숲으로 피크닉을 가자. 조금 험한 숲이긴 하지만 우리가 놀 수 있는 곳은 충분히 있단다."

헨젤과 그레텔은 그 말이 무슨 뜻인지 잘 알았지만 아무 말 하지 않고 그들을 따라 길을 나섰습니다. 그들의 얼굴이 너무 슬퍼 보였습니다.

"엄마, 이 길을 따라가면 내가 좋아하는 과자를 잔뜩 먹을 수 있는 거야?"

"우리 그레텔은 과자를 참 좋아하나 보구나."

"아빠, 이 길의 끝에는 누가 있을까?"

"누가 있을까? 헨젤이 만나고 싶어 하는 사람이 있지 않을까?"

“내가 만나고 싶어 하는 사람?”

헨젤의 질문에 남자는 대답하지 않았습니다. 헨젤도 대답을 기대하지 않았다는 듯 계속 앞으로 걸어갔습니다. 헨젤은 그레텔의 손을 꼭 잡고 있었습니다.

한참을 걷자, 숲을 빠져 나왔는지 탁 트인 들판이 나타났습니다. 숲 속에서는 볼 수 없었던 갖가지 꽃들이 만개한 모습에 그레텔은 신이 나서 헨젤의 손을 잡고 여기저기 뛰어다녔습니다. 여자와 남자는 헨젤과 그레텔에게 말했습니다.

“너희들은 여기에서 놀고 있으렴. 우린 잠시 어디에 갔다 올게.”

“조심해서 다녀오세요, 엄마.”

“조심해서 다녀오세요, 아빠.”

“그래, 너희들도 잘 놀고 있으렴.”

두 사람은 그렇게 말하며 헨젤과 그레텔을 남겨둔 채 다시 숲 속으로 돌아갔습니다. 영리한 헨젤과 그레텔은 이미 알고 있었습니다. 그 두 사람이 자신들을 버렸다는 것을요. 헨젤과 그레텔은 들판 위에 손을 꼭 잡고 앉아 서로를 바라보았습니다.

“마을 사람들 말이 맞았어. 그 사람은 마녀야. 너도 그렇게 생각하지, 헨젤?”

“응. 그 사람이 진짜 엄마를 죽였어. 마녀야.”

“책에서 봤는데, 마녀는 나쁜 존재라서 얼른 없애야 한댔어.”

헨젤과 그레텔이 빙긋 웃었습니다. 두 사람은 자리에서 일어나 숲으로 들어갔습니다. 어느새 해가 조금씩 지며 붉은 노을로 변해 가고 있었습니다.

숲에 들어온 헨젤과 그레텔은 길을 무시하고 무작정 걸어갔습니다. 걷다가 지치면 바위나 이끼 위에 앉아 휴식을 취하기도 하고 나무 그늘 아래서 잠을 청하기도 했습니다. 달빛조차 희미하게 들어오는 숲에서 시간이 얼마나 흘렀는지도 모르는 채, 그렇게 숲 속을 해매이던 헨젤과 그레텔은 드디어 찾고 있던 것을 발견했습니다.

"저기 봐, 헨젤! 드디어 도착했어."

"응, 누나. 여기가 마녀가 사는 집이지?"

"자, 우리 마녀를 물리치러 가자."

"그래."

헨젤과 그레텔은 마녀가 사는 집으로 들어갔습니다.

여자와 남자는 놀랄 수밖에 없었습니다. 이제 막 다른 마을로 이사를 가기 위해 짐을 꾸리고 있는데 숲 밖에 버려두고 온 헨젤과 그레텔이 나타났기 때문입니다.

헨젤은 탁자 위에 있던 날이 날카롭게 선 과도를 남자의 왼쪽 가슴에 깊게 찔러 넣고는 말했습니다.

"아버지, 칭찬해주세요. 내가 나쁜 마녀의 부하를 쓰러뜨렸어요."

갑작스런 헨젤의 행동에 아무런 반항도 해보지 못하고 남자가 쓰러졌습니다. 헨젤은 피가 묻은 과도를 버리고 수건으로 손에 묻은 피를 대충 닦아내었습니다.

여자는 그레텔이 자신에게 웃으며 다가오자 뒷걸음질을 치기 시작했습니다.

"오, 오지 마!"

"어머니, 칭찬해주세요."

그레텔이 그렇게 말하며 여자를 불이 타고 있는 벽난로 속으로 밀어버렸습니다. 그리고 여자가 나오지 못하게 탁자를 옆으로 눕혀 벽난로를 막아버렸습니다.

"나쁜 마녀를 내가 물리쳤어요, 어머니."

여자와 남자를 죽인 헨젤과 그레텔은 집 안을 둘러보다가 한 방에서 걸음을 멈추었습니다. 두 사람은 그 방 안의 흔들의자에 앉아 중얼거렸습니다.

"여기는 참 편안한 기분이 드는걸."

"꼭 여기서 오래 살았던 것 같은 느낌이야. 그렇지, 누나?"

"응, 그래. 아마 마녀가 마법을 걸어 놓았을 거야."

"그렇겠지? 그레텔 누나, 우리 이제 어디로 가지?"

헨젤의 질문에 그레텔이 턱을 괴고 고민하는 듯 보이더니 이내 해맑게 웃으며 말했습니다.

"진짜 엄마와 아빠를 찾으러 가자."

"응!"

헨젤과 그레텔이 의자에서 일어나 거실에서 랜턴과 성냥을 챙겨 밖으로 나왔습니다.

두 사람은 언제나처럼 서로의 손을 꼭 맞잡은 채 숲을 빠져 나가 마을로 향했습니다. 마을에 도착하자 어느새 저녁이 되어있었습니다.

일을 끝내고 집으로 돌아가던 마을 사람들은 헨젤과 그레텔을 보고 언제나처럼 슬금슬금 피했습니다. 그러다 한 여자가 헨젤의 손에 묻은 피를 보고 비명을 질렀습니다.

"꺄아악!"

“왜 저러지, 누나?”

“그러게? 왜 저럴까?”

비명소리를 들은 마을 사람들이 집에서 뛰어나왔습니다. 그리고 그들도 헨젤의 손에 묻은 피를 보고 기겁을 했습니다.

“정말 마녀의 자식이군!”

“우린 마녀의 자식이 아니에요!”

“그레텔 누나의 말이 맞아요! 우리가 마녀를 물리쳤단 말이에요!”

한 마을 주민의 말에 헨젤과 그레텔이 화를 냈습니다. 하지만 마을 사람들은 마녀의 자식이라며 혀를 찼고, 마을 아이들은 헨젤과 그레텔에게 돌팔매질까지 했습니다. 그에 화가 난 헨젤과 그레텔은 마을을 뛰쳐나와 다시 숲으로 돌아왔습니다.

“우리 다른 마을에 가자. 아까 그 들판으로 가 보면 또 다른 마을이 나올 거야.”

“응, 누나.”

헨젤이 손에 들고 있던 랜턴에 불을 붙였습니다. 두 사람은 다시 아까의 그 들판으로 가기 위해 길을 따라 걷기 시작했습니다.

The second story is Lethe - I

헨젤과 그레텔의 이야기를, 테일은 양피지에 받아 적었습니다. 테일은 이야기를 듣는 내내 아무렇지 않게 자신들의 이야기를 마치 다른 사람의 이야기인 듯 말하는 헨젤과 그레텔이 오싹했습니다.

하지만 흥미로우면서 무섭기도 한 자신들의 이야기를 기꺼이 들려준 두 사람에게 테일은 고마움을 느꼈습니다.

"재미있어? 참 나쁜 마녀지?"

"응. 들려줘서 고마워. 자, 우리 이제 출발하자."

"그래, 테일 누나. 이야기가 재미있었다니 다행이야."

헨젤과 그레텔은 생긋 웃으며 다시 길을 걸어갔다. 테일도 서둘러 양피지와 펜을 가방 안에 갈무리하고 두 사람을 따라갔습니다.

헨젤과 그레텔의 뒤를 따라가자 얼마 안 가 빛이 보이더니 이내 숲 밖으로 빠져나왔습니다. 헨젤과 그레텔이 마을을 보며 말했습니다.

"우리는 저 마을이 싫어. 그러니까 우리는 이만 그 들판이 있는 곳으로 가 볼게."

"테일 누나 안녕! 언젠가 다시 만나! 그때는 아마 우리들의 진짜 엄마와 아빠도 볼 수 있을 거야. 누나도 여행 즐겁게 해."

"그래, 너희들도 조심해서 숲을 건너가도록 해. 꼭 진짜 엄마와 아빠를 찾길 바랄게."

그렇게 헨젤과 그레텔은 다시 숲 속으로 돌아갔고, 테일은 마을로 향했습니다.

마을에 들어선 테일은 우선 배를 채우기 위해 식당으로 향했습니다.

"어서 오세요! 한 분이신가요? 창가로 안내해드릴까요?"

테일이 식당에 들어서자 테일과 비슷한 또래의 소녀가 활기차게 테일을 맞이했습니다. 소녀가 안내해준 자리에 앉아 간단하게 빵과 스프를 주문하고 테일은 멍하니 창밖을 바라보았습니다. 아까 헨젤과 그레텔의 이야기 덕에 마을 사람들이 그렇게 좋은 사람들로 보이지 않았습니다.

"주문하신 빵과 스프 나왔습니다! 맛있게 드세요!"

"고맙습니다."

"레테! 4번 테이블 주문!"

"네~ 갑니다!"

'저 아이 이름이 레테구나.'

테일이 빵을 먹으며 레테를 바라보았습니다. 바쁘게 움직이는 사람이 레테뿐이라 종업원이 하나인가 하는 생각에 주변을 둘러보았습니다. 역시 일하는 종업원은 레테뿐이었습니다. 다른 종업원들은 전부 의자에 앉아서 쉬거나 손님들과 수다 떨기 바빴습니다. 그 모습에 테일은 저절로 인상이 찡그려졌습니다.

식사를 끝낸 테일이 계산대로 가니 주문을 받던 레테가 허겁지겁 뛰어와 계산을 도와주었습니다.

"저기, 왜 혼자서만 일해요?"

테일의 질문에 레테가 멈칫하더니 이내 밝게 웃으며 말했습니다.

"제가 미운 자식이라 그래요. 이용해주셔서 고맙습니다!"

레테는 고개를 숙여 테일에게 인사하고는 다시 급하게 주문을 받으러 뛰어갔습니다. 테일은 식당을 나와 여관을 찾아갔습니다. 아까 만난 헨젤과 그레텔에게 그랬던 것처럼 레테에게 흥미가 생겼습니다. 어쩐지 레테도 헨젤과 그레텔처럼 아주 재미있는 이야기를 들려줄 것만 같았습니다.

"아주머니, 방 하나만 주세요."

"그려, 203호여."

“네.”

테일은 방 열쇠를 받아들고 위층으로 올라가 방에 짐을 풀어놓고 약간의 돈을 챙겨 다시 밖으로 나왔습니다.

책을 사러 나온 테일은 해가 지는 것을 보고 서둘러 서점으로 향했습니다. 다행히 아직 문을 닫지 않아 테일은 책을 살 수 있었습니다. 책을 산 테일은 흥얼거리며 여관으로 향했습니다. 그런데 또 다시 뭔가를 잔뜩 품에 안고 허겁지겁 뛰어가는 레테가 보였습니다. 테일은 얼른 레테에게 다가가 말을 붙였습니다.

“안녕하세요?”

“네? 아! 아까 가게에 오셨던 손님이시군요! 안녕하세요.”

“어디를 그렇게 급하게 가는 거예요?”

“아, 식료품을 사러 갔다 오는 길이었어요.”

“그렇군요. 그런데 나이도 비슷해 보이는데 말 놓으면 안 될까요?”

테일의 말에 레테가 머뭇거리더니 환하게 웃었습니다. 테일도 레테를 따라 웃고는 레테의 짐을 조금 나누어 들어주었습니다.

“안 그래도 되는데!”

“아니, 괜찮아. 내가 들어줄게. 무겁지 않아?”

“고마워! 사실 언니 오빠들이 아무도 가게 일을 도와주지 않아서 많이 힘들었거든.”

“그래서 너 혼자 그렇게 열심히 일했던 거구나.”

“응. 아, 그런데 넌 이름이 뭐야? 난 레테라고 해.”

“난 테일. 세계의 여러 가지 이야기를 찾아서 여행을 하는 중이야.”

“와아~ 그거 멋지다. 나도 같이 여행을 갈 수 있다면 좋을 텐데!”

레테가 환하게 웃으며 말했습니다. 그렇게 둘이서 재잘재잘 수다를 떨며 걷다 보니 어느새 식당 앞에 도착했습니다. 테일과 레테는 아쉽게 작별을 고하고 헤어졌습니다.

여관으로 돌아온 테일은 싱글싱글 웃었습니다. 헨젤과 그레텔 다음으로 새로 사귄 친구라 마음이 두근거렸습니다. 레테도 함께 여행을 다니면 좋을 텐데, 라는 생각을 하며 테일은 마을을 떠난 후 처음으로 편안하게 침대 위에서 잠이 들었습니다.

날이 밝았습니다. 테일은 약속이라도 한 듯 어제 산 책을 손에 들고 레테가 일하는 식당으로 향했습니다. 전날처럼 레테가 테일을 반겨주었습니다.

"어서 오세요! 어머, 테일!"

"안녕, 레테! 혹시 오늘 시간 있어?"

"어? 무슨 일 있어?"

"할 이야기가 있어서. 안 되려나?"

"아니, 괜찮아. 한두 시간 정도 시간 내볼게. 아버지! 저 잠시만 나갔다 올게요!"

레테는 그렇게 말하고 잽싸게 테일의 손을 잡더니 식당을 빠져나와 마을 외곽의 공터로 향했습니다. 어찌나 빨리 달리던지, 체력 하나는 좋다고 자부하던 테일이 지칠 정도였습니다.

"힘들어."

"미안, 근데 이렇게 빨리 안 달리면 언니, 오빠들이 쫓아오거든. 근데 할 얘기가 뭐야?"

"아! 레테, 너도 나랑 같이 여행하지 않을래? 혼자서 식당 일하기도 힘들잖아."

테일의 제안에 레테가 입을 다물었습니다. 잠깐의 침묵을 깨고 레테가 입을 열었습니다.

"사실 나도 너처럼 여행 가고 싶어. 그런데 부모님이 허락을 안 해주시잖아. 난 벌써 열일곱 살인데!"

"아, 레테가 나보다 한 살이 많구나."

"굳이 언니라고 부르지 않아도 돼. 나 사실 가족들한테 사랑받는 자식이 아니라서, 안 그래도 확 가출해버릴까 생각했었지."

"가출?"

"응. 근데 못 하겠더라. 뭐, 아무튼 그 이야기는 그만 하자. 그런데 그 책은 뭐야?"

"아, 이거. 그냥 흔한 이야기들을 모아서 엮어놓은 책이야. 내가 이야기를 좋아해서."

"나도 이야기 좋아해!"

"정말? 아, 그럼 이거 선물로 줄게!"

테일은 레테에게 책을 건넸습니다. 여행을 하면서 읽으려고 산 것이었지만, 레테에게 줘도 나쁘지 않을 것 같다는 생각이 들었습니다. 레테는 정중히 사양했지만 테일은 기어코 레테에게 책을 주었습니다.

"아, 벌써 시간이 많이 지났네. 난 이제 가게 일을 하러 가야겠어. 테일! 혹시 오늘 떠나지 않을 거라면 며칠만 기다려줘! 그때 같이 떠나자!"

"정말? 알았어! 얼마든지 기다려줄게!"

레테의 흔쾌한 대답을 받아낸 테일은 신나게 여관으로 돌아왔습니다. 그리고 양피지와 펜을 꺼내들어 새로운 이야기의 시작을 알리는 소제목을 써 넣었습니다. 이 마을에서 레테를 만나서 참 다행이라는 생각이 들었습니다.

가방에서 돈을 조금 더 꺼낸 테일은 여기저기 가게를 둘러보며 당분간 여행하며 먹을 식량을 샀습니다. 그것을 품 안에 안고 다시 여관으로 향하려는데 레테의 식당에서 큰 소리가 나는 듯싶더니 레테가 밖으로 나왔습니다. 아니, 누군가가 밀어서 쫓겨났습니다. 레테는 울고 있었고, 양 뺨이 부어있었습니다. 테일은 걱정이 되어 레테에게 달려갔습니다.

"레테!"

"아, 테일."

"무슨 일이야?"

"나, 쫓겨났어."

레테가 그렇게 말하며 억지로 웃어보였습니다. 테일은 레테를 부축해 여관으로 갔습니다. 그리고 가방에서 손수건을 꺼내 찬물에 적셔서 레테에게 주었습니다. 맞은 뺨이 아픈지 레테는 연신 훌쩍거렸습니다.

"도대체 무슨 일이야?"

"오늘만 일하고 이제 집을 나와서 혼자 생활한다고 하니까 언니 오빠들이 막 화를 내잖아. 그래서 소리를 좀 질렀더니 때리더라, 훌쩍."

"괜찮아? 많이 아파?"

"괜찮아. 저기, 테일. 내 이야기 좀 들어주지 않을래?"

"물론."

레테는 다른 아이들과 다를 게 없는 평범한 소녀였습니다. 다른 또래 아이들처럼 부모님과 행복하게 살며 제 나름대로 멋진 꿈을 지닌 소녀였습니다. 하지만 어느 날, 레테의 부모님이 돌아가시자, 레테는 더 이상 행복하지 못했습니다.

부모님이 돌아가시고 난 후, 레테는 가까운 친척에게 맡겨졌습니다. 그 친척들은 다른 누군가가 볼 때에는 레테에게 잘해주는 척 했지만 가족끼리 있을 때에는 레테를 눈엣가시처럼 여겼습니다. 특히나 일곱 남매는 레테를 아주 못살게 굴었습니다. 레테는 몇 번이나 가출 시도를 했지만 번번이 실패했고, 친척들에게 더 심한 구박을 받으며 자랐습니다.

이런 힘든 상황에도 레테는 어릴 적 가졌던 꿈을 버리지 않았습니다. 소박하고 작은 꿈이지만 레테에겐 너무나 소중했습니다. 그것은 바다를 보는 것이었습니다. 레테가 사는 원더 왕국의 작은 마을은 바다와는 너무 멀리 떨어진 곳이라, 레테는 책 속에서만 바다를 볼 수 있었습니다. 그런 바다를 직접 보는 것이 레테의 작은 소원이었습니다.

하지만 바다를 보기는커녕 레테는 친척들에게 구박을 받으며 친척이 운영하는 식당에서 혼자 열심히 일만 해야 했습니다.

마을 사람들은 레테에게 부지런히 일하는 모습이 보기가 좋다며 레테를 칭찬했지만 레테는 조금도 기쁘지 않았습니다. 언젠가 꼭 한 번 바다에 가기 위해 레테는 조금씩 조금씩 돈을 모았습니다. 사실 레테가 바다에 가지 못한 이유는 친척들의 반대도 있었지만,

마을을 혼자서 떠날 수 있는 나이가 되지 않았기 때문입니다. 그래서 레테는 마을을 떠날 수 있는 열여섯 살이 되는 날, 바다로 가기 위해 꼬박꼬박 돈을 저축하고 있었습니다.

그리고 드디어 레테의 열여섯 살 생일이 되었습니다. 언제나 그렇듯 친척들은 축하 인사 한 번 해주지 않았습니다. 레테도 별로 기대를 하지 않았습니다. 하지만 16번째 생일을 얼마나 기다렸던지, 친척들에게 구박을 받아도 그 날 하루만큼은 아주 행복했습니다.

레테는 친척 남매들 중 맏이인 첫째 오빠에게 달려가 말했습니다.

"오빠! 나 오늘 바다로 떠날 거예요! 그러니까 오빠가 다른 언니, 오빠들이랑 어머니, 아버지에게 말해주세요."

그 말을 들은 첫째 오빠는 흥, 하고 콧방귀를 뀌며 어딘가로 사라졌고, 레테는 흥얼거리며 자신의 방으로 들어가 짐을 싸기 시작했습니다.

그런데 7남매들이 갑자기 레테의 방문을 열고 들어오더니 둘째 언니가 레테의 뺨을 세게 때렸습니다.

"무, 무슨……."

"너 지금 가게 일을 우리한테 넘기고 너 혼자 놀러가겠다는 거니?"

"아니에요, 언니."

"흥! 그러면 어디 갈 생각 하지 말고 얌전히 가게에서 일이나 해!"

셋째 언니가 소리쳤습니다. 7남매는 레테에게 건방지다며 저마다 한 마디씩 하고는 레테의 방을 나왔습니다.

레테는 한동안 둘째 언니에게 맞은 뺨을 만지며 허공을 멍하니 응시하다가 결국 눈물을 터뜨렸습니다.

그 이후로 레테는 아무 말 없이 얌전하게 식당 일을 도왔습니다. 몰래 빠져나가려는 시도도 했었지만 번번이 실패했고, 결국 자신의 꿈을 이루는 것은 불가능하다는 생각이 들었기 때문입니다. 그렇게 레테는 자신의 꿈을 포기하고 그저 죽지 못해 사는 것 마냥 지냈습니다.

그러던 어느 날, 마을에 어떤 남매가 찾아왔습니다. 두 아이들은 서로 손을 꼭 맞잡고 있었는데 자세히 보니 남자아이의 손에 붉은 피가 묻어 있었습니다. 그것을 본 레테는 저도 모르게 비명을 질렀습니다.

"꺄아아악!"

"무슨 일이야!"

"왜 저럴까, 헨젤?"

"그러게, 그레텔 누나."

"쯧쯧, 마녀의 자식들이 또 나타났군!"

"저 아이들의 손을 봐요!"

레테가 비명을 지르자 그 비명소리를 들은 마을 사람들이 나타나 두 아이들에게 손가락질을 해댔습니다. 아아, 소문으로만 들었던 마녀의 자식들이었습니다. 하지만 자꾸 볼수록 레테의 눈에는 마녀의 자식으로 보이지 않았습니다. 오히려 자신처럼 사랑받지 못하고 자랐다는 느낌을 받았습니다.

마을 사람들이 자신들에게 마녀의 자식이라고 하자 두 아이들은 버럭 화를 냈습니다.

"우린 마녀의 자식이 아니에요!"

"맞아! 마녀를 우리가 물리쳤다고요!"

하지만 마을 사람들은 얼른 마을에서 나가라며 두 아이들을 쫓아내었습니다. 두 아이들에게서 자신과 같은 처지라는 느낌을 받은 레테는 두 아이들을 붙잡으려 했지만 이미 그 아이들은 마을 밖의 숲으로 가버리고 말았습니다. 나중에 다시 마을에 오게 되면 먹을 거라도 줘야겠어 라고 생각하며 레테는 옷을 탁탁 털고 일어나 가게로 돌아갔습니다.

그렇게 무의미한 시간을 보내는데, 자신을 테일이라고 소개한 소녀가 레테 앞에 나타났습니다. 그 소녀는 여행 중이라며 레테에게 함께 여행을 가자고 했습니다. 그때 레테는 다시 한 번 접어두었던 꿈을 펼쳤습니다.

레테는 다시 한 번 친척들에게 여행을 떠나겠노라 선언했습니다. 하지만 또 한 번 거절당했고, 레테는 이번에는 반드시 가고 말겠다며 그 동안 모아두었던 돈들과 함께 짐을 싸들고 나왔습니다. 그 모습을 본 첫째 오빠는 레테에게서 돈과 짐을 빼앗고 레테를 가게 밖으로 내쫓았습니다. 레테는 너무 억울했습니다. 너무 억울해서, 할 말도 잃었습니다. 그 때, 테일이 다시 레테의 앞에 나타난 것입니다.

노래하는 미친 남자와 여왕님의 초대장 - 1

"그렇구나. 미안해, 내가 괜히 같이 가자고 졸라서"
"아니 괜찮아. 오히려 잘된 일인 것 같아. 그럼 우리 내일 출발하는 거야?”

“어? 응.”

“어디로 가는데?”

“정해둔 목적지는 없어. 내 꿈은 세계의 이야기를 모으는 거니까.”

“그럼 우리 바다도 가?”

그렇게 묻는 레테의 표정은 아주 들떠 보였습니다. 테일은 생긋 웃으며 고개를 끄덕였다. 테일의 대답에 레테는 세상에서 이렇게 기쁜 날은 없었다는 듯 테일의 손을 잡고 위아래로 세차게 흔들었다.

“고마워, 테일! 정말 고마워!”

“사실 나도 혼자 여행하는데 심심할 것 같았어. 너처럼 마음이 맞는 친구를 만나서 참 다행이야.”

“나도 그래! 아, 우리 내일 말고 지금 출발하면 안 될까?”

레테가 걱정스럽게 테일에게 물었습니다. 테일은 왜 그러냐는 듯이 레테를 바라보았고 레테는 뺨에 대고 있던 손수건을 테일에게 돌려주며 말했습니다.

“언니, 오빠들이 날 찾으러 올지도 몰라서.”

“아아, 그래. 그러면 지금 출발하자. 잠깐만 기다려줘.”

흔쾌히 승낙한 테일은 탁자 위에 어질러진 자신의 물건들을 모두 가방 안에 넣고 레테의 손을 이끌고 여관 밖으로 나왔습니다.

아니나 다를까, 7남매가 여관 앞에 서 있었습니다. 테일은 그들을 보며 흥! 하고 콧방귀를 뀌고는 레테의 손을 꽉 잡고 재빨리 그 곳을 빠져나왔습니다. 뒤를 돌아보니 7남매가 레테를 쫓아오고 있었습니다. 두 사람은 힘껏 달려 마을 밖으로 벗어났습니다. 7남매도 더 이상 쫓아오지 않았습니다.

어느새 하늘이 붉은 노을빛으로 물들어 갔습니다.

구름 한 점 없이 맑은 밤하늘이었습니다. 보름인지 은빛의 둥근 달이 환하게 길을 비춰주고 있어 늦은 밤인데도 길은 전혀 어둡지 않았습니다. 달뿐만 아니라 별들도 밤을 무서워하지 말라는 듯이 테일과 레테가 걷는 길을 밝혀주었습니다.

"이 다음 마을에서는 어떤 이야기를 들을 수 있을까?"

"테일, 너는 이야기를 참 좋아하는구나."

"응. 사실 내가 여행을 시작한 이유도 이야기를 좋아해서야. 알려지지 않은 세계의 여러 이야기들이 궁금해서, 그래서 여행을 시작한 거야."

"헤~ 그렇구나. 나도 이야기를 좋아하긴 하지만, 여행을 떠날 엄두조차 내지 못했어. 나는 오로지 바다 하나를 보기 위해 여행을 원했으니까."

레테가 웃었습니다. 테일도 함께 웃었습니다.

늦은 밤이라 피곤할 만도 하건만 두 사람은 졸린 기색 하나 없이 재잘재잘 수다를 떨며 다음 마을을 향해 걸어가고 있었습니다.

"다음 마을은 어떤 곳일까?"

"내가 알기론 다음 마을부터는 큰 영지라고 하더라. 우리 마을이나 너희 마을처럼 작은 시골 마을 같은 곳이 아니라 귀족 나으리가 다스린대."

"정말? 레테 너는 정말 아는 게 많구나!"

"아냐, 뭘. 사실 그 영지의 주인이신 바니카 공작님의 따님인 콘치타 아가씨가

가끔 우리 마을에 오셔서 시종으로 쓸 만한 사람들을 데려가곤
하셨거든."

"그렇구나."

레테의 말에 테일이 고개를 주억거렸습니다. 사실 테일이 여행을
나와서 꼭 보고 싶은 것 중 하나가 귀족들이었습니다. 과연 얼마
나 대단한 사람들이기에 원더 왕국의 여왕님 대신 큰 마을 하나
를 다스릴까, 정말 궁금했습니다. 그런 호기심은 테일의 발걸음을
빨리 하기에 충분했습니다.

두 사람이 이야기를 하며 부지런히 걷자 동이 틀 무렵에 영지에
도착할 수 있었습니다. 정말 그 곳은 테일이 살던 마을, 레테가 살
던 마을과는 전혀 다른 아주 큰 마을이었습니다. 건물들도 모두
벽돌로 지어 튼튼해 보였고, 거리도 아주 깔끔했습니다. 사람들이
걸어 다니는 길도 붉은 벽돌로 깔아놓은 것을 보고 테일은 자신
이 정말 우물 안의 개구리였다는 것을 실감했습니다.

레테도 이곳에 대해 이야기만 들어봤지 직접 와 본 것은 처음이
라 마냥 신기했습니다. 두 사람은 여기저기 둘러보며 하룻밤 지낼
만한 여관에 방을 잡아두고 영지를 구경하기 시작했습니다.

마을보다 규모가 큰 영지라서 그런지 서점에는 테일의 흥미를 끄
는 책들이 많았습니다. 테일과 레테는 돈이 아깝다는 생각도 하지
않고 많은 책을 사버렸습니다. 그러고는 행복감에 젖어서 여관으
로 돌아가는데 영지의 중심에 있는 작은 공원에서 아주 아름다운
노랫소리가 들려왔습니다. 그 노랫소리는 마치 전설 속에나 나오
는 세이렌(상반신은 여자이고 하반신은 새의 모습을 하고 있는 영

혼의 목소리를 내는 바다의 요정)의 노래인 듯 아주 아름다웠습니다. 홀리기라도 한 듯 레테와 테일은 노랫소리가 들리는 곳으로 향했습니다.

여자가 있을 것이라는 생각과는 달리 노래를 부르고 있는 사람은 남자였습니다. 남자라고 하기에는 너무도 아름다운 목소리여서, 도저히 남자라는 생각이 들지 않았습니다.

테일과 레테가 그 사람에게 가까이 다가가려고 하는데 누군가가 뒤에서 테일과 레테의 어깨를 잡아끌었습니다.

"저 사람에게 가까이 가면 안 돼요!"

"네?"

"아, 우리가 왜?"

레테가 꿈에서 깬 듯 중얼거렸습니다.

"아, 정신을 차렸군요! 다행이에요. 저 남자의 노래를 들으면 그 노래에 홀려서 정신을 잃게 되거든요. 이곳에 처음 오시는 분들이신가 봐요?"

정신을 차린 테일과 레테는 자신들의 어깨를 잡아 끈 사람을 바라보았습니다. 허리까지 내려오는 백금 빛깔의 머리카락을 지닌 아름다운 여자였습니다. 같은 여자가 보기에도 너무 아름다운 미모였습니다.

그녀는 테일과 레테를 근처에 있는 자신의 집으로 데려갔습니다. 여자는 손수 차를 끓여 테일과 레테에게 권했습니다.

"자, 드세요. 그 남자의 노래를 들었을 때는 안정을 취하는 것이 좋아요. 언제 홀려서 끌려갈지 모르니까요."

"아, 고맙습니다."

“고마워요.”

테일과 레테는 군말 없이 그녀가 건넨 차를 마셨습니다. 그녀는 레테와 테일이 차를 마시는 모습을 보고 후후, 하고 웃었습니다.

“근데 왜 그 사람의 노래를 들으면 안 되죠?”

“혹시 피리 부는 사나이 이야기를 아시나요?”

질문에 대답하지 않고 다른 질문을 하는 그녀를 보며 고개를 갸웃거린 테일은 들어본 적 있다며 고개를 끄덕였습니다. 그녀는 후후, 웃으며 말을 이어갔습니다.

“그 이야기와 비슷해요. 저 남자의 노래를 들으면 홀려서 끌려가거든요. 여왕님의 성으로요. 그냥 갔다가 무사히 돌아오는 거라면 별로 신경 쓰지 않겠지만 따라갔다가 돌아온 사람은 없어요.”

그녀의 말을 듣고 테일과 레테는 소름이 돋는 듯했습니다. 만약 그녀가 구해주지 않았다면? 성으로 끌려가서 행방불명이 되었을 것이라는 말에 몸을 떨었습니다.

“사실 우리 영지 사람들이 그를 기피하는 이유는 또 있어요. 예전에, 그와 똑같이 생긴 사람이 우리 영지에서 죽은 시체로 발견된 적이 있었거든요. 게다가 가까이 가서 말을 걸면 ‘여왕님을 위한 세계를 만들자’라면서 중얼거린다고 해요. 또, 그는 이 영지에 온 후로 한 번도 그 자리를 떠난 적이 없어요. 그래서 영지 사람들이 그를 노래하는 미친 남자라고 부르면서 피한답니다.”

“그, 그렇군요.”

레테가 고개를 끄덕거렸습니다. 테일은 가방 안에서 양피지와 펜을 꺼내 그녀의 말을 받아 적고 있었습니다. 그런 테일의 모습을 본 여자는 쿡쿡, 낮게 웃으면서 테일에게 말했습니다.

"그 쪽은 이런 이야기를 좋아하시나 봐요?"

"네? 네. 여러 가지 이야기를 찾기 위해 여행을 하고 있는 거예요."

"그렇군요. 근데 두 분 이름이 뭐지요? 저는 린네라고 해요. 만나서 반가워요."

린네는 고개를 살짝 숙이며 환하게 웃었습니다. 그녀의 웃음에 레테와 테일도 웃으며 자신들의 소개를 했습니다. 린네는 영지를 안내해주겠다며 테일과 레테의 손을 잡고 집 밖으로 나와 이곳저곳을 구경시켜주었습니다.

구경을 마치고 돌아가려는데 린네가 점심도 대접하겠다며 테일과 레테를 불러 세웠습니다. 그리고는 꽤나 비싸 보이는 식당으로 두 사람을 데리고 들어갔습니다.

"이, 이런 곳은 부담스러워요."

"맞아요."

"아뇨, 제가 대접해드리고 싶어요. 사양하지 마세요."

테일과 레테는 끝까지 사양했지만 린네는 막무가내로 테일과 레테를 가게로 데리고 들어갔습니다. 그리고 메뉴판을 찬찬히 들여다 본 후 음식을 주문하고는 테일을 바라보았습니다.

"전 글 쓰는 것을 아주 좋아해요. 특히 전 그 노래하는 미친 남자의 이야기를 좋아하지요. 딱 한 번 그와 제대로 된 대화를 나누어본 적이 있어요. 그의 말로는 자신이 여왕님의 초대장이라고 하더군요."

"네?"

린네의 말에 테일이 바로 반응을 보였습니다. 린네는 그럴 줄 알았다는 듯이 후후, 웃고는 먼저 나온 차를 마시며 목을 축였습니다.

"남자의 말로는, 자기 노래에 홀리는 자들은 여왕님에게 초대받은 자들이라고 해요. 가엾은 여왕님은 답답한 성 안에 갇혀서 지루한 일생을 보내고 계시죠. 그런 여왕님을 위해 성 밖 사람들을 왕궁으로 초대하는 것이 자신의 임무라고 했어요. 하지만 아직 '여왕님을 위한 세계를 만들자'라는 말이 무슨 뜻인지는 잘 모르겠어요."

"그렇군요. 아, 그런데 이 영지를 다스리는 바니카 공작님은 어떤 분이신가요?"

테일의 질문에 린네는 살짝 어두운 얼굴을 하고 창 밖 멀리 보이는 아주 커다란 저택을 보며 한숨을 내쉬었습니다.

"그 분은 오래 전에 돌아가셨지요. 이때까지 따님이신 콘치타 아가씨가 영지를 다 스리셨지만, 콘치타 아가씨도 어느 날 돌연 사라져버리셨어요. 근데, 콘치타 아가씨에 대한 재미있는 이야기도 있죠."

"재미있는 이야기요?"

이번에는 레테도 관심을 보였습니다. 린네는 숨을 크게 한번 들이쉬고 아주 작은 목소리로 속삭이듯 말했습니다.

"괴이한 소문이죠. 콘치타 아가씨가 사람을 먹는다는 이야기예요. 하지만 저도 자세한 것은 몰라요."

"시, 식인이요?"

"쉿, 목소리 낮추세요. 우리 영지 사람들은 콘치타 아가씨를 아주 많이 아꼈거든요. 그런 소문이 퍼져서 얼마나 난리가 났었는지."

린네는 낮게 웃고는 무서워하지 말라며 손사래를 쳤습니다. 그때 "식사 나왔습니다! 맛있게 드세요!"라는 활기찬 종업원의 목소리가 들려와 세 사람은 이야기를 그만 하고 음식을 먹기 시작했습니다. 생전 처음 보는 음식들뿐이라, 어떻게 먹어야 하는지 고민하던 테일과 레테는 린네가 먹는 것을 보고 따라서 먹기 시작했습니다.

맛있는 식사를 마친 세 사람은 느긋하게 식당 밖으로 나왔습니다. 그런데 이상하게도 사람들이 모두 노래하는 남자가 있던 공원으로 뛰어가고 있었습니다. 무슨 일인가 싶어서 세 사람도 무리에 끼어 따라가 보았습니다.

언제나 그 자리에 서서 노래를 부른다는 그 남자가 어딘가로 사라지고 없었습니다. 린네는 그 장면을 보더니 턱을 괴고 레테와 테일에게만 들릴 정도의 작은 목소리로 중얼거렸습니다.

"또 누군가가 여왕님의 성으로 불려갔군요."

"네?"

"그가 없어졌잖아요. 아마 영지 사람들 중 누군가가 그의 목소리에 홀려서 그와 함께 여왕님의 성으로 갔을 거예요. 얼굴 표정을 보니 테일과 레테도 여왕님의 성으로 가고 싶은가 보네요?"

정곡을 찔린 듯, 테일과 레테가 아무 말도 하지 않았습니다. 린네는 한숨을 내쉬었습니다.

"이 영지와 성이 있는 수도는 그렇게 멀지 않으니 아마 며칠 후면 그 남자가 다시 돌아올 거예요. 그 때, 남자와 함께 성으로 가죠."

"네? 정말요?"

"물론이죠, 사실 저도 여왕님이 어떤 분이신지 참 궁금하거든요. 자, 그가 돌아올 때까지 저희 집에서 지내도록 해요."

"네? 아뇨, 괜찮아요. 여관에서 지내면 되는걸요."

"에이, 돈 아깝잖아요!"

린네가 손사래를 치며 테일과 레테의 손을 이끌고 두 사람이 묵을 예정이었던 여관방을 빼고, 자신의 집으로 데려왔습니다.

테일과 레테가 몇 번이나 사양했지만 아까 전처럼 린네는 포기하지 않았습니다. 결국 테일과 레테는 린네의 집에서 신세를 지게 되었습니다.

며칠이 지났습니다. 유난히 눈이 일찍 떠진 테일은 기지개를 켜고 집 밖으로 나왔습니다. 그런데 아주 아름다운 노래가 들려왔습니다. 그것은 노래하는 미친 남자의 노랫소리였습니다. 테일은 서둘러 레테와 린네를 깨웠습니다.

"그가 돌아왔어요!"

"어머, 정말요?"

세 사람은 얼른 채비를 하고 남자에게 갔습니다. 분명 남자 혼자서 노래하는 것인데도 꼭 여러 사람이 합창을 하는 것 처럼 아름다운 노래였습니다.

세 사람이 온 것을 알아챘는지 남자는 노래를 하다 말고 테일을 바라보더니 싱긋 웃었습니다. 그러고는 뒤돌아서 어딘가로 가기 시작했습니다. 테일과 레테는 그에게 홀린 듯 그의 뒤를 따라갔고, 유일하게 멀쩡한 정신을 가진 린네도 허겁지겁 그들의 뒤를 따라갔습니다.

 테일은 눈을 떴습니다. 분명히 자신은 남자의 노래를 듣고 있었는데, 지금 테일이 있는 곳은 아까의 그 공원이 아닌 아주 화려하고 호화로운 방이었습니다. 벽지, 바닥, 가구 모두가 흰 색인 아주 특이한 방이라, 흰 색이 아닌 자신과 레테와 린네가 너무 이질적으로 느껴졌습니다.

 "여긴?"

 "여왕님의 성이긴 한데, 아무래도 접견실 같아요."

 "우리가 정신을 잃은 거예요?"

 레테의 질문에 린네가 쿡쿡거리며 웃었습니다.

 "네, 멍해져서는 그 노래하는 미친 남자의 뒤를 따라가던걸요. 따라오느라 힘들었어요."

 "그런데, 저랑 레테는 홀렸는데 왜 린네씨는 멀쩡해요?"

 "그야, 저는 귀마개를 하고 있었으니까요. 사실 테일과 레테의 말도 잘 들리지 않아서 입 모양으로 대강 어떤 말을 하는지 짐작했어요. 저희 영지사람이라면 익숙한 일이죠."

 그녀의 시원한 대답에 레테와 테일은 고개를 주억거렸습니다. 그리고 세 사람은 그 넓디넓은 방을 둘러보기 시작했습니다.

 그때, 크고 화려한 문이 열리더니 새하얀 드레스를 입고 붉은색 숄을 걸친 백발의 인형 같은 여자가 들어왔습니다. 그녀의 머리카락은 엉망으로 짧게 잘려있었고,

얼굴의 반쪽에는 머리색과 같은 새하얀 가면을 쓰고 있었습니다.

"이번에 데려온 손님은 어린 소녀들이구나. 난 클로버, 이 나라의 여왕이지."

클로버 여왕님은 정말 인형 같은 사람이었습니다. 외모도, 말투도, 노래하는 미친 남자처럼 미성이지만 무미건조한 목소리, 마치 감정이라는 것이 없는 인형 같았습니다.

"자, 이제 곧 저녁이구나. 나는 저녁을 좋아하지. 이리 오렴, 우리 함께 티타임을 즐기자꾸나."

세 사람은 아무 말 없이 클로버 여왕님을 따라갔습니다. 그녀는 성 안에 마련된 장미 정원으로 향했습니다. 보통 장미 정원이라 하면 붉은 장미가 만개한 정원을 상상하겠지만, 클로버 여왕님의 장미 정원에는 붉은 장미가 아닌 새하얀 백장미가 가득했습니다. 정원에 나와서 성을 바라보니 성마저 흰색이었습니다.

"저, 여왕님?"

"왜 그러지, 소녀야?"

레테가 멈춰 서서 클로버 여왕님을 불렀습니다. 클로버 여왕님은 숄의 색과 같은 붉은 눈동자로 레테를 바라보았습니다.

"왜 성 안의 모든 것이 전부 흰 색인가요?"

"내가 새하얀 것을 좋아하기 때문이지."

클로버 여왕님은 간단하게 대꾸한 후 도도하게 걸어가 정원의 한가운데 자리한 티 테이블에 앉았습니다. 앉을 사람이 몇 명인지 다 알고 준비한 건지, 아니면 원래 그런 것인지 모르겠지만 신기하게도 의자는 인원수에 딱 맞게 4개뿐이었습니다.

레테와 테일, 린네도 클로버 여왕님이 앉자 자리에 앉았습니다.

세 사람이 모두 착석하자, 시종이 테이블 위에 간단한 다과들을 준비해 테이블 위에 차리고 조용히 물러갔습니다.

"자, 마음껏 들어."

"가, 감사합니다."

"그런데 그가 싱글싱글 웃으며 데려온 너희들은 나를 얼마나 재미있게 해줄까?"

"네?"

뜬금없는 클로버 여왕님의 질문에 테일이 반문했습니다. 클로버 여왕님은 표정의 변화 없이 밋밋하게 말을 이어갔습니다.

"너희도 알겠지만 난 언제나 이 성에 갇혀서 지루하게 일상을 보내지. 그래서 블루다이아가 나를 위해 나의 말상대가 되어줄 손님들을 데려와. 하지만 지금까지 날 재미있게 해준 손님들은 없었어. 너희들은 어떨까?"

클로버 여왕님이 아주 살짝 미소를 지었습니다. 정말 인형 같은 외모, 하지만 너무 엉망으로 잘린 머리카락. 테일은 가방 안에서 작은 빗을 꺼내 클로버 여왕님의 뒤로 가 그녀의 머리카락을 예쁘게 빗어주었습니다.

"여왕님, 제가 얼마 전에 만난 한 쌍둥이 남매의 이야기를 해드릴게요."

"그래, 어디 한번 해보렴."

테일은 헨젤과 그레텔 남매의 이야기를 하기 시작했습니다. 클로버 여왕님은 처음에는 테일의 이야기를 들으며 고개를 끄덕거리기만 했지만 이야기가 진행이 되면 될수록 화도 내고, 웃기도 하면서 그 이야기에 빠져들었습니다. 어느새 레테와 린네도 이야기에 빠져들었고, 이야기가 끝나자 클로버 여왕님은 아주 흡족해했습니다.

"블루다이아가 싱글싱글 웃으며 데려온 이유를 알겠구나. 나는 너희가 참 마음에 드는 구나. 나의 성에서 나와 함께 살지 않겠느냐?"

참으로 고마운 제안이었지만 테일과 레테는 정중히 사양했습니다. 린네는 여왕의 성에서 지낼 수 있는 기회를 버리는 두 사람이 이해가 되지 않아 두 사람에게 물었습니다.

"왜 여왕님과 지내기를 거부하는 거야?"

"저는 아직 세계를 다 둘러보지 못했으니까요. 레테도 아직 바다를 보지 못했으니, 여행이 끝난 후에 다시 한 번 들릴게요."

"참 아쉽구나. 린네라고 했던가? 너는 나와 함께 지내지 않겠느냐?"

"영광이죠, 클로버 여왕님. 저도 테일 못지않게 알고 있는 이야기가 많답니다. 나중에 제가 직접 쓴 이야기를 들려드릴게요."

린네가 호호, 웃으며 말했습니다. 클로버 여왕님도 싱긋 웃었습니다.

"나는 너희들이 참 마음에 드는구나. 내 얼굴의 반쪽을 차지하고 있는 이 가면에 대해서도 묻지 않고, 내 머리색과, 눈동자 색에 대해서도 묻지 않고. 아주 마음에 들어. 그래서 너희들에게만 특별히 말해주마."

"네?"

"나는 아주 특이한 병에 걸렸지. 몸 안의 색소가 사라지는 병이야. 그래서 내 머리, 눈동자, 피부색이 이런 거란다. 햇볕을 오래 쬐면 안 되는 병이라서 난 언제나 성 안에서 지냈단다. 여왕이 된 지 얼마 되지 않았을 때, 호기심에 밖으로 나갔다가 그만 반쪽 얼굴이 화상으로 흉하게 일그러져버렸지.”

클로버 여왕님은 그렇게 말하며 가면을 벗어 보였습니다. 아주 인형 같은 반대쪽 얼굴과 달리 가면 속의 얼굴은 흉하기 짝이 없었습니다. 하지만 테일은 징그럽다는 느낌보다, 여왕님이 참 안됐다는 생각이 들었습니다.

“나의 초대에 응해주어서 정말 고맙구나. 언젠가 여행이 끝나면 꼭 한 번 들러주렴. 아, 그리고 여행을 하다가 눈의 나라에 가게 된다면 그 곳의 여왕에게 내 안부를 꼭 전해주렴.”

클로버 여왕님이 가면을 다시 쓰며 처음으로 환하게 웃어주었습니다. 레테와 테일은 고개를 끄덕이고 클로버 여왕님께 고개를 숙여 인사를 하고는 시종들의 안내를 받으며 성 밖으로 빠져나왔습니다. 어느새 밤이 깊어 있었습니다.

차갑고도 따뜻한 눈의 나라 여왕님

성을 나온 테일과 레테는 한 가지 고민에 빠지게 되었습니다. 클로버 여왕님이 부탁한 눈의 나라로 갈 것인가, 아니면 레테의 소원을 풀기 위해 바다가 있는 곳으로 갈 것인가 하는 고민이었습니다. 사실 바다가 더 가까웠지만, 레테는 자신의 목적지에 가는 것은 조금 더 늦어도 상관없다며 눈의 나라로 가자고 했습니다. 테일도 고개를 끄덕이며 지도를 꺼냈습니다.

“눈의 나라로 가려면 넓은 초원을 지나야 해.”

테일이 눈의 나라와 네버 왕국의 사이에 있는 곳을 가리키며 말했습니다. 레테도 고개를 끄덕였습니다.

“아마 눈의 나라에 도착하려면 한 달은 걸릴 거야.”

“부지런히 걸어야지.”

“그렇지? 밤이긴 하지만, 최대한 빨리 도착하려면 지금 출발해야겠어.”

테일이 지도를 가방 안에 갈무리하며 말했습니다. 레테도 고개를 끄덕였습니다. 처음으로 목적지를 정하고 떠나는 것입니다.

2주일이 지났습니다. 테일과 레테는 드디어 눈의 나라와 네버 왕국의 경계인 목초지에 도착했습니다. 여기까지 오는 동안 테일이 호수에 빠지기도 하고, 불을 피울 만한 장작개비를 찾으러 간 레테가 길을 잃기도 하는 등, 여러 가지 사건이 많았습니다. 열흘이면 도착할 줄 알았던 목적지까지 2주일이나 걸린 것입니다. 그래도 일단 목초지에 도착했으니 눈의 나라까지 멀지 않았다는 생각에 테일과 레테는 그저 기분이 좋았습니다.

눈의 나라가 가까워질수록 조금씩 날씨가 쌀쌀해지는 것을 느꼈습니다. 평소 입고 있던 옷차림으로 눈의 나라에 갔다가는 얼어 죽을 것이라는 생각이 들어서 테일과 레테는 이 목초지에서 눈의 나라에서 입을 만한 따뜻한 옷을 구하기로 했습니다.

테일과 레테는 한 농장으로 들어갔습니다. 그 농장에는 한 아주머니가 나무 밑동에 앉아 양에게 우유를 먹이고 있었습니다. 레테가 그 아주머니께 말을 걸었습니다.

“실례합니다. 따뜻한 옷 좀 빌려주실 수 있나요?”

“응?”

“저희가 눈의 나라에 갈 예정인데 아주 추울 것 같아서요.”

“아유~ 당연히 그런 옷차림으로 가면 춥지! 기다려봐요, 내가 얼른 양털로 만든 외투를 갖다줄 테니.”

다행히도 아주머니께서 친절한 분이셔서 테일과 레테는 눈의 나라에서 입을 외투를 얻을 수 있었습니다. 그런데 아주머니께서 테일과 레테에게 옷을 주면서 말했습니다.

“그런데, 공짜로 줄 수는 없고 나 대신 이 새끼 양들 좀 돌봐줄 수 있겠니?”

“네, 물론이죠. 어디 나가시나 봐요?”

“아휴~ 우리 애가 얼마 전에 아이를 낳았지 뭐야! 그래서 좀 돌봐주려고 잠깐 외출하는 거야. 금방 돌아올 테니 너희들은 그냥 새끼 양들 산책 좀 시켜주고, 씻겨주고, 배고파 보이면 우유를 먹이면 돼.”

“네, 맡겨만 주세요!”

“그럼 믿고 갔다 올 테니 우리 새끼 양들 잘 부탁해요. 아, 아마 곧 있으면 너희 또래의 내 아들이 양떼들을 데리고 올 테니 그 애하고도 잘 놀아주고.”

“걱정하지 마시고 얼른 다녀오세요!”

“그래, 부탁할게!”

그렇게 아주머니가 급하게 뛰어가신 후, 테일은 새끼 양들 중 하나를 품에 안고 옆에 놓은 우유병으로 그 양에게 우유를 먹였습니다. 모르는 사람인데도 전혀 무서워하지 않고 잘 먹는 게 어찌나 귀엽던지, 한 마리 데려가고 싶을 정도였습니다.

"테일! 저기 누가 오는데?"

"아주머니의 아들 아닐까?"

레테가 멀리서 목장으로 다가오는 사람을 가리키며 말했습니다. 아주머니처럼 진한 갈색머리카락에 얼굴에 주근깨가 있는 평범한 소년이었습니다. 소년은 테일과 레테를 보고 말했습니다.

"너희들은 누구야? 우리 어머니는 어디 가셨지?"

"나는 레테고, 이쪽은 테일이야. 우리가 조만간 눈의 나라에 갈 거라서 옷을 빌리러 왔는데 아주머니께서 어디 다녀오신다고, 새 끼 양들을 잠시 돌봐달라고 하셨어."

"그래? 난 데이안이야. 잘 부탁해. 그나저나 어머니는 어딜 가신 거람!"

"따님이 아기를 낳았다고 잠시 다녀오신댔어."

"아, 우리 누나가 벌써 아기를 낳았단 말이야? 시간 참 빨리 흐 르는군! 그거 알아? 이런 넓은 초원에서 양들을 기르면서 살다보 면 시간이 흐르는 것도 모른다니까."

"정말?"

데이안의 말에 레테가 신기한 듯 반문했고, 데이안은 고개를 끄 덕였습니다.

레테는 이런 멋진 곳에 오게 된 것이 너무도 좋았습니다. 언제나 친척 형제들에게 구박을 받으며 일만 해온 레테에게는 너무도 꿈 같은 생활이었기 때문이지요. 테일도 레테와 같은 생각이었습니다. 마음 같아선 이곳에 눌러 살고 싶었지만 테일과 레테에겐 꿈이 더 중요했습니다.

"이곳은 참 멋진 곳이야. 그나저나 어머니는 언제 오실 생각이신지!"

"너 어머니와 단 둘이서 이 큰 목장을 꾸려나가는 거야?"

"응. 내가 여덟 살 때 아버지가 돌아가셔서 그 때부터 누나랑 내가 목장 일을 돕다가 누나가 시집가서 지금은 나랑 어머니 둘이서 살고 있지."

"헤, 그렇구나."

"지금 테일 네가 안고 있는 그 새끼 양, 태어난 지 얼마 안 돼, 엄청 어려."

"아, 그래서 털이 별로 없구나?"

"응. 다른 양들은 이제 슬슬 털을 깎아줄 때가 됐어. 아, 들어가서 우유라도 한 잔 마실래? 옆 목장에서 얻어온 건데 맛이 괜찮더라고."

"여기에 목장은 도대체 얼마나 많은 거야?"

레테의 질문에 데이안은 곰곰이 생각하더니 말했습니다.

"내가 아는 목장은 대략 열 군데 정도야. 사실 목장 하나하나가 너무 넓어서 다 둘러본 적은 없어."

"이렇게 넓은 목장이 여기 말고도 많단 말이야?"

테일이 놀라서 말하자 데이안은 뭘 그렇게 놀라느냐는 듯한 표정으로 테일을 바라보았습니다.

"응."

"와~ 이 초원 지대는 생각보다 엄청 넓구나! 눈의 나라로 가려면 한참 걸리겠는걸? 그렇지, 레테?"

"그러게."

“그래? 하긴 많이 넓기는 하지. 자, 자, 수다는 그만 떨고 안으로 들어가자. 따뜻한 우유를 대접할게.”

테일은 품 안에 안고 있던 새끼 양을 어미 양에게 돌려주고 레테와 함께 데이안을 따라 오두막 안으로 들어갔습니다. 생각 외로 오두막 안은 넓고 포근했습니다. 데이안이 우유를 따뜻하게 데워서 테일과 레테에게 가져다주었습니다.

“고마워, 잘 마실게.”

“뭘. 그런데 눈의 나라에는 왜 가는 거야?”

“여왕님의 부탁을 받았거든. 그래서 눈의 나라의 여왕님을 뵈러 가는 길이야.”

“오~ 여왕님을 직접 뵌 거야? 그보다 눈의 여왕을 만나러 간다구? 조심하는 게 좋을 거야. 눈의 여왕은 아주 무서운 사람이니까! 눈의 여왕이 기르는 이리들이 크왕! 하고 나타나서 너희를 잡아먹을지도 몰라.”

장난기가 많은 듯, 데이안은 테일과 레테에게 겁을 주며 말했습니다. 겁주지 말라며 레테가 손사래를 쳤습니다. 테일은 이리 따위가 뭐가 무섭냐며 머그컵 안에 가득 담긴 우유를 시원하게 원 샷하고는 자리에서 일어났습니다.

“응? 테일, 왜 그래?”

“다른 새끼 양들한테 우유 먹여주고 올래. 걔네들도 배가 고플 거야.”

“나도 같이 가!”

데이안이 소리치듯 말했습니다. 데이안이 우유병들을 잔뜩 꺼내 병마다 우유를 가득 채워 바구니에 담아 테일에게 주었습니다.

“우유는 들고 가야지.”

“아아, 미안. 레테, 너도 가자.”

“응.”

　세 사람이 우유를 들고 밖으로 나가자 매에매에 울며 새끼 양들이 달려와 얼른 우유를 달라고 보채었습니다. 테일과 레테, 데이안은 손에 우유병을 들고 새끼 양을 한 마리씩 품에 안고 조심스럽게 우유를 먹여주었습니다.

　테일과 레테는 양을 보는 것이 처음이라 신기하기도 하고 귀엽기도 했습니다. 양에게 우유를 다 먹인 데이안은 테일과 레테에게 우리들도 끼니를 때워야 하지 않겠냐며 간단하게 빵과 우유를 들고 나와 두 사람에게 주었습니다. 세 사람은 넓고 푸른 초원을 바라보며 빵을 먹고 양들 틈 사이로 들어가 드러누워 하늘을 바라보았습니다. 약간 구름이 끼긴 했지만 아주 깨끗한 푸른색의 하늘이었습니다.

　그렇게 세 사람이 양들을 돌보며 시간을 보낸 지 며칠, 드디어 목장의 주인인 아주머니가 돌아오셨습니다. 아주머니는 딸도, 손주도 건강하다며 아주 기뻐하셨습니다. 또, 테일과 레테가 데이안과 함께 양들을 잘 돌본 것을 보고 만족해하며 테일과 레테에게 양털로 짠 아주 따뜻한 옷을 주었습니다.

　“가져가렴. 나 대신 데이안과 함께 양들을 돌봐주어서 고맙구나. 옷은 돌려주지 않아도 된단다. 너무 고마워서 주는 거란다.”

　“고맙습니다, 아주머니.”

"잘 입을게요."

"잘 가! 눈의 여왕의 이리들을 조심하고, 나중에 다시 한 번 꼭 들러!"

"데이안 너도 잘 있어!"

"아주머니, 안녕히 계세요!"

그렇게 테일과 레테는 아주머니와 데이안과 작별을 하고 아주머니께서 챙겨주신 두툼한 털옷을 입고 눈의 나라를 향해 걸어갔습니다.

목장을 떠나 조금 더 걸어가니 데이안의 말대로 수많은 목장들이 보였습니다. 그 중엔 데이안의 목장만큼 넓은 곳도 있었고 아주 작은 목장도 있었습니다. 작은 목장의 경우는 눈의 나라에 근접한 곳이었는데 날씨가 추워서 양이나 소들이 먹을 만한 풀들이 잘 자라지 못하는 듯 보였습니다.

아무튼 테일과 레테는 밤낮 쉬지 않고 열심히 걷고 걸어 드디어 눈의 나라에 도착했습니다. 나무들은 모두 얼어 죽은 듯 보였는데 그 위에 나뭇잎 대신 눈들이 아름답게 소복이 쌓여있었습니다. 생전 처음 보는 아름다운 광경에 길을 따라 걷는 내내 테일과 레테는 입을 벌리고 주위를 정신없이 바라보았습니다.

그런데 한 가지 문제가 생겼습니다. 눈의 여왕이 사는 성에 도착하려면 한참 남았는데 주위가 온통 눈밭이라 테일과 레테가 쉴 만한 곳이 없었기 때문입니다. 결국 테일과 레테는 눈을 붙일 수도 없이 눈의 여왕의 성에 도착할 때까지 꾸준히 걷기로 하였습니다.

목장에서 데이안이 아주 뜨겁게 데워 준 우유는 이미 추위 때문에 차갑게 식어 있었습니다. 눈 때문에 불도 피울 수 없고, 달리 몸을 녹일 방법도 없어서 테일과 레테는 우유를 조금씩 마시며 걸어갔습니다. 눈의 나라는 너무도 추운 곳이었습니다.

1주일 후, 드디어 테일과 레테의 시야에 눈의 여왕의 얼음 성이 보이기 시작했습니다. 하지만 두 사람은 1주일 동안 잠도 안 자고 걸어온 탓에 너무 지쳐 있었습니다. 무엇보다 일 년 내내 따뜻한 곳에서만 자란 테일과 레테에게, 눈의 나라는 너무도 추웠습니다. 그나마 아주머니가 주신 양털로 만든 외투가 많이 따뜻해서 정신이라도 차리고 있는 것이지, 아주머니가 주신 외투가 아니었더라면 이미 테일과 레테는 얼어 죽었을지도 모릅니다.

그 때, 뒤에서 부스럭거리는 소리가 나더니 이내 금발머리의 소년이 나타났습니다.

"어, 사람?"

소년이 테일과 레테를 보며 말했지만 두 사람은 도저히 대답할 기운이 나지 않았습니다. 며칠 동안 잠을 자지 못한 탓에 졸음이 쏟아졌습니다. 소년은 그것을 눈치 챘는지 테일과 레테의 어깨를 붙잡고 흔들었습니다.

"여기서 자면 안 돼! 얼어 죽을 수도 있어!"

"흐, 흔들지 마. 머리 아파."

"아, 미안. 그런데 너희들은 왜 여기에 있는 거야?"

"눈의 여왕을 만나러……."

그나마 기운이 있는 레테가 대답했습니다.

"나랑 같이 가자. 이제 얼마 남지 않았어."

소년은 두 사람의 팔을 잡고 일으켜 세웠습니다. 테일과 레테의 옷은 눈으로 흠뻑 젖어 있었습니다. 그것을 본 소년은 혀를 쯧쯧 차며 빨리 여왕의 성으로 가자며 재촉했습니다. 조금만 더 가면 얼음 성이 나온다는 말에 테일과 레테는 필사적으로 힘을 내서 소년의 부축을 받으며 조금씩 걸어갔습니다. 그런데 얼음 성에 다가가면 다가갈수록 몸이 따뜻해지는 것 같았습니다.

이윽고, 테일과 레테, 그리고 소년은 얼음 성 앞에 도착했습니다. 성 앞은 목초지보다 더 따뜻했습니다. 성문 앞에는 데이안의 말처럼 새하얗고 커다란 이리 두 마리가 지키고 있었는데, 아주 크고 날카로운 이빨을 가지고 있었습니다. 두 마리의 이리는 낯선 사람이 오자 낮게 으르렁거렸습니다. 이리들이 막 세 사람에게 덤비려는데 허공에서 앙칼진 여자의 외침이 들려왔습니다.

"들어오게 하라!"

여자의 외침에 성문이 열리고 그 앞을 막고 있던 이리들은 길을 비켜주었습니다. 날씨가 따뜻해지자 정신을 차린 테일과 레테는 자신들을 도와준 소년과 함께 얼음성 안으로 들어갔습니다.

성 안은 털옷을 입고 있는 테일과 레테에게는 따뜻하다 못해 덥기까지 했습니다. 테일과 레테는 외투를 벗었습니다. 온도가 올라가면서 정신이 들기 시작한 테일과 레테는 성 안을 쭉 둘러보았습니다. 모든 것이 얼음으로 만들어졌지만 성 안은 너무도 따뜻했고, 또 따뜻한 온도에도 녹지 않는 얼음이 신기했습니다.

"그런데 너희들 이름이 뭐야? 난 룬이라고 해."

"난 테일."

"나는 레테야. 그런데 너는 왜 이곳에 온 거니?"

"나는 친구를 찾으러 왔어. 나한테 아주 소중한 친구인데, 이곳에 있다는 소문을 들었거든."

그렇게 말하는 룬의 표정은 아주 약간 슬퍼보였습니다.

그때, 클로버 여왕님처럼 머리부터 발끝까지 온통 새하얀 색으로 치장한 눈의 여왕님이 나타났습니다. 그녀는 언뜻 보면 클로버 여왕님처럼 감정이 없는 인형처럼 보였지만, 가까이서 보니 클로버 여왕님보다 더 생기 있어 보였습니다.

눈의 여왕님 곁에는 금발의 소녀가 멍한 표정으로 서 있었습니다. 룬은 소녀를 보자마자 소녀에게 달려갔습니다.

"란! 정신 차려!"

"아아, 네가 그 아이의 소중한 기억이구나. 기다리고 있었단다."

"역시 당신이 란을 데려간 거였어!"

룬이 그렇게 말하며 눈의 여왕님을 노려보았습니다. 그녀는 고개를 저으며 진한 웃음을 지었습니다.

"오해하지 말거라. 나는 나의 나라에 찾아온 그 아이를 돌보고 있었을 뿐이야."

"그 말을 어떻게 믿죠?"

룬의 눈동자는 불신으로 가득 차 있었습니다. 눈의 여왕님은 룬을 바라보았습니다.

"나는 인간들이 말하는 것처럼 그렇게 나쁜 여왕이 아니야. 단지 내가 눈의 나라에서 외부와 단절된 생활을 하기에 그런 소문이 난 것이지."

그때, 란이 룬을 바라보며 힘겹게 입을 뗐습니다.

"룬?"

"란! 날 기억하는 거야? 내가 누군지 알아보는 거야?"

“응. 룬은 란의 소중한 친구니까!”

왠지 모르게 닭살 돋는 상봉 장면에 테일과 레테는 헛웃음을 지으며 눈의 여왕님을 바라보았습니다. 눈의 여왕님은 룬과 란에게서 시선을 떼고 테일과 레테에게 다가갔습니다.

“너희들은 클로버가 보낸 아이들이지? 반갑구나. 몸이 약한 클로버를 대신해 이곳에 와줘서 정말 고맙구나. 클로버의 안부를 전하러 온 거라지?”

“네, 맞아요.”

테일의 대답에 눈의 여왕님이 후후, 하고 웃었습니다. 그녀는 손에 들고 있던 홀을 허공에 두세 번 휘둘렀습니다. 그러자 성 문이 큰 소리를 내며 열리고 성 앞에 있던 커다란 이리 두 마리가 성 안으로 들어왔습니다.

“돌아갈 때에는 이 아이들을 타고 가렴. 아마 금방 다시 클로버의 성으로 돌아갈 수 있을 거야.”

여왕님은 생각했던 것보다 아주 자상하고, 따뜻한 사람인 것 같았습니다. 차가운 눈의 나라와는 어울리지 않는 따뜻한 여왕님이었습니다.

“한 마리는 클로버가 보낸 아이들, 다른 한 마리는 룬과 란이 타면 되겠구나. 너희들을 목적지에 태워다주고 나면 스스로 이곳으로 다시 돌아올 테니 걱정하지 않아도 돼.”

테일과 레테가 첫 번째 이리에 타고, 룬과 란이 두 번째 이리에 올라탔습니다. 그리고 눈의 여왕님이 다시 홀을 휘두르자 이리들이 성 밖으로 나가 달리기 시작했습니다.

“나와 클로버의 이야기를 기억하길 바란다.”

“눈의 여왕님 안녕히 계셔요!”

테일과 레테가 손을 흔들며 인사를 하자, 눈의 여왕님도 손을 흔들어주었습니다. 룬은 목만 살짝 숙여 목례를 했습니다. 눈의 여왕님은 싱긋 웃어주었습니다.

그렇게 눈의 여왕님과의 짧은 만남을 뒤로 하고 테일과 레테는 눈의 나라를 떠났습니다.

Cinderella

생각보다 이리들은 아주 빨랐습니다. 다음 목적지가 바다라는 것을 어떻게 알았는지, 이리들은 클로버 여왕님의 성으로 가지 않고 원더 왕국의 국경을 넘어 바다가 있는 핸더 왕국으로 향하고 있었습니다.

이리들은 지치지도 않는지 몇 날 며칠을 달리고 또 달려 테일과 레테를 핸더 왕국의 어느 한 작은 항구마을에 내려주었습니다.

“여기까지 데려다주어서 고마워.”

“수고 많았어.”

테일과 레테가 쓰다듬어 주자 이리는 고양이처럼 갸르릉거리더니 다시 눈의 나라로 횡하니 돌아갔습니다.

한 테일과 레테는 눈앞에 펼쳐진 끝을 알 수 없을 정도로 넓고 푸른 바다를 하염없이 바라보았습니다. 두 사람 다 바다를 보는 것은 처음이었기에 지금까지 여행을 하면서 보았던 그 어떤 것보다 더 아름답고 신비스럽게 느껴졌습니다. 잔잔히 물결치는 파도와, 수평선 끝으로 보이는 작은 섬들, 해가 지기 시작하는 하늘에서 해안가에서만 산다는 새들이 울고 있었습니다. 이따금 바람을 타고 바다의 짭조름한 냄새가 전해졌습니다.

테일과 레테는 신발을 벗고 바닷물에 발을 담갔습니다. 예전에 뛰어 놀았던 강물과는 다른 시원함이 발끝에서부터 올라왔습니다. 강물과 다른 점이라면, 물고기가 없다는 점이었습니다. 호기심이 발동한 레테는 바닷물을 손으로 살짝 찍어 맛을 보았습니다.

"으악! 너무 짜!"

"어? 정말?"

레테의 말에 테일도 바닷물을 찍어 먹어보았습니다. 소금물인 듯, 그 맛은 짠 맛이 아주 강했습니다.

"바닷물은 너무 짜서 물고기가 살지 못하는 걸까?"

"그런 걸지도 몰라."

"허허, 아가씨들은 이 나라 사람이 아닌가?"

어떤 할아버지가 테일과 레테에게 다가왔습니다.

"네, 그런데요?"

레테가 대답하자 할아버지는 허허, 하고 웃으시며 말했습니다.

"물고기는 이런 곳이 아니라 배를 타고 깊은 곳으로 가야 나온다네."

"아~ 그런 거였군요!"

"허허, 아가씨들은 바다를 처음 보는가?"

"네, 저희들은 네버 왕국에서 온 걸요."

"그러면 이 바다의 재미있는 전설도 모르겠구먼."

재미있는 전설이라는 말에 테일이 눈을 빛내며 할아버지를 바라보았습니다.

"작은 유리병에 소원을 적은 양피지를 넣고 이 바다에 띄워 보내면 언젠가는 그 소원이 반드시 이루어진다는 전설이지."

"헤~ 낭만적이군요."

레테가 노을빛으로 조금씩 물들어가는 맑은 바다를 보며 대답했습니다. 할아버지는 해가 지는 것을 보더니 테일과 레테에게 당부했습니다.

"아가씨들, 해가 지고 있으니 얼른 돌아가는 게 좋아. 신데렐라가 될 수도 있어."

"신데렐라요?"

"그게 뭐지요?"

"참 가엾은 아가씨지. 허허, 자세한 이야기는 내일 아침에 마을 사람들에게 물어보면 대답해줄 걸세."

할아버지가 허허, 웃으시며 돌아가셨습니다. 해가 지자 마을 사람들은 모두 각자의 집으로 돌아갔습니다. 테일과 레테도 얼른 여관을 찾아 들어갔습니다.

여관 주인아주머니는 반갑게 테일과 레테를 맞이해주었습니다.

"아유! 다 큰 아가씨들 둘이서 밤늦게까지 돌아다니면 쓰나! 신데렐라라도 되고 싶은 거야? 그래, 어디 보자. 2인용 방 하나 주면 되나?"

"네, 그런데 아주머니."

"아유, 왜 그래, 아가씨?"

"신데렐라가 뭐예요?"

"잉? 신데렐라를 모른단 말이우? 타지에서 온 아가씨인가 보네."
테일의 질문에 아주머니가 호호, 웃었습니다.
"신데렐라는 말이야, 아주 옛날부터 이 나라에 전해지는 이야기 중 하나예요."

신데렐라는 뭐 하나 특별한 것이 없는 작은 항구마을에 사는 평범한 소녀였습니다. 가족들에게도 사랑을 듬뿍 받으며 자란 소녀의 이름이 신데렐라인 이유는 여자아이답지 않게 지독한 장난꾸러기였기 때문입니다. 마을의 남자아이들과 어울려 놀면서 장난을 치고 잿가루는 물론 흙투성이가 되어 집에 돌아오는 소녀에게 가족들이 신데렐라라는 별명을 붙여주었고, 언제부턴가 그것이 소녀의 이름이 되었습니다. 비록 장난꾸러기이긴 하지만 신데렐라는 아주 아름다운 아가씨로 자랐고, 시간이 흐르면 흐를수록 더욱더 아름다워졌습니다.
그러던 어느 날이었습니다. 마을의 친구들과 어울려 놀다가 밤이 늦어서야 집으로 돌아가던 길이었습니다. 집으로 돌아가던 신데렐라의 앞에 갑자기 마차 한 대가 나타나 멈추어 선 것입니다.
"저기, 길 좀 비켜주시지 않겠어요?"
신데렐라가 마부에게 말했지만 마부는 꼼짝도 하지 않았습니다. 신데렐라가 화를 내며 마차 옆으로 돌아서 지나가려고 하자 마차 안에서 후드를 깊게 눌러 쓴 사람이 내렸습니다.
"신데렐라 양 맞으신가요?"
중저음의 낮은 목소리, 남자였습니다.
"네, 그런데요?"

　평소의 당돌한 성격답게 신데렐라가 도도하게 말했습니다. 남자가 낮게 쿡쿡 웃더니 말을 이었습니다.

"성격이 마음에 드는군요. 천사의 모습을 가장한 악마로 아주 딱이에요."

"무슨 소리를 하시는지는 모르겠지만 비켜주시지 않겠어요?"

　신데렐라가 옆으로 지나가려고 하자 마부석에 타고 있던 갑옷을 입은 여자 두 명이 신데렐라의 양 팔을 잡고 마차 안에 태웠습니다. 신데렐라가 내릴 틈도 없이 후드를 눌러 쓴 남자가 타자, 마차는 바로 출발했습니다.

"도대체 뭐예요! 내려주세요!"

"아마 신데렐라 양은 제 부탁을 흔쾌히 들어주실 거라 생각합니다."

"도대체 무슨!"

　후드를 눌러 쓴 남자는 품 안에서 손잡이 부분이 섬세하게 조각이 된 단검을 꺼내 신데렐라에게 건넸습니다. 그 남자의 입은 미소를 짓고 있었습니다.

"아주 간단해요. 며칠 후에 있을 왕자의 신부를 정하는 연회에서 제가 말하는 인물에게 접근해서 이 단검을 찔러 넣기만 하면 됩니다."

"저, 저한테 지금 사람을 죽이라는 거예요?!"

　신데렐라가 버럭 화를 내자 남자는 고개를 갸웃거렸습니다.

"네, 이상한가요? 뭐, 거절하셔도 상관은 없습니다만 신데렐라 양의 가족들의 안전은 보장할 수 없습니다."

"뭐, 뭐라고요?"

신데렐라는 고민에 빠졌습니다. 비록 후드를 쓰고 있어 얼굴은 볼 수 없었지만 왠지 제안을 거부하면 정말로 자신의 가족들을 모두 해칠 거란 생각이 들었습니다. 그렇다고 쉽게 제안을 받아들일 수도 없었습니다. 사람을 죽이라니, 비록 말썽을 자주 피우긴 했지만 사람을 죽이는 것은 싫었습니다.

"싫으신가요? 그럼 하는 수 없죠."

"아, 아뇨! 하, 할게요! 그러니까 가족들은 건드리지 말아주세요."

"좋은 선택이십니다, 신데렐라 양."

그는 낮게 웃었습니다. 남자는 신데렐라에게 단검을 쥐어주며 말했습니다.

"내일, 이 마을 외곽의 주점으로 와서 멜포메네를 주문해요. 그럼 제가 있는 곳으로 알아서 안내를 해줄 겁니다. 멜포메네를 주문했는데도 제가 있는 곳으로 안내하지 않는다면 그 단검을 보여주세요."

신데렐라는 말없이 고개를 끄덕였습니다. 신데렐라 양은 참 착한 아가씨군요? 남자가 말했습니다. 끼이익-. 마차가 멈춰서고, 마차의 문이 열렸습니다. 마차가 멈춰 선 곳은 신데렐라의 집 앞이었습니다.

"그럼 내일 뵙죠, 신데렐라 양."

남자는 간단히 목례를 하고는 마차를 출발시켰습니다. 신데렐라는 한 동안 그 자리에 서서 멍하게 있었습니다. 도대체 어떻게 집을 알아낸 거지? 신데렐라는 알 수 없는 공포를 느꼈습니다.

신데렐라는 집으로 들어갔습니다. 신데렐라가 집으로 들어오자 가족들이 그녀를 맞이했습니다.

“어서 오렴, 신데렐라! 오늘은 조금 늦었구나.”

“네, 어머니.”

“으응? 무슨 일이라도 있었니? 표정이 별로 좋지 않네.”

“네? 아, 아니에요. 저 피곤해서……. 먼저 잘게요.”

“어머, 얘! 신데렐라! 저녁은 어쩌구!”

신데렐라의 귀에는 아무 말도 들리지 않았습니다. 아까 그 남자 때문에 아무런 생각도 들지 않았습니다. 살기 위해선 죽여야 한다. 그 말이 자꾸만 신데렐라의 머릿속에 맴돌았습니다. 만약 신데렐라가 그 말을 무시한다면? 신데렐라의 가족들이 죽을 것입니다. 신데렐라가 살인을 한다면? 가족은 무사하겠지만 신데렐라는 영원히 살인을 했다는 죄책감에 시달려야 할 것입니다.

다음날이 밝았습니다. 신데렐라는 생각에 빠져 한숨도 못 잤는지 얼굴에 피곤한 기색이 역력했습니다. 신데렐라는 애써 아무렇지 않은 척하며 친구들과 놀다가 점심때쯤 되어서 마을 외곽에 있는 주점으로 향했습니다.

언제나 번화가에서만 지내던 신데렐라에게, 마을 외곽의 풍경은 많이 낯설었습니다. 바다와는 조금 떨어져있었는데도 이곳까지 진한 바다 냄새가 나는 듯했습니다.

신데렐라는 조심스럽게 주점의 문을 열고 들어갔습니다. 신데렐라가 들어오자 주점의 모든 사람들의 시선이 신데렐라에게 향했습니다. 갑자기 사람들의 시선을 받게 된 신데렐라는 정면에 보이는 바로 가서 바텐더로 보이는 남자에게 말했습니다.

“멜포메네로……그, 그리고 이거…….”

신데렐라는 남자가 말했던 대로 주문을 하며 품 안에서 단검을 꺼내 남자에게 건넸습니다. 신데렐라의 입에서 나온 멜포메네란 말에 가게 안이 어수선해졌습니다. 남자는 어수선한분위기에도 단검을 들고 아주 세심하게 살피더니 단검을 신데렐라에게 돌려주고는 손가락을 튕겼습니다. 그러자 자리에 앉아 술을 마시던 손님들 중 두 명의 여인이 신데렐라에게 말했습니다.

"따라와."

"네? 네."

주점의 안은 의외로 넓은 듯했습니다. 주점 내부엔 지하로 길이 나 있었습니다. 신데렐라는 여자들을 따라 걸어 이내 어느 방에 도착했습니다.

"들어가, 신데렐라."

"제, 제 이름은 어떻게?"

"여기서 꽤 유명하거든."

여자들은 그렇게 말하며 까르륵 웃었습니다. 신데렐라가 문을 열고 들어가자 여자들은 다시 돌아갔습니다.

방 안의 풍경은 지하 치고는 꽤나 화사했습니다. 마치 귀족들이 일을 하는 집무실 같은 느낌이라고나 할까, 신기해서 여기저기 둘러보는데 인기척이 났습니다. 누군가 싶어서 둘러보니 방 한 켠에 놓인 소파에 어제 본 그 후드를 쓴 남자가 앉아있었습니다.

"어서 와요, 신데렐라 양."

"하, 할 말이 뭐죠?"

"신데렐라 양이 할 일을 얘기해주려고 불렀죠. 자, 이리 와서 앉으시죠."

신데렐라는 군말 없이 남자의 맞은편에 앉았습니다. 신데렐라의 당당한 모습이 좋다는 듯이 남자의 입은 호선을 그렸다.

"빨리 말해요."

"당당한 모습이 보기 좋군요. 자, 본론으로 들어갈까요? 오늘 당신은 제가 주는 초대장을 들고 집으로 가서 왕자님의 신부를 고르는 연회에 초대받았다고 말하는 거예요. 연회에 입을 드레스와 구두는 제가 준비해 드리겠습니다. 당신은 연회에서 가장 아름다운 아가씨가 되는 겁니다. 천사의 모습으로 가장한 악마가 되는 거예요."

"그래서요? 누굴 죽이면 되는 건데요?"

"그건 연회 때 말씀드리죠. 단검은 아무에게도 들키지 않게 항상 품 안에 가지고 다니세요. 연회는 앞으로 3일 후에 열린답니다. 드레스와 장신구, 구두는 제가 내일 가져다 드리죠."

"저기요,"

"뭐지요?"

남자가 뭐든 다 물어 보시죠 하는 분위기를 풍기며 대답했습니다.

"아까 멜포메네를 달라고 했을 때, 가게 안이 소란스러워졌는데……도대체 그 멜포메네란 것은 무언가요?"

"전설 속에 나오는 뮤즈들 중 하나예요. 비극을 주관하는 여신이죠."

"비극이라구요?"

"자, 이제 슬슬 돌아가도록 하세요. 너무 오래 있어도 오해를 받기 쉬우니까요."

신데렐라는 단검을 꼭 쥔 채 주점을 나와 뒤도 돌아보지 않고 달렸습니다. 정신없이 달리다 보니 어느새 항구에 도착해 있었습

니다. 복잡한 마음을 달래주는 듯한 기분 좋은 바다내음에 신데
렐라는 마음이 진정되는 것을 느꼈습니다. 그 순간, 신데렐라의 머
릿속에 어렸을 적 들은 이야기가 떠올랐습니다.
'소원을 적은 양피지를 유리병이 담아서 바다에 흘려보내면 그
소원이 이루어진대.'
신데렐라는 근처의 가게로 가서 양피지와 펜, 그리고 유리병을
사 와서 양피지에 소원을 적기 시작했습니다.

다른 사람들이 다치지 않게 해주세요. 내가 사람을 죽이지 않게 해주세요.

소원을 적는 신데렐라의 눈에선 눈물이 흘러내렸습니다. 신데렐
라는 양피지를 예쁘게 접어서 유리병 안에 넣고 유리병의 마개를
닫아 힘껏 바다에 던졌습니다. 신데렐라의 소원을 담은 유리병이
수평선 저 너머로 사라져 갔습니다.

연회 날이 되었습니다. 그 날 이후로, 신데렐라는 가족들에게 아
무 말도 하지 않고 혼자서 끙끙 앓았습니다. 남자는 약속대로 신
데렐라에게 어울리는 아주 아름다운 드레스와 장신구, 구두를 가
져다주었고, 신데렐라는 그것을 옷장 깊숙이 숨겨두었습니다. 그
리고 연회 날인 오늘, 신데렐라는 그것으로 갈아입고 가족들 몰래
집을 빠져나왔습니다. 마을 외곽으로 가니 일전의 그 마차와 함께
남자가 기다리고 있었습니다. 신데렐라는 당당히 그 마차에 올라
탔고, 남자도 뒤를 이어 마차에 탑승했습니다. 그리고 마차는 연회
가 열리는 성으로 향했습니다.

어두운 밤하늘에 둥근 보름달빛이 휘영청 온 세상을 밝히고 있을 때, 신데렐라가 성에 도착했습니다. 남자의 손을 잡고 아리따운 귀족 아가씨인 냥 도도한 자태를 뽐내며 연회장으로 들어섰습니다. 신데렐라가 연회장으로 들어서자 모든 사람들이 그녀를 보면서 수군거렸습니다.

처음 보는 귀족 아가씨라며 귀족들이 몰려와 신데렐라에게 이것저것 말을 걸기 시작했습니다. 신데렐라는 그들의 말에 대답 한 번 해주지 않고 그저 자리에 앉아 자신이 죽여야 할 사람이 오기만을 기다렸습니다.

"루이 왕자님 드십니다!"

시종의 외침에 모든 귀족 여성들의 시선이 신데렐라에서 왕자님 쪽으로 옮겨갔습니다. 신데렐라의 옆에 서 있던 남자는 눈짓으로 왕자를 가리켰고, 신데렐라는 고개를 끄덕였습니다. 신데렐라가 연회에서 죽여야 하는 자는 다름 아닌 왕자님이었던 것입니다.

"파티를 시작하지."

왕자님의 말에 연회장에 모인 음악가들이 연주를 하기 시작했고, 그 음악에 맞추어 남녀들이 서로 짝을 지어 춤을 추기 시작했습니다.

그때, 왕자님이 신데렐라에게 다가와 말을 걸었습니다.

"아가씨, 처음 보는 분인데 이름이 무엇이죠?"

"신데렐라라고 해요."

"신데렐라, 저에게 당신과 춤을 출 수 있는 영광을 주시지 않겠습니까?"

왕자님이 신데렐라에게 손을 내밀었습니다. 신데렐라는 요염하게 웃으며 그 손을 잡았습니다.

"물론이죠."

신데렐라는 연회장의 모든 여자들의 부러움과 질투어린 시선을 받으며 왕자님의 손을 잡고 연회장의 중심으로 갔습니다.

가까이서 바라본 왕자님의 얼굴은 너무나도 멋있었습니다. 조각처럼 섬세하고 단아한 이목구비와 바다색 눈동자, 자신과 같은 금발머리지만 훨씬 더 아름다운 금발, 신데렐라는 왕자님을 훔쳐보며 심장이 두근거리는 것을 느꼈습니다. 심장이 미칠 듯이 뛰어서 차마 왕자님의 얼굴을 제대로 바라볼 수 없었던 신데렐라는 춤을 추는 내내 왕자님과 시선이 마주치지 않기 위해 노력했습니다.

그때, 묘한 시선이 느껴져 주위를 둘러보았습니다. 후드를 쓴 남자가 신데렐라에게 무언가 말을 하고 있었습니다.

"저, 왕자님. 잠시만요."

신데렐라는 왕자님에게 양해를 구하고 살짝 빠져나와 남자에게 다가갔습니다. 남자의 입은 더 이상 웃고 있지 않았습니다.

"12시가 되면 단검으로 그를 찔러, 신데렐라 양."

"12시요?"

"자정을 알리는 종이 울릴 때 그 단검으로 그를 찔러."

"……."

신데렐라는 고개를 끄덕였습니다. 남자는 조소를 짓더니 어디론가 가버렸고, 신데렐라는 왕자님에게로 갔습니다. 연회장의 입구에 있는 시계를 바라보았습니다. 11시……. 1시간 후에 저 멋지고 훌륭한 왕자님을 죽여야 하다니. 신데렐라는 가슴이 답답했습니다. 하필이면 자신이 이런 일을 겪게 되었는지, 신이 원망스러웠습니다.

신데렐라의 마음을 모르는 왕자님은 다시 신데렐라에게 춤 신청을 했고, 신데렐라는 그의 손을 잡았습니다. 신데렐라는 몰랐지만 왕자님도 신데렐라를 처음 보았을 때 신데렐라에게 첫눈에 반한 것입니다.

그렇게 두 사람이 춤을 추는데 밖에서 종소리가 들려왔습니다. 정신을 차린 신데렐라가 시계를 바라보았습니다. 12시가 된 것입니다. 신데렐라는 이를 꽉 깨물었습니다. 신데렐라가 시계를 바라보자 왕자님도 시계를 바라보았습니다.

"왕자님,"

"……?"

신데렐라는 결심했습니다. 사랑하는 왕자님만큼은 죽일 수 없었습니다. 그녀는 조용히 품 안에서 단검을 꺼내들었습니다. 신데렐라는 왕자님에게만 들릴 작은 목소리로 말했습니다.

"왕자님을 죽이는 것이 저의 임무였어요."

"……?"

"하지만 난 왕자님을 죽일 수 없어요. 미안해요, 그리고 사랑해요. 왕자님."

말이 끝나기가 무섭게 신데렐라는 단검을 자신의 가슴에 꽂아넣었습니다. 신데렐라의 몸이 쓰러지고 신데렐라의 아름다운 드레스가 그녀의 피로 물들어갔습니다.

왕자님은 쓰러진 신데렐라를 안고 그녀의 가슴에 꽂힌 단검을 보았습니다. 왕실의 문양이 정교하게 조각되어 있는 단검은 예전에 왕자님이 자신의 동생에게 선물로 준 것이었습니다. 왕자님은 재빨리 주위를 둘러보았습니다. 후드를 깊게 눌러 쓴 남자가 성 밖으로 빠져나가는 것을 발견하고 병사들을 불러 그를 잡아오라 명령했습니다.

신데렐라는 정신이 흐릿해져갔습니다. 의사들이 달려와 신데렐라의 상처를 지혈하고 있었지만 효과가 없었습니다. 신데렐라의 생명이 꺼져가고 있는 것입니다.

그 때 도망치다가 병사에게 붙잡힌 남자가 신데렐라와 왕자님의 앞에 끌려왔습니다. 왕자님이 후드를 벗기자 드러난 얼굴은 왕자님과 꼭 닮은, 왕자님의 동생이었습니다. 동생이 자신을 죽이려 했다는 충격과 처음으로 사랑을 느낀 신데렐라를 살릴 수 없다는 충격에 왕자님은 오열했습니다.

"울지……말아요…… 왕자님."

"흥, 어리석은 신데렐라. 그깟 순간의 사랑 때문에 목숨을 버리다니."

남자가 비웃었습니다. 왕자님은 병사들에게 명령했습니다.

"저자의 목을 쳐라."

남자는 힘없이 병사들에게 끌려갔고, 연회장은 슬픔으로 가득했습니다. 모든 귀족들이 신데렐라와 왕자님이 참 잘 어울리는 한 쌍이라 생각했는데 신데렐라가 너무 허무하게 죽은 것입니다. 하지만 신데렐라는 웃고 있었습니다.

왕자님은 신데렐라의 시신을 싣고 신데렐라가 사는 항구 마을로 갔습니다. 갑자기 사라져서 시신으로 돌아온 신데렐라를 보며 마을 사람들이 슬퍼했습니다.

왕자님이 다시 성으로 돌아가려는데 바닷가에 양피지가 들어있는 유리병이 보였습니다. 왕자님은 유리병을 열고 안에 들어있는 양피지를 꺼내보았습니다.

다른 사람들이 다치지 않게 해주세요. 내가 사람을 죽이지 않게 해주세요.
　-신데렐라-

물에 조금 젖어 있긴 했지만 읽기에는 무리가 없었습니다. 왕자님은 신데렐라가 얼마나 많이 괴로워했는지 알 것 같았습니다. 왕자님은 펜을 꺼내 신데렐라가 적은 양피지 뒷면에 소원을 적었습니다.

다음 생에도 그녀를 만날 수 있기를.

소원을 적은 왕자님은 그것을 유리병에 넣고 조심스레 바다에 띄웠습니다. 그리고 자신도 함께 바다 속으로 몸을 던졌습니다.

"슬픈 이야기네요. 제가 신데렐라였어도 스스로 죽는 쪽을 택했을 것 같아요."
레테가 말했습니다. 테일은 언제나처럼 눈을 빛내며 신데렐라의 이야기를 열심히 양피지에 받아 적다가 무언가 떠오른 듯 손뼉을 탁! 치더니 가방에서 작은 양피지 두 장을 꺼내 한 장을 레테에게 넘겨주며 말했습니다.

“저기, 아주머니, 혹시 유리병 두 개 있으신가요?”

“어머나, 아가씨들도 전설처럼 소원을 적어서 보낼 거야? 그럼 당연히 줘야지!”

아주머니는 그렇게 말하며 가게 여기저기를 뒤지더니 작은 유리병 두 개를 서랍장에서 꺼내 테일과 레테에게 주었습니다.

두 사람은 소원을 적은 양피지를 유리병에 넣고 힘껏 바다로 던졌습니다. 소원을 담은 두 개의 유리병이 나란히 수평선 멀리 사라져갔습니다.

“테일, 넌 뭐라고 적었어?”

“비밀이야! 그러는 레테는 뭐라고 적었는데?”

“나도 비밀!”

“에, 뭐야! 치사해!”

“싫~어~”

앞으로도 계속 레테와 즐겁게 여행을 할 수 있게 해 주세요.

앞으로도 계속 테일과 여행을 할 수 있기를.

“이번에는 어디로 갈까? 숲 속에도 들어가봤고, 여왕님의 성에도 가보고, 눈의 나라도 가보고, 바다 마을도 와봤으니 사막이라도 가야 하나?”

“음, 테일 너는 어디로 가고 싶은데?”

“마음 같아선 바다 속에는 어떤 세계가 있을지 보고 싶어. 근데 난 수영을 못하니까.”

“사실 나도 수영은 못해.”

두 소녀는 열심히 머리를 맞대고 고민을 했지만 딱히 가보고 싶은 곳이 생각나지 않았습니다. 그 때, 테일이 손가락을 튕기며 말했습니다.

“우리의 여행은 목적지 없이 이야기를 찾아 떠나는 거잖아? 그러니까 그냥 발길 가는 대로 가면 되는 거야! 굳이 머리 싸매고 고민할 필요 없어!”

“아, 그런가?”

“그래! 그러니까 그냥 가자!”

“하지만 대강 방향은 정해야 하지 않을까?”

레테의 말에 테일이 가방에서 지도를 꺼냈습니다. 그리고는 펜으로 자신들이 다녀왔던 곳을 체크해 나갔습니다.

헨젤과 그레텔을 만난 어두운 숲, 레테가 살던 마을, 린네와 블루다이아를 만난 영지, 클로버 여왕님의 성, 목초지, 눈의 나라, 얼음 성, 마지막으로 신데렐라의 마을. 의외로 많은 이야기를 찾았다는 뿌듯함과 함께 여행을 시작한 지 몇 달이나 지났다는 사실

이 믿겨지지 않았습니다.

"우리에게 시간은 많으니까 발길 가는 대로 가자. 사실 목적지를 정하는 것보단 마음대로 여기저기 다니는 게 더 편하잖아?"

"그건 그래."

레테가 테일의 말에 수긍했습니다. 테일은 지도를 가방 안에 도로 집어넣고 레테의 팔짱을 꼈습니다. 그리고 다른 한 쪽 손으로 동쪽을 가리키며 웃었습니다.

"이번에는 해가 뜨는 곳으로 가자!"

"해가 뜨는 곳? 그래, 좋아."

말은 쉽게 했지만 테일은 한 가지 사실을 잊고 있었습니다.

"더, 더워……. 무, 물을……."

"말 시키지 마……. 더워……. 들러붙지 마."

"레테…… 너무 매정해."

동쪽으로 가는 길엔 사막이 펼쳐져 있었습니다. 지도까지 당당하게 펼쳐서 동쪽으로 가자고 해놓고 사막이 있다는 걸 잊은 채 제대로 준비도 하지 않았던 것이지요. 테일은 자신이 한심하게 느껴졌습니다.

"앞으로 여행할 때에는 다시는 이쪽으로 안 올 거야. 뭐 이런 곳이 다 있어!"

"낮에는 죽을 만큼 덥고, 밤에는 죽을 만큼 춥고……."

테일이 신경질을 냈습니다. 레테도 옆에서 뭐라고 중얼거렸지만 테일의 귀에는 들리지 않았습니다. 두 사람 다 눈의 나라에서처럼 급격한 온도 변화에 적응을 하지 못한 것입니다.

아니, 차라리 눈의 나라가 낫다 싶었습니다. 그냥 계속 덥기만 하면 뜨거운 사막의 열기에 어떻게 적응을 할 텐데, 낮에 그렇게 뜨거웠던 사막은 밤이 되면 눈의 나라 못지않게 차갑게 식어버렸기 때문입니다. 그렇게 자꾸 변하는 사막의 온도와, 걸을 때마다 발이 푹푹 빠지는 사막의 모래 때문에 테일과 레테의 스트레스 지수는 하늘로 치솟고 있었습니다.

아무리 걸어도 오아시스 따위는 보이지도 않고, 더위를 조금이라도 식힐 만한 그늘도 없고, 마을도 보이지 않고, 온통 모래뿐이라 방향이 어디인지도 모르겠고, 두 사람은 말 그대로 미칠 것 같았습니다. 눈의 나라는 길이라도 있었지, 사막에는 길도 없으니 답답해 미칠 지경이었습니다.

"아! 물이 없을 때는 선인장에서 물을 얻을 수 있대!"

테일이 기발한 생각인 듯 말했습니다.

"주변을 둘러봐, 선인장이 어디 있어?"

레테가 기운 없이 대답하자 테일도 입을 다물었습니다.

지도를 보면 사막 어딘가에 아주 큰 오아시스가 있고 그 오아시스를 중심으로 꽤나 큰 마을이 있다고 했는데 아무리 주위를 둘러봐도 사람 머리카락 하나 보이지 않았습니다.

"으아아! 짜증나! 도대체 마을이 어디 있다는 거야!"

"테일, 신경질 내지마. 짜증나."

레테가 작게 투덜거렸습니다. 그런데 저 멀리서 사람의 모습이 보였습니다. 그것을 본 레테는 짜증을 내고 있는 테일에게 말했습니다.

"테일, 저기 사람이야."

“뭐! 진짜?! 얼른 가자!”

그렇게 말하며 테일은 레테가 손으로 가리키는 방향으로 달려갔습니다. 그런데 이상하게 가까이 다가가긴 하는데 그 사람과는 전혀 가까워지지 않았습니다.

뭔가 이상하다는 생각에 레테는 테일을 멈춰 세우고 테일의 가방에서 망원경을 꺼내 사람을 보았습니다. 분명히 맨 눈으로 볼 때 흐릿한 사람의 형체였지만, 망원경으로 보니 아무 것도 없었습니다.

“뭐야, 왜 그래?”

“사람이 아니야.”

“뭐? 그럼 뭔데?”

“몰라, 귀신이 아닐까.”

“그건 신기루라고 하는 겁니다. 사막의 환영이죠.”

“아, 그렇군……누, 누구세요?!”

레테는 고개를 끄덕거리다가 갑자기 끼어든 정체불명의 남자를 보고 놀랐습니다.

그 남자는 적갈색 피부를 눈에 확 들어오게 하는 새하얀 옷을 입고 머리도 하얀 천으로 둘둘 말고 있었습니다. 테일과 레테는 그런 이상한 남자를 보고 슬슬 뒷걸음질쳤습니다. 무엇보다 이렇게 더운 사막에서 긴 소매를 입고 있다니!

“저 수상한 사람 아닙니다. 그냥 사막을 지나가다가 우연히 두 분을 발견한 거라고요.”

테일과 레테가 수상하다는 눈빛으로 바라보자 남자가 억울하다는 듯 말했습니다. 그제야 테일과 레테는 경계심을 풀고 남자를 바라보았습니다.

"근데요, 이렇게 더운데 왜 긴 소매를 입고 계신 거예요?"

"그야 당연히 몸을 보호하기 위해서죠. 아무리 더워도 반팔 차림으로 다니면 금방 살이 다 익어서 화상 입을 거예요. 사막 여행은 처음이신가 봐요?"

"네."

"여기서 쭉~ 더 가면 제가 사는 마을이 나오니까 같이 가죠."

조금만 더 가면 마을이 나온다는 남자의 말에 테일과 레테는 신이 났습니다. 남자는 말을 이었습니다.

"신기루를 따라가다가는 영원히 사막의 미아가 되어버리죠. 절대 닿을 수 없는 환영을 쫓아가다가 결국 인생 종치는 겁니다. 앞으로 사막을 여행할 때는 충분한 준비를 하도록 해요."

그러고 보니, 눈의 나라에 갈 때도 아무런 준비도 하지 않고 무작정 가다가 친절한 아주머니께 두꺼운 옷을 얻어 간신히 살았었지. 테일은 한숨을 내쉬었습니다.

"뭐, 사막에 온 건 처음이라고 하니 그냥 넘어가도록 하죠."

남자는 그렇게 말하고는 들고 있던 가방에서 로브를 꺼내 테일과 레테에게 주었습니다. 테일과 레테가 의아한 눈빛으로 바라보자 남자는 왜 그러냐는 듯한 말투로 대답했습니다.

"아까 말했잖습니까, 반팔 차림으로 다니면 살이 다 익어버려요. 이건 여유분이니까 빌려드리죠. 설마 사람 성의를 무시하고 그냥 가다가 통닭처럼 되고 싶은 겁니까?"

"에? 아, 고맙습니다."

특이한 사람이라고 생각하며 테일과 레테는 남자가 준 로브를 입었습니다. 무지 더울 것이라는 생각과 달리 로브는 통풍이 아주

잘되는 옷이었습니다.

 남자는 테일과 레테가 가던 방향과는 정 반대 방향으로 걸어갔습니다. 테일과 레테는 얌전히 남자를 따라갔고, 얼마 지나지 않아 세 사람은 린네가 있던 영지만큼 규모가 큰 마을에 도착했습니다.

"이렇게 가까웠다니……."

"그러게……. 우리가 괜히 헛고생 한 것 같아."

"제가 말했잖습니까, 신기루를 따라가면 안 된다고요."

 남자는 그렇게 말하며 마을로 들어섰고, 이내 한 여자와 마주쳤습니다. 그녀도 남자처럼 다갈색피부를 가졌는데, 그래서인지 금발머리가 유난히 눈에 띄었습니다. 이국적인 외모에 테일과 레테는 넋을 놓고 그녀를 바라보았고, 남자는 갑자기 안색이 창백해지더니 뒷걸음질을 쳤습니다.

"안녕, 카알."

"사, 사리나?"

"말도 없이 어딜 갔다 온 거야! 이 바보야!"

"헉! 때, 때리지 마! 저기, 아가씨! 이 여자 좀 말려줘!"

 아가씨? 그제야 테일과 레테는 저 남자에게 자신들의 이름을 가르쳐주지 않았다는 것을 깨닫고 열심히 남자에게 주먹을 휘두르고 있는 여자에게 다가가 그녀를 말리기 시작했습니다.

"저, 저기 진정하세요!"

"이거 놔! 오늘 나 죽고 저 놈도 죽는 거야!"

"무슨 일이신진 모르겠지만 사람을 이렇게 때리시면 안 되죠!"

"으아! 이거 놔아!"

 한바탕 난리를 친 후, 여자한테 흠씬 두들겨 맞은 남자는 아픈 부위를 만지며 일어났고, 여자는 흥! 하고 사라져버렸습니다.

"도대체 저 분은 누구예요?"

"제 여동생입니다. 사리나라고 하죠. 우리 마을 여자들이 기가 세서 말이야, 전 항상 사리나한테 맞으면서 컸죠. 그러고 보니 아가씨들 이름도 모르고 있었네요."

"전 테일이에요."

"전 레테라고해요."

"전 카알입니다. 그런데 우리 마을에는 무슨 일로?"

"이야기를 찾으러 왔어요!"

테일이 환하게 웃으며 말했습니다. 무슨 이야기? 남자가 의아해하자 이번엔 레테가 대답했습니다.

"테일의 꿈이 전 세계의 이야기를 찾아다니는 것이에요."

"그럼 레테도 테일처럼 이야기를 찾아다니는 겁니까?"

"아뇨, 제 꿈은 바다를 보는 것이었는데 그 소원은 이미 이루어졌어요. 하지만 테일은 소중한 친구니까 같이 여행하려고요."

"그렇군요."

카알이 고개를 끄덕였습니다. 그 때, 사리나가 다시 나타났습니다.

"사리나!"

카알이 반가운 듯이 외쳤지만 사리나는 흥! 하고 테일과 레테에게로 몸을 돌렸습니다.

"반가워요, 여행자인가요? 저는 사리나라고 해요."

"전 테일, 얘는 레테에요. 잘 부탁드려요 사리나 씨."

"저야말로 잘 부탁드려요. 멍청한 오라비를 여기까지 끌고 오시느라 참 고생 많으셨어요. 당분간 마을에서 지내실 거라면 저희 집에서 묵으시는 게 어때요?”

“사리나! 왜 자꾸 날 무시하는 거야!”

카알이 외쳤지만 사리나는 끝까지 무시했고, 테일과 레테는 어색한 웃음을 흘렸습니다. 왠지 거절하고 여관에서 잔다고 하면 엄청 화를 낼 것 같은 예감에 두 사람은 얼떨결에 고개를 끄덕였습니다.

두 사람이 승낙하자 사리나는 테일과 레테의 손을 이끌고 자신의 집으로 향했습니다. 카알도 허겁지겁 따라왔지만 사리나는 카알이 들어오기 직전에 문을 세게 닫아버렸습니다.

“사리나아!!”

“시끄러워, 바보 멍청아!”

“미안하다니까!”

도대체 남매가 왜 저렇게 싸울까, 궁금해진 테일이 사리나에게 물었습니다.

“도대체 왜 그렇게 싸우는 거예요?”

“저 인간이 제가 제일 아끼는 화병을 깨고 도망쳤잖아요! 솔직하게 말했으면 이러지도 않았지, 사막 너머로 도망쳤다가 오늘 돌아왔다고요! 절대 용서 못 해!”

테일과 레테는 또 한 번 어색한 웃음을 흘렸습니다.

“그냥 무시하셔도 됩니다. 저러다가 지치면 밤에 뒷문으로 몰래 들어올 테니까요. 그런데 테일 씨랑 레테 씨는 어쩌다가 그 짜증나는 사막을 건너서 저희 마을에 오셨나요?”

“음, 이 마을에 재미있는 이야기가 많을 것 같아서요. 제 꿈은 세계의 이야기를 찾아다니는 것이랍니다.”

“그래요? 이야기라면 제가 재미있는 이야기를 하나 해드릴까요?

사막의 신기루와 관련된 이야기지요."

사리나는 그렇게 말하며 테일과 레테를 소파에 앉히고는 자신도 맞은편에 앉았습니다.

"사실 이 마을은 아주 오래 전에는 사막이 아니라 숲이었다고 해요."

대륙의 동쪽에 자리한 아주 넓은 사막. 그 사막의 중심에는 아주 큰 오아시스와 함께 꽤나 넓은 숲이 있었습니다. 숲의 주인은 네이핀으로, 숲의 정령인 그녀는 아주 착해서 사막에서 길을 잃고 해매는 인간들이 있으면 숲으로 데려와 살게 하였습니다.

어느새 네이핀의 숲엔 인간들이 작은 마을을 이루었습니다. 인간들은 자연과 조화롭게 살아가는 법을 배웠습니다. 그래서 네이핀도 그 인간들을 아주 좋아했습니다. 특히 그 중엔 네이핀이 총애하는 소년이 있었습니다. 소년은 네이핀의 숲을 사랑했고, 아주 영리해서 네이핀의 숲에서 함께 사는 동물들과 이야기를 할 수 있었습니다. 말하자면 인간들과 동물들의 통역사라고 할 수 있었습니다. 소년은 동물들을 잡기 전에 언제나 동물들에게 너무 배가 고프니 먹어도 되냐고 물어보았습니다. 동물들이 허락하지 않으면 소년은 동물들을 잡지 않았습니다. 네이핀은 숲과 동물들을 아껴주는 소년을 아주 좋아했습니다.

그러던 어느 날, 소년이 병에 걸렸습니다. 병을 치료하려면 사막을 건너 도시로 가야 하지만 사막을 건너기에 소년의 병세는 너무도 좋지 않았습니다. 네이핀이 숲 속에서 좋은 약초란 약초는 모조리 가져와 소년에게 먹였지만 소용이 없었습니다. 결국 소년은 이승과 이별을 했습니다. 소년이 죽자 네이핀은 슬픔에 빠져 숲 속 깊은 곳의 자신의 동굴로 들어가 나오지 않았습니다.

네이핀이 동굴 속에 틀어박혀 숲을 돌보지 않자 숲은 금방 황폐해졌습니다. 인간들은 숲이 말라가자 네이핀의 동굴을 간신히 찾아 네이핀에게 부탁했습니다.

"네이핀 님! 숲이 죽어가고 있습니다! 제발 슬픔을 거두시고 숲을 돌보아주세요!"

숲이 죽어가고 있다는 말에 네이핀이 놀라 황급히 동굴 밖으로 뛰쳐나왔습니다. 인간들의 말대로 숲은 너무도 황폐해져 있었습니다. 나무들은 모두 말라 죽었고 꽃과 풀들도 자라지 못해 시들어 갔습니다. 동물들도 살 곳을 잃어 떠나갔습니다.

네이핀은 소년의 죽음 때문에 경솔하게 숲을 돌보지 않았던 자신을 탓하며 다시 숲을 가꾸기 시작했습니다. 얼마 안 가 숲은 다시 제 모습을 찾았습니다.

그리고 시간이 흘렀습니다. 네이핀도 어느 정도 슬픔을 잊고 숲과 인간들을 돌보며 살아갔습니다. 네이핀은 오아시스의 물이 더러워졌다는 인간들의 말에 물을 정화하기 위해 물의 정령 나이아드가 사는 오아시스로 향했습니다. 분명 자신의 친구인 나이아드도 오염된 물 때문에 고통받고 있을 것을 생각하니 가슴이 아파왔습니다.

오아시스에 도착한 네이핀은 물가에 앉아 물속을 바라보았습니다. 그런데

오아시스에 네이핀의 모습이 아니라 예전에 죽은 소년의 모습이 비쳤습니다. 네이핀은 너무 놀라 뒤로 자빠졌습니다. 너무 놀라 입을 다물지 못하고 있는데 물속에서 나이아드가 네이핀을 기다렸다는 듯이 나타났습니다.

"네이핀! 기다리고 있었어!"

"나이아드! 저기 그 아이가 있어!"

"무슨 소리를 하는 거야?"

"이걸 봐!"

네이핀은 다시 물속을 바라보았습니다. 나이아드는 그런 네이핀의 행동에 그녀의 옆으로 가 그녀와 함께 물속을 바라보았습니다. 물속에 비춰진 것은 네이핀과 나이아드뿐이었습니다.

"여기 그 아이가!"

"네이핀! 도대체 무슨 소리를 하는 거야! 이건 너잖아!"

"아니야, 이건 그 아이야!"

네이핀은 그렇게 소리치고는 물속을 바라보았습니다. 자신이 그렇게 아꼈던, 그렇게 보고 싶었던 소년이 있었습니다. 나이아드는 그녀의 행동에 혀를 찼습니다. 얼마나 그 아이를 아꼈기에 저렇게 환상을 볼까?

"네이핀, 그 아이는 죽었어. 현실을 직시해. 더럽혀진 오아시스를 정화해줘."

"아, 그래. 오아시스가 오염되어서 이 아이도 많이 고통스러울 거야. 지금 당장 정화해줘야지."

네이핀이 그렇게 말하며 손을 오아시스 속에 천천히 넣었습니다. 그러나 소년의 모습이 사라지려하자 급히 손을 빼냈습니다.

“왜 그래?”
“이 아이가 도망가버려.”
“정신 차려, 네이핀!”
네이핀은 나이아드의 말이 들리지 않는 듯 물가를 떠나지 않았습니다.
나이아드가 중얼거렸습니다.
“당분간 오아시스 속에선 못 살겠군.”
나이아드는 네이핀을 그 곳에 두고는 어딘가로 가버렸습니다.

몇 주가 지났습니다. 아무 것도 먹지도 않고, 자지도 않고 오아시스에 비친 소년의 모습을 바라보던 네이핀은 많이 수척해져 있었습니다. 다시 오아시스로 돌아온 나이아드는 혀를 찼습니다. 겨우 몇 주 동안 숲은 그 예전처럼 죽어가고 있었습니다. 나이아드와 함께 온 바람의 정령 에리얼은 너무 놀라 말라가기 시작하는 오아시스를 바라보며 혼자서 중얼거리고 있는 네이핀에게 다가갔습니다.
“네이핀!”
“아아, 나는 괜찮아. 나는 널 볼 수만 있다면 괜찮아.”
“네이핀, 정신 차려! 네 숲이 죽어가고 있어!”
에리얼이 네이핀의 어깨를 붙잡고 세게 흔들었지만 네이핀은 초점 잃은 눈으로 계속 오아시스만을 바라보고 있었습니다.
에리얼은 포기하고 나이아드에게 물었습니다.
“도대체 네이핀이 왜 저러는 거야?!”
“네이핀이 총애하던 소년이 몇 년 전에 죽었거든. 그 충격으로 미친 것이겠지.”

"겨우 인간 하나 죽었다고 저런다고?! 정말 미쳤군!"

에리얼은 혀를 차며 바람의 정령답게 쌩하고 사라져버렸습니다.

에리얼은 몇 주 전, 오아시스를 버리고 찾아온 나이아드에게 네이핀이 미친 것 같다는 이야기는 들었지만 설마 저 지경이 되었을 줄은 몰랐습니다. 겨우 인간 하나 죽었다고 저렇게 난리라니! 정령으로서의 자부심이 강해 인간을 하찮게 보는 에리얼에게는 이해할 수 없는 일이었습니다.

네이핀의 숲은 거의 사막이 되어 있었습니다. 나무들이 모두 죽어버려서 사막에서 불어오는 모래바람을 막을 수 없어 없었기 때문입니다. 숲은 빠르게 모래에 묻혀갔습니다. 인간들은 벌써 자기들이 원래 살던 곳으로 떠나가 버렸고, 동물, 식물들은 모두 죽어버렸습니다. 넓고 큰 오아시스도 점점 메말라갔습니다.

에리얼은 황폐해진 숲의 모습이 보기가 싫어 원래 살던 곳으로 돌아가버렸고, 나이아드는 차마 오랜 친구인 네이핀을 버릴 수가 없어 그녀를 돌보아주기로 하였습니다. 네이핀은 너무 오랫동안 아무 것도 먹지 않아 곧 죽을 것 같이 보였습니다. 나이아드는 이미 메말라버린 숲에 조금이라도 생명을 불어넣기 위해 네이핀을 대신해 숲을 돌보기 시작했습니다. 하지만 역부족이었습니다. 급기야 나이아드도 너무 많은 힘을 사용해서 쓰러졌습니다.

네이핀은 그가 쓰러지든 말든 신경 쓰지 않고 오아시스 속의 환영과 대화했습니다. 나이아드는 그런 친구가 너무 가여웠습니다. 이제 오아시스는 곧 말라 버릴 텐데. 나이아드는 친구를 위해 자신의 목숨과 바꿔 오아시스에 물을 채워 넣었습니다. 네이핀은 갑자기 오아시스에 물이 많아지자 의아해했지만 다시 오아시스에 비치는 환영과 대화를 했습니다.

얼마 후, 네이핀은 오아시스에 몸을 던져 목숨을 끊었습니다. 잠시 잠깐 무언가 이상하다고 느낀 네이핀이 오아시스에 손을 넣자 소년의 모습은 사라지고 자신의 모습이 보였기 때문입니다. 너무 놀라 주위를 둘러보니 자신의 숲은 이미 사막이 되어 있었고 멀쩡한 것은 이 오아시스 뿐. 설마 하는 생각에 나이아드의 이름을 크게 외쳤지만 대답은 들려오지 않았습니다. 결국 제정신으로 돌아온 네이핀은 친구의 죽음과 자신의 어리석음에 후회하고 탄식하며 스스로 오아시스에 몸을 던져 죽음을 택한 것입니다.

“네이핀과 나이아드가 목숨을 끊은 그 오아시스가 우리 마을의 오아시스죠. 네이핀과 나이아드는 죽은 후에도 오아시스만큼은 지키고 싶었는지, 아무리 가물어도 마르는 법이 없답니다.”
“슬프네요. 뭔 마을마다 듣는 이야기가 다 슬픈 이야기뿐이지?”
테일이 한숨을 내쉬었습니다. 생각해보니 헨젤과 그레텔도, 레테도, 클로버 여왕님도, 눈의 여왕님도, 신데렐라도, 그리고 네이핀도, 모두 하나같이 슬픈 이야기뿐이었습니다. 그때, 문을 박차고 카알이 들어왔습니다.
“슬픈 이야기를 싫어합니까? 곤란한데. 제가 준비한 이야기도 슬픈 이야기입니다만.”
“멍청이! 문을 부수면 어쩌자는 거야!”
“사리나! 정말 미안하다니까! 내가 일부러 깬 것도 아니잖아!”
카알이 들어오자 사리나는 흥! 하고 자기 방으로 올라가버렸습니다. 카알은 한숨을 내쉬었고, 테일과 레테도 고개를 내저었습니다다. 정말 견원지간이 따로 없는 것 같습니다.

"그런데 준비한 이야기라니요?"

"밖에서 듣고 있자니 이야기를 좋아하신다고 하기에 아까 사리나를 말려준 보답으로 마을 여기저기를 돌아다니면서 알아봤죠. 언제나 검은 모자를 쓰고 다니는 소녀의 이야기인데 들어보실래요?"

"사실 슬픈 이야기를 너무 많이 들어서 조금 별로긴 하지만 그래도 이야기니까! 레테도 좋지?"

"응, 그런데 우리 이야기 여행은 참 우울하네."

"그, 그러게."

옛날 어느 마을에 한 소녀가 살았습니다. 그 소녀는 언제나 검은 모자를 쓰고 다녀서 마을 사람들은 소녀를 '검은 모자'라고 불렀습니다.

어느 날, 검은 모자의 어머니가 검은 모자에게 심부름을 시켰습니다.

"검은 모자야, 이 책들을 옆 마을의 헬레나 아주머니께 가져다드리렴."

"헬레나 아주머니요?"

"그래, 헬레나 아주머니께서 딸에게 읽어주시겠다고 하는구나. 어차피 너는 더 이상 이 책들을 안 읽잖니? 그냥 버리는 것보다 낫지 않을까?"

"네, 알겠어요."

"아 참, 조심해야 한다. 옆 마을로 가는 산에는 위험한 늑대가 나타나니 조심해서 다녀와야 한다."

"아이 참, 걱정 마세요 어머니!"

그렇게 말한 검은 모자는 바구니 안에 어머니께서 주신 책들을 챙겨 넣고 길을 떠났습니다.

원래 옆 마을로 가는 길은 따로 있었지만 얼마 전에 홍수가 쏟아져 강물이 불어나는 바람에 길이 끊겨버린 것입니다. 그래서 마을 사람들은 위험하긴 하지만 그래도 빨리 갈 수 있는 산길을 이용하고 있었습니다.

겉보기에는 평범한 산이었지만 그 산에는 늑대인간이 살아서 산에서 길을 잃어버린 사람들을 잡아먹는다는 소문이 나돌았습니다. 소문일 뿐이지만 믿는 사람도 꽤 많아서 두 마을의 사람들은 강물이 줄어들 때까지 왕래를 꺼리고 있었습니다.

검은 모자의 어머니는 그런 위험한 곳에 하나 뿐인 딸을 보내는 것이 불안했지만 헬레나 아주머니가 홍수가 오기 전부터 부탁했던 것이라 어쩔 수가 없었습니다. 검은 모자는 어머니와는 달리 그 소문을 믿지 않았습니다. 그저 겁 많은 사람들이 지어낸 거짓말이라고 생각하며 가벼운 발걸음으로 옆 마을로 향했습니다.

검은 모자는 콧노래를 흥얼흥얼거리며 산 속으로 들어갔습니다. 산이라 좀 험난할 줄 알았던 검은 모자의 예상과는 달리 사람들이 잘 다니지 않았던 산길은 아주 잘 정리되어 있었습니다.

'이 산만 넘어가면 옆 마을이 나오니까 얼른 가서 헬레나 아주머니께 책을 드리고 집에 가서 낮잠이나 자야겠다!'

평소 게으름을 피우는 검은 모자는 사실 어머니의 심부름이 귀찮기도 했습니다. 하지만 여러 가지 생각을 하며 걷다 보니 어느새 마을이 보이기 시작했습니다.

검은 모자는 얼른 헬레나 아주머니의 집으로 향했습니다.

"아주머니! 헬레나 아주머니!"

"응? 아니! 이게 누구야! 검은 모자 아니니?"

"이거, 아주머니께서 부탁하신 책이에요!"

"어머나, 네가 이걸 가지고 왔구나. 산을 넘어 온 거니? 고생 많 았겠구나! 기다려 보렴!"

아주머니는 책을 들고 집으로 들어가시더니 이내 빵과 우유를 들고 나와 검은 모자의 바구니에 넣어주셨습니다.

"가면서 먹으렴. 자, 더 늦기 전에 얼른 집으로 돌아가."

"그럼 다음에 뵈어요, 아주머니."

"그래, 검은 모자도 조심해서 돌아가렴."

검은 모자는 헬레나 아주머니께 공손히 인사하고 다시 산으로 향했습니다.

얼마나 걸었을까, 이제 슬슬 마을이 보이기 시작하는데 뒤에서 인기척이 느껴졌습니다. 검은 모자는 착각이려니 하며 걸어가는데 자신의 발소리뿐만이 아니라 다른 발소리가 뒤에서 들려왔습니다.

정말 늑대인간이 나타난 것일까? 검은 모자는 순간 공포에 사로 잡혀 벌벌 떨며 살짝 뒤를 돌아보았습니다. 로브로 몸을 가리고 후드로 얼굴을 가린 사람이 서 있었습니다. 늑대인간이 아니라는 사실에 안심이 된 검은 모자는 그 사람에게 말을 걸었습니다.

"저기, 누구세요?"

"……."

그 사람은 아무 말도 하지 않았습니다. 검은 모자는 의아해하다가 그냥 다시 가던 길을 가려는데 그 사람이 말했습니다.

"너는 내가 무섭지 않은가?"

"왜 무서운데요?"

검은 모자의 대답에 후드 사이로 살짝 보이는 입이 미소를 지었습니다.

"너는 소문을 믿지 않나? 늑대인간이 나온다는 소문."

"그런 건 다 겁쟁이들이 만들어낸 거짓말이죠. 저는 믿지 않아요. 당신은 믿나요?"

"물론."

"당신은 겁쟁이로군요."

"그래 맞아. 나는 겁쟁이지. 그러니 이 겁쟁이와 아주 잠시만 함께 있어 주지 않겠나?"

"뭐, 좋아요. 아직 시간이 많으니까요."

그 사람이 낮게 웃었습니다. 마치 짐승의 웃음소리처럼 들려왔지만 검은 모자는 별로 신경 쓰지 않았습니다.

검은 모자와 정체불명의 사람은 나무 그늘에 앉아 이야기를 주고받았습니다. 처음에는 이상한 사람이라는 생각도 들었지만 시간이 지날수록 점점 괜찮은 사람이라는 생각이 들었습니다. 그 사람도 검은 모자를 아주 좋아하는 것 같았습니다.

"내가 어떤 모습이라도 무서워하지 않을 건가?"

"난 겁쟁이가 아니니까요."

검은 모자가 당차게 말했습니다. 남자는 또 한 번 후후, 하고 낮게 웃었습니다.

남자는 하늘을 바라보았습니다. 조금씩 해가 저물고 달이 뜨기 시작했습니다. 남자는 다급히 검은 모자에게 말했습니다.

"얼른 이곳을 떠나도록 해. 너무 늦었어."

"괜찮아요, 어머니께서는 아마 헬레나 아주머니 댁에서 놀고 있을 거라고 생각할 거예요."

검은 모자의 말에 남자는 검은 모자를 쳐다보다 자리에서 일어났습니다.

"난 이만 가봐야겠어. 미안해, 잘 있어."

'언제나 같이 있고 싶지만 언젠가 나는 너를 상처 입히겠지.'

검은 모자는 남자의 눈에서 흐르는 눈물을 보았습니다. 왜 우는 것일까? 그 잠시 동안 남자가 울 만한 일은 없었습니다. 갑자기 떠나라는 것도 이상했습니다.

그 때, 갑자기 불어온 바람에 남자가 쓰고 있던 후드가 벗겨지고 말았습니다. 그리고 드러난 남자의 모습은…….

"느, 늑대인간?"

"무섭나?"

남자가 조용히 으르렁거렸습니다. 아까 전부터 자기가 어떤 모습이든 무서워하지 않겠느냐고 물어보더니 이런 뜻이었구나. 하지만 남자와 보낸 그 짧은 시간 동안 검은 모자에게 남자는 무서움보다는 다정하고 좋은 사람으로 인식되어 있었기에 조금 놀랐을 뿐, 무섭지는 않았습니다.

"아니, 무섭지 않아요."

"하지만 난 언젠가 너를 상처 입힐 거야. 그러니 달이 완전히 뜨기 전에 얼른 돌아가."

약간 매정한 듯한 말투에 검은 모자는 조금 서운했지만 자신을 생각해서 그런 것이란 걸 알기에 조용히 마을로 돌아갔습니다.

검은 모자가 마을로 돌아가고 남자는 탄식했습니다.

"아아, 어째서 나는 이런 흉측한 괴물의 모습으로 태어나 저 소녀를 행복하게 해줄 수 없는 것인가."

피에 굶주린 괴물, 남자는 그저 조용히 검은 모자가 자신을 잊고 행복하기를 빌었습니다.

다음날, 날이 밝자 검은 모자는 늑대인간을 찾아 다시 산으로 왔습니다. 검은 모자의 모습을 본 남자는 당장이라도 달려가고 싶었지만 자신은 검은 모자를 다치게 할 것이 분명해 검은 모자가 찾을 수 없게 깊이 숨어버렸습니다.

그렇게 며칠이 지났습니다. 남자와 검은 모자의 가슴 아픈 술래잡기는 마침내 늑대가 스스로 목숨을 끊으며 비극으로 끝났습니다. 남자는 도저히 견딜 수가 없어 스스로 목숨을 끊었던 것입니다. 하지만 그 모습은 너무도 평온해 보였습니다. 검은 모자는 자신이 쓰고 있던 검은 모자를 벗어 남자의 시신 위에 올려 두고 말했습니다.

"언젠가 꼭 다시 만나기를……"

"남자는 검은 모자를 사랑했던 거군요."

"그렇죠. 전 하늘에 참 감사할 따름입니다. 이렇게 멋진 외모를 내려주셨으니 말이에요."

카알은 하하 웃으며 자신이 늑대인간이었어도 소녀의 행복을 바라며 죽었을 것이라고 말했다. 하지만 테일과 레테의 생각은 조금 달랐습니다. 만약 검은 모자도 늑대인간을 좋아했다면? 아마 검은 모자는 아까의 네이핀처럼 아주 슬퍼했을 것입니다. 사랑하는 사람이 죽으면 분명 아주 슬플 것이기 때문입니다.

"어라, 표정들이 왜 그러십니까?"
"아뇨, 그냥요. 그냥 검은 모자가 너무 가여워서요."
"그런가요?"
"네. 뭐 어쨌든 재미있는 이야기 들려주셔서 감사해요, 카알 씨."
테일과 레테가 카알에게 인사를 했습니다. 카알은 뭐 그런 것 가지고 인사를 하냐며 손사래를 쳤고 조금 소란스러웠는지 위층에 올라가 있던 사리나가 다시 내려왔습니다.
"뭐야, 아직도 안 나갔어?"
"사리나아……. 제발 화 좀 풀라니까!"
"시끄러워. 입 다물어."
사리나가 카알을 노려보며 말했습니다. 아직도 화가 안 풀린 모양입니다. 카알은 도저히 이번엔 무리라며 집을 나가 버렸습니다.
"흥, 다신 들어오지 마!"
"사, 사리나 씨. 그래도 그건 좀……."
"저렇게 나가 놓고는 꼭 아까처럼 문을 부수고 들어온다든가 뒷문으로 몰래 들어온다니까요. 아예 문을 없애든가 해야지!"
"헉"
"사리나 씨, 무섭구나."
레테가 중얼거렸습니다.
그리고 며칠 후, 카알은 테일과 레테의 도움을 받아 간신히 사리나의 분노를 누

그러뜨렸습니다. 사리나와 카알의 집에서 며칠 신세를 진 테일과 레테는 다시 길을 떠났습니다. 카알의 말에 의하면 여기서 더 동쪽으로 쭉 가면 이런 사막이 끝나고 평범한 마을이 나온다고 했습니다. 테일과 레테는 화가 풀린 사리나와 카알의 길 안내 덕에 금방 사막을 벗어날 수 있었습니다.

RUN & RAN, Snow Queen

 사막을 벗어나니 눈의 나라에 근처에서 보았던 목초지와 비슷한 초원이 펼쳐졌습니다. 다른 점이라면 눈의 나라 근처의 목초지는 쌀쌀했고, 이곳은 따뜻하다는 것입니다. 사막의 더운 열기에서 벗어나 따뜻한 곳으로 오니 따뜻하다기보다는 시원했습니다.
 "으아 힘들어! 조금만 쉬었다가 가자, 레테."
 "응? 알았어."
 테일의 말에 레테가 걸음을 멈추었습니다. 두 사람은 길가의 나무 그늘 밑에 앉았습니다. 테일은 자리에 앉자마자 가방 안에서 무언가를 주섬주섬 꺼내었습니다.
 "그거 뭐야?"
 "응? 책."
 "그건 나도 알아. 무슨 책인데?"
 "전래동화 모음집! 이라는데…… 읽어볼까?"
 "응."

첫 번째 이야기, 심청이 이야기! 옛날 옛날에 심청이라는 아주 착한 소녀가 살고 있었습니다. 심청이에게는 눈이 안 보이는 장님 아버지가 계셨습니다. 심청은 언제나 그 아버지를 돌보며 하루하루를 힘들게 지냈습니다. 그런데 어느 날 한 스님이 와서 공양미 300석을 바치면 아버지의 눈이 떠질 것이라고 말했습니다. 하지만 심청은 가난해서 공양미 300석은 무리였습니다. 다음 날, 장에 나간 심청은 뱃사람들이 하는 이야기를 우연히 듣게 되었습니다. 인당수에 몸을 던져 바다의 신을 진정시켜줄 처녀를 찾고 있다는 내용이었습니다. 그 처녀에게는 쌀 300석을 준다는 말에 심청은 냅다 뱃사람들에게 달려가 자신이 몸을 던지겠노라 말했습니다. 그리고 며칠 후, 심청은 받은 쌀로 아버지에게 맛있는 밥을 해드리고 집을 나와 뱃사람들을 따라 인당수로 갔습니다. 그리고 인당수에 몸을 던졌습니다.

"뭐야, 그거!! 우울해!! 우울해!!"
"어, 근데 뒤에 더 있는데 내용이 찢겨져 나갔어."
"내용이 있어도 분명히 우울한 내용일 거야."
"아, 이번엔 토끼와 거북이 이야기래."

옛날 옛날에 토끼와 거북이가 있었습니다. 어느 날 토끼가 거북이에게 달리기 시합을 하자고 말했습니다. 거북이는 흔쾌히 승낙했고 며칠 후, 모든 동물들이 구경하는 가운데 토끼와 거북이의 달리기 시합이 시작되었습니다. 아주 빠른 토끼는 역시나 거북이를 멀리 제치고 아주 빨리 결승점 앞에 도착했습니다. 너무 빨리 도착했나 싶어서 토끼는 거북이가 언덕 너머에 보일 때까지만 자야지 라고 생각하고 느긋하게 잠을 청했습니다. 거북이는 느릿느릿한 걸음으로 친구 거북이들의 응원을 받으며 열심히 달려갔습니다. 결승점이 눈앞에 보이는데 토끼는 그 옆 나무 그늘에 누워 잠을 자고 있었습니다. 거북이는 이때다! 하고 최대한 빠른 걸음으로 결승점을 향해 달려갔습니다…….

"아, 이것도 뒷부분이 찢어졌어."
"내 생각엔 토끼가 눈을 번쩍 뜨고 이겼을 것 같아."
"아냐, 보통 이런 이야기는 거북이가 이겨."
"흠, 그런가?"
레테와 테일이 턱을 괴고 토끼와 거북이의 다음 이야기가 뭘까, 고민하는데 익숙한 목소리가 들려왔습니다.
"어, 테일 누나다!"
"테일 언니!"
"어라? 너희는……!"
"오랜만이야, 누나!"
"오랜만이야, 언니!"
테일을 보고 반갑게 달려온 두 아이는 헨젤과 그레텔이었습니다. 헨젤과 그레텔의 옆에는 예쁘장한 아가씨와 잘생긴 남자가 서 있었습니다.
"언니! 나의 진짜 어머니야!"
"누나! 나의 진짜 아버지야!"
헨젤과 그레텔이 웃으며 말했습니다. 두 사람의 말에 테일과 레테는 여자와 남자를 바라보았습니다. 여자는 어딘지 모르게 곱게 자랐다는 느낌이 물씬 풍겼고 남자는 계속 다른 곳을 보고 있었습니다.

"콘치타라고 합니다. 그리고 이쪽은 제 남편이구요."

"……."

여자가 자신을 소개하며 정중히 인사했습니다.

"네, 안녕하세요."

테일과 레테도 일어나 인사를 했습니다. 콘치타의 소개를 들은 테일은 고개를 갸웃거렸습니다.

"콘치타, 어디서 들어본 이름인데?"

"아! 생각났다! 왜! 린네 씨 마을에서! 갑자기 사라졌다던 귀족 아가씨!"

레테가 소리쳤습니다. 레테의 말에 콘치타가 호호, 웃으며 말했습니다.

"아아, 그 영지 말인가요? 여러분들도 들었군요. 네, 맞아요. 저희 가문이 다스리던 영지였죠. 지금쯤이면 아마 새 영주가 내려왔을 걸요?"

"그런데 왜 그 영지를 떠나신 거예요?"

"사랑의 도피죠. 제 남편이 한때는 사람을 잡아먹는 식인종이었거든요. 지금은 그렇지 않지만요. 아무튼 이 사람이랑 같이 영지를 떠나온 거예요. 그러다가 헨젤과 그레텔을 만났죠. 어린애들이 너무 가여워서……."

콘치타가 말 끝을 흐렸습니다. 그 때 그레텔이 콘치타를 잡아끌었습니다.

"어머니, 우리 얼른 집으로 가요. 배고파요!"

"그래, 그레텔. 얼른 가자. 그럼 저희는 이만 가볼게요."

"네, 안녕히 가셔요. 헨젤이랑 그레텔도 잘 가!"

"응! 테일 언니! 나중에 우리 집에 놀러와!"

"테일 누나! 꼭 놀러 와!"

"응."

헨젤과 그레텔, 콘치타와 그녀의 남편이 멀어져갔습니다. 테일과 레테도 다시 길을 떠났습니다.

얼마나 걸었을까. 마을이 보이기 시작했습니다. 마을의 입구에는 "세상의 끝에 오신 걸 환영합니다!"라는 문구가 적힌 간판이 있었습니다. 관광으로 꽤 유명한 마을인 듯, 작은 마을임에도 사람들이 북적였습니다. 간신히 며칠 지낼 방을 잡은 테일과 레테는 짐을 내려놓고 마을을 둘러보기 시작했습니다. 해가 뜨는 것을 보는 장소라던가, 관광지라 그런지 여기저기 음식점이나 기념품점이 많았습니다.

그런데 한 가게에서 낯익은 소년의 얼굴이 보였습니다. 소년도 테일과 레테를 보았는지 두 사람에게로 오더니 환하게 웃었습니다.

"테일이랑 레테네?"

"어라? 룬?"

"와, 여기가 룬이 사는 마을이야?"

"응. 와~ 정말 여기까지 왔네? 어떻게 지냈어?"

"뭐, 언제나처럼 이야기 찾으러 돌아다녔지. 룬이랑 란은 잘 지냈어?"

"응. 잘 지내고 있어. 아, 란 보러 같이 갈래? 지금 란이네 집에 가는 중이었거든."

“그래, 같이 가자!”

정말 오랜만에 만난 룬은 처음 만났을 때보다 더 즐거워보였습니다.

사람들 사이를 지나서 한적한 곳으로 나오자 주택들이 보였습니다. 테일과 레테는 룬을 따라 어느 집으로 들어갔습니다.

“와아! 룬이다!”

“으악! 란!”

집에 들어가자마자 한 소녀가 룬에게 덥썩 안겼고, 그 충격에 룬이 뒤로 넘어졌습니다. 룬이 넘어지자 소녀는 깜짝 놀라 일어나서 룬을 바라보았습니다.

“꺅! 룬! 괜찮아?”

“으, 응. 괜찮아. 그런데 제발 이렇게 몸을 날리며 안기진 말아줘.”

룬이 바지를 탁탁 털고 일어나며 말했습니다. 룬의 말에 란이 하하, 웃었습니다. 그리고 란이 테일과 레테를 바라보았습니다.

“어? 너희는 그때 그 애들이네? 반가워! 놀러온 거야?”

“응. 난 테일이고 애는 레테야. 너는 란이지? 룬한테 얘기 많이 들었어.”

“헤에~ 그렇구나. 근데 처음 보는 애들인데, 이 근처 애들은 아니지?”

“응, 우린 여행 중이거든.”

“와! 여행! 왜? 왜 여행을 하는 거야?”

여행을 한다는 말에 란이 신기한 듯 눈을 반짝이며 테일과 레테에게 질문했습니다. 테일이 부담스럽다는 눈빛으로 란을 바라보며 대답했습니다.

"이야기를 찾으러 여행을 하고 있어. 레테는 여행을 하다 사귄 친구고."

"그렇구나! 아! 룬! 룬이 나 찾으러 떠났을 때 이야기를 해주면 좋겠어!"

"뭐? 그거 벌써 몇 번이나 했잖아."

"또 듣고 싶은걸. 그리고 테일이랑 레테도 듣고 싶어 하지 않을까?"

"듣고 싶어."

테일이 란과 함께 눈을 반짝이며 룬을 바라보았습니다. 룬은 어쩔 수 없다는 듯 한숨을 내쉬며 이야기를 시작했습니다.

동쪽의 해가 뜨는 마을에 룬이라는 소년과 란이라는 소녀가 살고 있었습니다. 두 사람은 어렸을 적부터 함께 놀았던 소꿉친구였습니다. 그러던 어느 날, 룬이 부모님을 따라 잠시 다른 마을로 가게 되었습니다. 룬은 란의 곁을 떠나고 싶지 않았고, 란도 룬과 이별하기 싫었지만 잠시 떠나는 것이었기 때문에 어쩔 수 없이 헤어지게 되었습니다.

룬은 다른 마을에서 부모님 일을 도와드리면서 항상 빨리 돌아가고 싶다는 생각만 했습니다. 그리고 마침내 돌아가는 날이 되어 룬은 그 어느 때보다 활기찬 모습으로 마을로 돌아왔습니다. 그런데 마을 사람들이 표정이 별로 좋지 않았습니다.

"무슨 일 있었어요, 아주머니?"

"어머, 룬이 왔구나. 그게 말이다, 란이 갑자기 사라져버렸지 뭐니."

“네? 어디로요?”

“그거야 나도 모르지. 에효.”

아주머니께서 큰 한숨을 내쉬었습니다. 룬은 온 마을을 뒤지며 란을 찾았지만 란은 보이지 않았습니다. 그날 밤, 룬은 여행 준비를 하곤 부모님께 갔습니다.

“어머니, 아버지. 저 란을 찾으러 다녀오겠습니다.”

“너 혼자 간다는 말이니? 안 돼, 얘. 어린애 혼자서는 위험해.”

“저 열여섯 살이잖아요. 란이네 아주머니도 얼른 란이 돌아오길 빌고 계실 테니까 제가 찾으러 다녀올게요.”

“어머, 얘! 룬!”

룬은 뒤도 돌아보지 않고 마을을 뛰쳐나왔습니다. 란이 어디로 가버렸을까, 고민을 하던 룬은 일단 근처 마을부터 갔습니다. 여기저기 샅샅이 뒤지고 마을 사람들에게도 물어보았지만 란은 없었습니다.

그렇게 룬은 온 나라 안을 돌아다니며 란의 행방을 찾아다녔지만 그 어디에도 란은 없었습니다. 핸더 왕국 안에는 란이 없다고 생각한 룬은 국경을 넘어 원더 왕국으로 갔습니다. 밤낮 가리지 않고 쉴 틈없이 란을 찾아 돌아다닌 끝에 한 마을에서 어느 소녀가 원더 왕국의 클로버 여왕의 성으로 갔다는 소문을 듣게 되었습니다. 룬은 그 소문을 듣자마자 바로 클로버 여왕의 성으로 향했습니다. 의외로 클로버 여왕을 만나기는 아주 쉬웠습니다.

“그래, 다른 나라의 백성이 내겐 무슨 볼일이지?”

“여자아이를 찾고 있습니다. 이곳으로 왔다는 소문을 들어…….”

“너는 꽤 당당한 아이로구나. 그래, 두 명의 소녀가 내게 왔다가 내 부탁을 받고 눈의 여왕에게로 갔다."

"두 명……이라구요?"

"그래, 두 명이다."

두 명이라는 말에 룬이 한숨을 내쉬었습니다. 또 허탕을 쳤다는 생각에 헛웃음이 나왔습니다. 그 때 클로버 여왕이 차를 한 모금 마시더니 다시 입을 뗐습니다.

"잃어버린 아이를 찾는 것이라면 눈의 여왕에게 가 보렴. 그녀는 언제나 길을 잃은 아이들을 데려와 보살펴주니까, 아마 네가 찾는 아이도 그녀가 돌보고 있을 게다."

"아! 감사합니다, 여왕님!"

클로버 여왕의 말에 룬은 당장 눈의 나라로 갈 준비를 했습니다. 눈의 나라는 아주 춥다고들 하니 방한복도 몇 벌 챙겨서 눈의 나라로 출발했습니다. 쉴새없이 걷고, 걷고, 또 걸어서 마침내 눈의 나라에 도착했습니다.

눈의 나라의 풍경은 너무나도 절경이었지만 란을 찾기에 급급한 룬의 눈에 눈의 나라의 풍경 따윈 들어오지 않았습니다. 오직 여왕의 성만 바라보며 걸었습니다. 눈의 나라의 영토에 막 들어왔을 때는 정말 얼어 죽을 정도로 추웠는데 성에 조금씩 가까워질수록 몸이 따뜻해지는 걸 느꼈습니다. 그렇게 속도를 내서 눈의 여왕의 성으로 가는데 웬 여자아이 두 명이 쓰러져 있는 것이 보여 황급히 달려갔습니다.

"사람? 여기서 자면 안 돼! 얼어 죽을 수도 있어!"

"흐, 흔들지 마. 머리 아파."

"아, 미안. 그런데 너희들은 왜 여기에 있는 거야?"

"눈의 여왕을 만나러……."

그나마 기운이 있어 보이는 한 소녀가 대답했습니다.

"나랑 같이 가자. 이제 얼마 남지 않았어."

소년은 두 사람의 팔을 잡고 일으켜 세웠습니다. 두 소녀의 옷은 눈으로 흠뻑 젖어 있었습니다. 그것을 본 룬은 혀를 쯧쯧 차며 빨리 여왕의 성으로 가자며 재촉했습니다. 조금만 더 가면 얼음 성이 나온다는 말에 두 소녀는 필사적으로 힘을 내서 룬의 부축을 받으며 조금씩 걸어갔습니다.

이윽고, 룬과 두 소녀는 얼음 성의 앞에 도착했습니다. 성 앞은 목초지보다 더 따뜻했습니다.

성문 앞에는 아주 크고 날카로운 이빨을 가진 새하얀 이리 두 마리가 서 있었습니다.

두 마리의 이리는 낯선 사람이 오자 낮게 으르렁거렸습니다. 이리들이 막 세 사람에게 덤비려는데 허공에서 앙칼진 여자의 외침이 들려왔습니다.

"들어오게 하라!"

여자의 외침에 성문이 열리고 그 앞을 막고 있던 이리들은 길을 비켜주었습니다. 날씨가 따뜻해지자 정신을 차린 두 소녀는 자신들을 도와준 룬과 함께 얼음성 안으로 들어갔습니다.

성 안은 털옷을 입고 있는 룬과 두 소녀에게는 따뜻하다 못해 덥기까지 했습니다. 세 사람은 외투를 벗었습니다. 온도가 올라가면서 정신이 들기 시작한 두 소녀는 성 안을 쭉 둘러보았습니다. 모든 것들이 얼음으로 만들어졌지만 성 안은 너무도 따뜻했고, 또 따뜻한 온도에도 녹지 않는 얼음이 신기했습니다.

"그런데 너희들 이름이 뭐야? 난 룬이라고 해."

"난 테일."

"나는 레테야. 그런데 너는 왜 이곳에 온 거니?"

"나는 친구를 찾으러 왔어. 나한테 아주 소중한 친구인데, 이곳에 있다는 소문을 들었거든."

그렇게 말하는 룬의 표정은 아주 약간 슬퍼보였습니다.

그때, 클로버 여왕님처럼 머리부터 발끝까지 온통 새하얀 색으로 치장한 눈의 여왕님이 나타났습니다. 그녀는 언뜻 보면 클로버 여왕님처럼 감정이 없는 인형 같아 보였지만, 가까이에서 보니 클로버 여왕님보다 더 생기 있어 보였습니다.

눈의 여왕님 곁에는 금발의 소녀가 멍한 표정으로 서 있었습니다. 룬은 소녀를 보자마자 소녀에게 달려갔습니다.

"란! 정신 차려!"

"아아, 네가 그 아이의 소중한 기억이구나. 기다리고 있었단다."

"역시 당신이 란을 데려간 거였어!"

룬이 그렇게 말하며 눈의 여왕님을 노려보았습니다. 그녀는 고개를 저으며 진한 웃음을 지었습니다.

"오해하지 말거라. 나는 나의 나라에 찾아온 그 아이를 돌보고 있었을 뿐이야."

"그 말을 어떻게 믿죠?"

룬의 눈동자는 불신으로 가득 차 있었습니다. 눈의 여왕님은 룬을 바라보았습니다.

"나는 인간들이 말하는 것처럼 그렇게 나쁜 여왕이 아니야. 단지 내가 눈의 나라에서 외부와 단절된 생활을 하기에 그런 소문이

난 것이지."

그때, 란이 룬을 바라보며 힘겹게 입을 뗐습니다.

"룬?"

"란! 날 기억하는 거야? 내가 누군지 알아보는 거야?"

"응.

"룬은 란의 소중한 친구니까!"

왠지 모르게 닭살 돋는 상봉 장면에 테일과 레테는 헛웃음을 지으며 눈의 여왕님을 바라보았습니다. 눈의 여왕님은 룬과 란에게서 시선을 떼고 테일과 레테에게 다가갔습니다.

"너희들은 클로버가 보낸 아이들이지? 반갑구나. 몸이 약한 클로버를 대신해 이곳에 와줘서 정말 고맙구나. 클로버의 안부를 전하러 온 거라지?"

"네, 맞아요."

테일의 대답에 눈의 여왕님이 후후, 하고 웃었습니다. 그녀는 손에 들고 있던 홀을 허공에 두세 번 휘둘렀습니다. 그러자 성 문이 큰 소리를 내며 열리고 성 앞에 있던 커다란 이리 두 마리가 성 안으로 들어왔습니다.

"돌아갈 때에는 이 아이들을 타고 가렴. 아마 금방 다시 클로버의 성으로 돌아갈 수 있을 거야."

여왕님은 생각했던 것보다 아주 자상하고, 따뜻한 사람인 것 같았습니다. 차가운 눈의 나라와는 어울리지 않는 따뜻한 여왕님이었습니다.

"한 마리는 클로버가 보낸 아이들, 다른 한 마리는 룬과 란이 타면 되겠구나. 너희들을 목적지에 태워다주고 나면 스스로 이곳에 다시 돌아올 테니 걱정은 하지 않아도 돼.”

테일과 레테가 첫 번째 이리에 타고, 룬과 란이 두 번째 이리에 올라탔습니다. 그리고 눈의 여왕님이 다시 홀을 휘두르자 이리들이 성 밖으로 나가 달리기 시작했습니다.

“눈의 여왕님 안녕히 계세요!”

“란을 보살펴주셔서 감사합니다!”

“그래, 조심히 돌아가렴.”

눈의 여왕님이 손을 흔들며 배웅을 해주었습니다. 룬은 다른 이리에 탄 테일과 레테에게도 인사했습니다.

“너희들도 잘 가! 언젠가 또 만나자!”

“그래! 룬도 잘 가!”

작별인사를 끝내기가 무섭게 이리들이 출발했습니다. 이리를 타고 집으로 달리는 중에 룬이 란에게 질문을 했습니다.

“도대체 말도 없이 왜 눈의 나라까지 온 거야?”

“응? 나도 모르겠어. 조금도 기억이 안 나.”

“그래도 다행이다. 이렇게 무사해서. 내가 널 얼마나 찾아 다녔는지 알아?”

“미안해, 룬.”

란이 활짝 웃었습니다. 란을 따라 룬도 웃었습니다.

그렇게 이리들을 타고 며칠을 달리자 마을에 도착했습니다. 룬과 란은 이리들과 작별을 하고 란의 집으로 향했습니다. 란이 집으로 돌아오자 란의 부모님들은 아주 기뻐하셨습니다.

“도대체 어딜 갔었던 거니!”

“죄송해요. 엄마, 아빠.”

“룬아, 란을 찾아와줘서 정말 고맙다. 너도 얼른 네 부모님께 가보렴. 많이 걱정하셨을 거야.”

“네, 그럼 란! 내일 보자!”

“응! 룬도 잘 자! 날 찾으러 와줘서 고마워!”

룬은 란에게 웃어주고는 집으로 돌아왔습니다.

“헤에~ 그래서 눈의 여왕님의 성으로 찾아 온 거였구나.”

“어. 금방 찾을 수 있을 줄 알았는데 결국 북쪽 끝의 나라까지 다녀오게 됐다니까.”

“그래도 네가 아니었으면 나랑 테일은 거기서 얼어 죽었을 거야.”

레테가 인상을 찡그리며 말했습니다. 레테의 말에 룬과 란이 까르륵 웃었습니다.

“이번에는 내가 아주 재미있는 이야기를 해줄게. 조금 어이없는 이야기야. 교훈도 내용도 없는 이야기.”

“그건 뭐야…….”

란의 말에 테일과 레테가 뭐 그런 이야기가 있냐며 인상을 찡그렸습니다. 란은 빙긋 웃으며 이야기를 시작했습니다.

Brother's Dog, Jack and Bean sprouts

옛날 옛날에 아주 사이좋은 형제가 살고 있었습니다. 형의 이름은 테로, 동생의 이름은 네로입니다. 형제는 할아버지와 함께 우유 장사를 하며 행복하게 살고 있었습니다. 어느 날, 부업으로 개장 수 일을 하는 할아버지가 윤기 나는 털을 가진 래브라도 리트리버 한 마리를 데려왔습니다.

"자, 선물이다! 테로, 네로!"

"우와아! 할아버지! 감사해요!"

"이름은 파트라슈로 하자!"

할아버지의 선물에 형제는 뛸 듯이 기뻐하며 파트라슈와 함께 밖으로 나갔습니다.

마을에서 가장 예쁜 소녀 아로아가 파트라슈를 보더니 네로와 테로에게 다가왔습니다. 아로아는 평소에 그 두 사람에게 전혀 관심이 없었습니다.

"이거 네가 키우는 개니?"

"응, 파트라슈는 내 개야."

"아니야! 파트라슈는 내 개야!"

테로와 네로는 파트라슈가 자신의 개라고 서로 싸우기 시작했습니다. 아로아의 관심을 얻기 위해서였습니다.

"내 개야!!"

"내 개라니까!! 너 자꾸 형한테 대들거니!!"

"얘들아, 싸우지 마!!"

아로아가 옆에서 두 사람을 뜯어말려 겨우 싸움은 멈췄습니다. 하지만 아까 그 사이좋던 형제의 모습은 온데간데없어지고, 거의 원수지간이라도 된 양 두 사람 사이의 공기는 너무나도 싸늘했습니다.

며칠 후, 시간이 꽤 흘렀음에도 테로와 네로의 사이는 좋아질 기미가 보이지 않았습니다. 예전에는 우유 배달이 끝나면 언제나 함께 놀았는데 요즘은 테로가 먼저 파트라슈와 산책을 다녀오고 네로가 한 번 더 파트라슈와 산책을 다녀옵니다. 할아버지는 그런 테로와 네로를 보며 "애들은 싸우며 크는 거다."라며 허허 웃었습니다. 하지만 아로아의 생각은 달랐습니다.

"너희는 도대체 언제까지 싸울 거니?"

"흥! 난 형이랑 다시는 이야기하지 않을 거야! 꼴도 보기 싫어."

"너희 예전에는 사이가 좋았지 않니?"

"몰라!"

네로가 파트라슈를 데리고 먼저 집으로 갔습니다. 집으로 들어온 네로를 본 테로는 흥! 하고 고개를 돌렸습니다. 네로도 혀를 쭉 내밀고는 방으로 들어갔습니다.

그리고 얼마나 시간이 지났을까요. 여전히 테로와 네로의 사이는 좋지 않았습니다. 아로아는 끊임없이 두 사람에게 화해하라고 이야기했지만 두 사람은 들은 척도 하지 않았습니다. 그런 두 사람에게 질린 아로아가 테로에게 말했습니다.

"그냥 너희 둘이 돈을 모아서 개를 한 마리 더 사는 것은 어떠니? 너랑 네로랑 둘 다 그림을 잘 그리니 그림 대회 같은 곳에 나가서 상금을 받을 수도 있잖아."

"아니, 그런 좋은 방법이!"

"응. 파트라슈 여자 친구도 만들어주고. 너희는 이제 싸울 일도 없고. 좋지?"

"아로아 넌 역시 참 착하구나! 네 일도 아닌데 이렇게 걱정을 해주고."

“네로에게는 내가 말해줄게.”

“고마워, 아로아. 네 덕에 우리 형제의 우애를 다시 찾을 수 있을 것 같아.”

테로가 신이 나서 말했습니다. 테로가 집으로 돌아가자 얼마 후 네로가 파트라슈를 데리고 아로아에게 왔습니다. 네로가 오자 아로아는 웃으며 인사했습니다.

“안녕, 네로?”

“안녕 아로아.”

“있지, 네로야. 너랑 테로는 둘 다 그림을 잘 그리잖아? 그러니까 그림을 그려서 그림 대회에 참가해서 상금도 얻고, 우유 배달을 하면서 번 돈을 조금씩 모아서 파트라슈와 같은 개를 한 마리 더 사는 것은 어떠니?”

“그게 무슨 소리야?”

“개가 두 마리가 있으면 너희 형제가 싸울 일도 없고 다시 사이 좋게 지낼 것이 아니니?”

아로아의 말에 테로가 그랬던 것처럼 네로가 손뼉을 치며 기뻐했습니다. 그리고는 신이 나서 아로아에게 인사를 하고 파트라슈를 데리고 집으로 돌아갔습니다.

“네로야, 꼭 화해해!”

“응! 고마워, 아로아!”

집으로 돌아가자 테로가 기다렸다는 듯 네로를 반겨주었습니다.

“네로야!”

“테로 형!”

두 사람은 포옹을 했습니다. 이렇게 대화를 하는 것이 도대체 얼마만인지. 같이 사는 형제임에도 서로가 너무 반가웠습니다.

"우리 열심히 돈을 모아서 파트라슈에게도 여자 친구를 만들어 주자."

"응, 그래!"

그 날부터 형제는 더 열심히 우유 배달 일을 해서 번 돈에서 조금씩 떼어내 모으기 시작했습니다. 할아버지도 그런 손자들의 행동에 감동을 받아 손자들이 돈을 모으는 것을 도와주기 시작했습니다.

그리고 마을 축제날이 되었습니다. 아로아는 예쁘게 차려입고 테로와 네로의 집에 왔습니다.

"테로! 네로!"

아로아가 테로와 네로를 부르자, 두 사람은 파트라슈와 처음 보는 개를 데리고 나왔습니다.

"아로아! 이거 봐! 파트라슈의 여자 친구야."

"이름은 네 이름을 따서 아로 라고 지었어."

"어머나, 예쁜 개구나!"

아로아가 아로를 쓰다듬으며 말했습니다.

"아로아, 정말 고마워. 네가 아니었다면 우린 아직도 싸우고 있었을 거야."

"우리 형제가 우애를 되찾은 건 다 아로아 덕이야."

"아니야, 친구로서 당연한 걸!"

아로아가 호호 웃었습니다.

"불꽃놀이 보러 같이 가지 않을래?"

"그래, 아로아. 함께 가자."

"응 좋아!"

아로아는 테로와 네로와 함께 자신의 개와 파트라슈, 아로를 데리고 불꽃놀이를 보러 갔습니다.

아로가 테로와 네로의 집에 온 지 다섯 달이 훌쩍 지났습니다. 파트라슈와 아로는 사이가 정말 좋아 아로는 새끼를 뱄습니다. 몇 달 후 아로는 파트라슈를 꼭 닮은 강아지 두 마리를 낳았습니다. 테로와 네로는 강아지 한 마리를 아로아에게 주었습니다. 그렇게 세 사람은 행복하게 살았습니다.

네로와 테로가 사는 옆 마을에는 잭이라는 소년이 살고 있었습니다. 잭은 부모님을 여의고 혼자서 농사를 지으며 평범하게 살았습니다. 잭은 가리는 것 없이 뭐든지 잘 먹었지만 콩나물을 정말 싫어했습니다. 가끔 이웃집 아주머니가 혼자 사는 잭이 딱해서 음식을 만들어 주시는데 그 아주머니 음식에는 언제나 콩나물이 들어 있었습니다. 잭은 밥을 먹을 때마다 반찬에서 콩나물을 골라내서 버렸습니다.

그 날도 아주머니가 아주 맛있는 음식을 해놓으셨습니다. 하지만 언제나처럼 콩나물이 들어 있었습니다. 잭은 인상을 찌푸리고는 콩나물을 골라내기 시작했습니다. 그런데 유난히 눈에 띄는 콩나물이 있었습니다. 다른 콩나물에 비해 유난히 크고 떡잎의 색이 아주 밝았으며, 줄기도 통통하고 잔뿌리도 적었습니다. 잭은 이 콩나물은 버리기엔 아깝다는 생각이 들었습니다. 잭은 그 콩나물만 그대로 두고 다른 콩나물들은 모두 골라내 버렸습니다.

다음날, 잭은 물 속에 담가두었던 콩나물이 어제보다 조금 자란 것 같다는 느낌이 들었습니다. 착각이겠지, 하고 옆 마을의 테로와 네로를 찾아갔습니다. 무슨 일인지 테로와 네로가 사이가 너무 안 좋았습니다. 두 사람과 놀기는 글렀구나 생각한 잭은 밭일을 하러 갔습니다. 잭이 키우는 양배추들은 아주 튼실하게 잘 자랐습니다.

 저녁이 되자 잭은 밭일을 끝내고 집으로 돌아갔습니다. 그런데 콩나물이 아침에 보았던 것보다 훨씬 더 길고 통통해져 있었습니다. 그것이 참 신기한 잭은 좀 더 큰 양동이에 물을 길어 그 안에 콩나물을 넣고 키우기 시작했습니다.

 잭은 밭에서 양배추를 키우듯 콩나물을 열심히 길렀고 그 콩나물은 집 밖에서 키워야할 정도로 아주 큰 콩나무로 자라 하늘 높이 치솟았습니다. 평소 호기심이 많았던 잭은 하늘 위에는 무엇이 있을까 궁금해져 콩나무을 타고 올라가기 시작했습니다. 올라가고, 올라가고, 또 올라갔습니다. 손에 물집이 잡히기 시작했습니다. 하지만 호기심 하나만으로 잭은 열심히 올라갔습니다. 아무리 올라가도 끝이 보이지 않았습니다. 잭은 무심결에 아래를 바라보았습니다. 너무 엄청난 높이에 잭은 어지러움을 느꼈습니다. 손이 부들부들 떨렸습니다.

 잭은 결국 하늘 위에 무엇이 있는지 알아보는 것을 포기하고 도로 내려가기 시작했습니다. 손을 살짝 놓고 쭉 미끄러져 내려가니 손과 발이 콩나무 줄기와 마찰해 너무 아팠습니다. 결국 올라갈 때처럼 천천히 내려갔습니다. 그러다 또 다시 아래를 내려다보았습니다. 역시 땅 끝이 보이지 않을 정도의 높이였습니다. 손을 떨던 잭은 실수로 콩나무 줄기를 잡고 있던 손을 놓아버렸습니다.

"으아아아악!!"

잭은 엄청난 속도로 땅으로 떨어졌습니다. 이제 죽었다고 생각한 잭이 눈을 뜨고 주위를 둘러보았습니다. 다행히 아주 튼튼하고 굵은 콩나무 줄기에 떨어진 듯합니다. 잭은 안도의 한숨을 내쉬고 다시 천천히 내려가 겨우 땅에 발을 내딛었습니다. 땅에 발을 딛자 현기증이 나는 듯했습니다.

다음날, 잭은 도끼를 들고 와 콩나물을 찍어 넘어뜨렸습니다. '쿵!' 거대한 콩나무가 잭의 집 뒤 편의 산 쪽으로 쓰러졌습니다. 그 산은 너무 험해서 사람들이 잘 다니지 않았는데 콩나무 덕에 사람이 지나다닐 수 있는 길이 생겼습니다.

그 날 이후로 잭은 더 이상 콩나물을 남겨두지 않았습니다. 먹거나, 버리거나. 예전처럼 그렇게 싫지도 않았지만 좋지도 않았습니다. 아직도 콩나물을 골라 내냐며 테로와 네로, 거기다가 옆 마을의 이쁜이 아로아까지 놀려댔지만 잭은 꿋꿋이 콩나물만 쏙 빼고 먹었습니다. 그리고 잭은 행복하게 살았습니다.

"참… 정말로… 교훈도, 내용도 없는 이야기네."
테일이 중얼거렸습니다.
"그렇지? 하지만 이 세상 끝의 마을에선 참 유명하지. 네로와 테로, 아로아, 잭이 살던 마을이 우리 마을이라는 이야기도 있어. 그치, 룬?"
"응. 란의 말이 맞아."
"하하. 하. 그래도 재미는 있었어. 지금까지 찾은 이야기 중에 제일 특이했다고나 할까. 너희 이야기도 신선해."
"아, 란이 갑자기 사라져서 내가 란을 찾으러 간 그 이야기?"

“응. 룬은 란을 참 좋아하는 것 같아.”

레테의 말에 란과 룬이 얼굴을 붉혔습니다. 그 두 사람의 모습에 테일과 레테는 까르륵 웃음을 터뜨렸습니다. 룬은 고개를 세차게 젓고는 두 사람을 바라보았습니다.

“자, 세상 끝에 있는 마을까지 와서 이야기를 찾은 테일 양, 이제 넌 어쩔 거야?”

“음, 이번엔 바다 건너에 있는 곳으로 여행을 떠날까?”

테일이 장난스럽게 말했습니다. 정말 꿈만 같은 몇 년이었습니다. 여행을 시작한 것은 열여섯 살, 그 동안 많다면 많고 적다면 적은 이야기를 모았습니다. 많은 사람을 알게 되었고 많은 친구를 사귀었습니다. 테일은 그것만으로도 족하다 생각했습니다.

어느새 테일은 소녀가 아닌 어른이 되어 있었습니다. 더 오래 여행을 떠나 더 많은 이야기를 모을 수도 있지만, 이것만으로도 충분했습니다. 테일이 슬며시 미소를 지었습니다.

그리고 테일은 책을 덮었습니다.

작가 후기

　내가 책을 쓰게 될 줄은 정말 꿈에도 몰랐다. 3학년에 올라와서 계발 활동으로 어떤 부서를 해야 그럭저럭 넘길까, 고민을 하고 있는데 책쓰기부가 눈에 띄었다. 평소 글 쓰는 걸 좋아하는 친구와 함께 냅다 신청을 넣었고 결국 책쓰기부에 뽑히게 되었다.

　어떤 책을 쓸까~ 내가 자주 쓰는 판타지 소설을 쓸까? 아니면 설명문 같은 걸 써 볼까, 정말 많이 고민을 했었다. 선생님께서 내 꿈과 관련된 글을 쓰는 것이 좋다 하시기에 그때까지만 해도 장래희망 중 하나였던 동화작가를 위해 여러 동화를 재구성해 보기로 결정했다. 지금은 꿈이 게임 기획자로 바뀌어서 내심 아쉽긴 하지만 내 나름대로는 좋은 경험이었고 좋은 추억이었다.

　내가 쓴 글은 내가 자주 듣는 노래나, 여기저기서 주워들은 이야기를 모아서 쓴 글이다. 그러다보니 쓰는 과정에 생략된 이야기도 있고, 아예 빼버린 이야기도 많다. 원래는 200페이지 정도 쓸 예정이었는데 시험 때문에 100페이지도 쓰기가 힘들어서 이야기를 많이 뺐다. 나중에 기회가 된다면 빼 버린 이야기들이나 주인공들의 뒷이야기를 쓰고 싶다.

　쓰는 내내 제일 고민했던 것은 역시 마무리였다. 처음 계획은 주인공인 테일과 레테가 다시 자신들이 살던 마을로 돌아간다는 내용이었는데 쓸 시간이 없어서 내용을 줄이고, 줄이고, 줄이다 보니 다른 결말을 짓게 되었다. 이 결말은 삽화를 그려 준 친구 지희와 머리 싸매고 진지하게 고민하다가 나온 결말이다.

　개인적으로 나는 룬, 란이라는 인물을 제일 좋아한다. 제일 세세하게 이야기 짠 것도 룬과 란의 이야기였고, 특징이나 생김새, 성격 등 이것저

것 프로필을 열심히 짜 놨는데 마지막에 시간이 부족해서 열심히 짠 스토리 그대로 넣지 못해 아쉬웠다. 룬, 란 못지않게 클로버 여왕도 좋아한다. 클로버 여왕의 설정은 언젠가 들어본 적이 있는 웃지 않는 공주님과 비슷한 설정이다. 클로버 여왕을 몰래 사모하는(?) 노래하는 미친 남자가 여왕에게 웃음을 되찾아 주기 위해 사람들을 홀려 성으로 데려가 그녀의 말상대를 만들어 준다는 이야기였지만 쓰다 보니 이것도 많이 바뀌어 버렸다.

이 글을 쓰면서 제일 감사했던 분은 역시 국어 선생님이시다. 70쪽이라는 짧다고는 할 수 없는 글을 읽으시면서 사전을 찾아가며 오타나 맞춤법 틀린 곳을 가르쳐주시고 지적할 곳은 따끔하게 지적해주셨던 선생님께 너무 감사하다는 말씀 전하고 싶다. 사실 선생님의 잔소리가 싫기도 했지만……그게 다 좋은 글을 쓰게 하기 위한 말씀이란 걸 알기에 꾹꾹 참고 열심히 글을 썼다. 혼나지 않으려고 이것저것 잔머리도 굴리고 했었는데 지금 와서 돌아보니 참……잔머리 굴릴 시간에 이야기나 더 쓸 걸 후회된다. 그 다음 감사한 사람은 삽화를 그려준 친구이다. 바쁜 와중에도 학교에서 열심히 스케치를 하고 컴퓨터로 옮겨 그리고……많이 도와주지 못해 정말 미안하다. 그리고 내 글을 재미있게 읽어주고 조언을 해 준 친구들에게도 감사하다.

부족한 곳이 많은 글이지만 격려해주시고 쓰는 것을 도와주신 국어선생님과 여러 가지 이야기 소재를 제공해 준 친구들, 또 바쁜데도 열심히 삽화를 그려준 친구에게 다시 한 번 감사 인사를 하고 싶다.

정소영

예그리나 : 사랑하는 우리 사이

백지은

1995년 9월 18일 대구 출생
현재 중리중 3학년
친구들과 영화보고, 쇼핑하고, 사진 찍고 노는
소소한 일상을 즐기는 평범한 중학생
피아노 연주와 독서를 좋아함
혈액형은 O형

차 례

만남

정말 따뜻하다. 따스한 햇살, 구름 한 점 없는 맑은 하늘, 살랑살랑 부는 바람에 몸을 맡긴 분홍색 작은 꽃잎들, 은은히 퍼져오는 꽃향기, 여기저기에서 피어오르는 새싹들과, 꽃 봉우리들, 한 없이 예쁜 한국의 봄. 얼마 만에 맡아보는 한국의 냄새인가! 너무 그리웠어.

오랜만에 그리운 한국을 느껴보며 공항을 벗어나려던 찰나에 한 남자의 목소리가 나를 불러 세웠다.

"유인혜."

본능적으로 몸을 돌렸지만 커다란 꽃다발이 내 시야를 전부 가리고 있었기 때문에 나를 불러 세운 목소리의 주인공이 누군지 알아채지 못했다.

한 발짝 더 가까이 다가가서 목소리의 주인공이 누구인지 확인하려고 했으나, 큰 키의 그 남자가 꽃다발로 얼굴을 완강하게 가리고 있었기 때문에 턱없이 부족한 내 키로 그의 얼굴을 확인하기는 무리였다. 폴짝폴짝 뛰면서까지 그의 얼굴을 확인하려 했으나, 그는 이리저리 피하며 꽃다발에 자신의 얼굴을 숨겼다. 뭐 이런 사람이 다 있나 싶어 그냥 돌아서려는 순간 그는 내 팔을 잡아 자신의 품으로 끌어당겼다. 이 느낌…… 누군지 알 것 같다.

"유인혜. 못 본 사이에 키 많이 컸네."

"오빠……."

정말 오랜만에 듣는 이 목소리, 너무나도 듣고 싶었던 목소리, 항상 그리웠던 목소리.

“오랜만이다.”

“어떻게 알고 온 거야?”

“다 사랑의 힘이지. 이 꽃 너 주려고 산 거야. 많이 늦었지만, 스튜어디스된 거 축하한다.”

“고마워. 근데 오빠 이렇게 있어도 돼? 기자들이나 파파라치들 없어?”

“이제 그딴 거 신경 안 써. 피곤하지? 빨리 가자.”

오랜만에 느껴보는 오빠의 따뜻한 손이다.

한국으로 돌아오는 날, 이렇게 기적 같은 일이 일어날지는 상상도 못 했는데, 오빠가 다시 내 앞에 나타나는 건 꿈속에서나 늘 그려왔던 그냥 그림일 뿐이었는데 너무나도 놀라워서, 너무나도 행복해서 지금 이 순간이 믿기지가 않는다.

“오빠.”

“응?”

“우현아.”

“왜?”

“야. 신우현.”

“왜 자꾸 불러? 이 꼬맹아.”

“그냥 오빠가 내 옆에 있다는 게 안 믿겨서……”

“……6년 만이다. 너무 오랫동안 안 봐서 그래.”

정말 딱 6년 만이네. 그 동안 한 순간도 오빠를 잊은 적이 없어. 매일 매일 하루도 빠짐없이 오빠를 그리워하면서 오빠를 기다려 왔어. 오빠와 재회하는 상상, 수도 없이 많이 해 봤지만 이렇게 갑자기 오빠가 나를 찾아올 줄은 정말 꿈에도 몰랐어.

"너 갑자기 왜 울어."

걱정 마. 내가 지금 흘리는 눈물은 행복과 안도의 눈물이니까.

그리고 고마워. 이렇게 시간이 흘렀는데도 잊지 않고 나를 찾아
와줘서…

낯선 발자국 소리

아직 겨울이라서 그런지 빨리 밤이 찾아왔고, 굉장히 어두웠다.
또 추운 날씨 탓에 거리에는 사람들이 별로 없었다. 그런데 아까
부터 이상한 아저씨가 내 뒤를 따라오고 있다. 초조해진 나는 더
욱더 빨리 걸었다. 하지만 그러면 그럴수록 더욱 빠르고 가까이
들려오는 발자국 소리. 그 순간 누군가가 내 팔을 잡아 자신의 품
으로 끌어안았다. '드디어 이 세상을 떠나는구나.' 하지만 이상하
게도 아무런 행동을 취하지 않는 납치범이 이상해서 살며시 올려
다보았다. 이건 무슨 일일까? 나를 껴안고 있는 사람은 우리 학교
교복을 입은 2학년 선배였다.

"마누라. 춥지?"

이건 또 무슨 상황? 나보고 마누라라니.

"이상한 사람 아니니까 걱정 마. 너도 알지? 뒤에서 이상한 놈 따
라오던 거. 난 불의를 보고는 못 참거든. 저 새끼 꺼질 때까지만
이러고 있자."

우리 학교 교복을 입은 2학년 선배. 명찰에는 이렇게 적혀 있었

다. 신우현.

　꽤 오래 오빠의 품에 안겨 있었다. 오빠의 품이 정말 따뜻하고 포근하다. 평생 이 품에서 잠들고 싶을 만큼.

"저 자식 드디어 갔네. 괜찮냐?"

"괜찮아요. 고맙습니다."

"그럼 조심해서 가라."

　그는 웃으면서 뒤돌아선다. 심장이 미세하게 떨린다. 이런 감정 처음이다.

　혼자서 추운 이 거리를 두려움으로 걷고 있을 때 누군가가 또 내 뒤를 따라 오는 느낌이 들었다. 좀 더 빠르게, 좀 더 씩씩하게 걸어도 두려움은 없어지지 않았다. 계속 내가 가는 방향으로 따라온다. 너무 무섭다. 그때 누군가가 내 팔을 덥석 잡았다. 나는 눈을 질끈 감았다.

"큭, 왜 쫄아?"

　이 목소리는 아까 우현오빠.

"오빠……."

"왜 울려고 그러냐? 난 그냥 너 혼자 집에 보내려니 마음이 불편하더라고. 데려다줄게."

"오빠…… 흑흑흑."

"아…저…왜 울어? 울지 마. 아 미치겠네."

　긴장이 풀리면서 눈물이 쏟아져 나왔다.

　다른 사람 앞에서 눈물을 보이기 싫어하는 나는 자존심이 무척 세다. 하지만 우현오빠 앞에서 자존심이고 뭐고 그냥 엉엉 울어버렸다.

정말 한참을 울었던 것 같다. 그 한참동안 우현오빠는 내 옆에서 눈물을 닦아주고, 다 울 때까지 옆에서 지켜주었다.

"이제 다 울었어? 아까 나 때문에 많이 놀랐나보네. 미안하다."

"아니에요. 흑흑. 그냥 무서워서……."

"내가 안 무섭게 손 꼭 잡고 집 앞까지 데려다줄게."

우현오빠와 손을 꼭 잡고 집으로 가는 길 동안 계속 심장이 두근거렸다. 무슨 병이라도 난 것처럼 심장은 쉴새없이 뛰어대고, 볼은 터질 듯이 빨개졌다.

"오랜만이다."

"네? 오늘 말고 저 본 적 있어요?"

"응."

"언제지? 저는 처음인 것 같은데……?"

"1학년 땐가? 인혁이집에 놀러 갔을 때."

"우리 오빠 알아요?"

"자주 놀러 갔었는데."

"나는 왜 하나도 기억이 안 나지?"

오빠가 살짝 미소를 지으며 내 머리를 쓰다듬었다.

어느새 집 앞까지 왔다. 오빠에게 감사 인사를 하고, 집으로 들어왔다.

"다녀왔습니다."

"어. 인혜 왔어?"

"응. 엄마, 오빠도 왔어?"

"응. 방에서 기타 치고 있어."

나는 오빠에게 우현오빠에 대해 물어보기로 했다.

"오빠~ 뭐해?"

"보면 모르냐?"

"기타 치는구나. 방해해서 미안한데, 물어보고 싶은 게 있어서."

"뭐? 수학문제 뭐 이딴 거면 죽는다."

"에이, 내가 오빠 성적 뻔히 아는데 설마 그런 걸 묻겠어?"

"뭐?!"

"아니야. 아무 말도 안했어. 하여튼! 오빠, 신우현오빠 알아?"

"내 친구다. 우리 집에도 자주 오는데?"

"아……그렇구나. 나는 왜 몰랐지?"

"그러니까 니가 둔탱이지."

"뭐?! 정말 짜증나."

오빠에게 물어봤다는 놀림만 받고, 제대로 알 수 있는 것이 없다. 도대체 언제 우리 집에 왔다는 거지?

"야, 백날 생각해 봐라. 니가 기억할 수 있을 것 같냐?"

"뭐? 좀 조용히 해. 기억을 살리고 있잖아."

"너, 걔 올 때마다 혼자만의 세계에 빠져 있어서 기억 못하는 거야. 뭐. 그리고 니가 우현이한테 관심도 없었겠지."

"그런가?"

"근데, 갑자기 신우현에 대한 건 왜 묻는 건데?"

"아, 몰라. 오빠는 몰라도 돼."

오빠에게 물어본 것이 정말 후회가 된다. 그래서 나는 조용히 내 방으로 들어왔다. 그러고는 책상에 앉아 우현오빠의 전화번호를 계속 들여다보았다. 왠지 모르게 떨린다.

다음 날 학교에서 종일 멍하니 있는 나에게 지현이가 묻는다.

"야. 유인혜. 너 무슨 일 있어?"

"어? 아니."

"그런데 왜 자꾸 멍 때려? 너 멍 때리는 동안 벌써 수업시간 다 끝났어."

"진짜?"

"그래. 이제 야자만 하면 땡!"

"이씨. 공부 하나도 못 했어. 자습이라도 열심히 해야지."

남은 야자시간을 헛되이 쓰지 않으리라 다짐을 하고, 열심히 공부에 집중했다.

어느덧 하교할 시간이 되어 나와 지현이는 교문으로 향했다.

"유인혜."

"어? 안녕하세요."

"야 유인혜. 너 신우현 선배랑 알아?"

"응. 그냥 조금."

"인혜 친구? 인혜는 내가 가져간다."

지현이에게 나를 가져간다 하고는 무작정 교문 밖으로 끌고 나오다니 내가 물건이냐.

"지현아 안녕! 내일 봐."

지현이에게 급히 인사를 하고는 우현오빠와 나란히 집으로 향했다.

"너 나랑 같이 가고 있는데 왜 mp3 듣고 있냐?"

내 귀에 꽂힌 이어폰을 빼서 자신의 귀에 꽂는다.

"청혼, 노을?"

"네. 노래 좋죠?"

“이거 빼. 내가 불러줄게.”

내 귀에 꽂힌 이어폰 하나도 마저 빼버리고 자신이 직접 노래를 불러주는데… 감미로운 목소리다. 정말 잘 부른다. 그 노래 속에 그냥 폭 빠져버린 듯한 느낌이랄까.

“우와. 정말 잘 부르네요. 아, 혹시 우리 오빠 친구 중에 오빠랑 같이 가수 준비한다던 오빠가 우현오빠예요?”

“어. 아마도…?”

“우와. 오빠는 정말 멋진 가수가 될 거예요.”

오빠의 감미로운 목소리를 들으며 어느새 우리 집 앞까지 다 와 버렸다. 오빠 목소리에 취해 벌써 여기까지 왔는지도 몰랐는데 너무 빨리 와버린 탓에 뭔가 아쉬움이 남아 있었다. 하지만, 나는 감사 인사를 하고 우리는 헤어졌다.

그 날 이후로 우현오빠는 매일 야자가 끝나면 교문 앞에서 먼저 기다리고 있었다. 그리곤 나를 집 앞까지 데려다주었다.

행복과 함께 찾아온 시련

그 날도 어김없이 우현오빠가 교문 앞에서 기다리고 있었다. 나는 자연스럽게 오빠의 손을 꼭 잡고 교문을 나서고 있었다. 행복한 미소를 머금고, 앞으로 어떤 일이 일어날지 상상도 못 한 채 말이다.

“우현아.”

음? 저건 누구지? 일단 우리 학교 교복은 아닌데. 정말 예쁘게 생겼다. 키도 크고, 날씬하고…… 되게 성숙해 보인다. 그런데 저 사람이 누군데 우현오빠를 찾는 거지?

"뭐야. 내 말은 들은 척도 안하고. 얘는 누구야? 여자…친구……?"

"뭐? 알아서 뭐하게? 좋은 말로 할 때 꺼져라."

이 성숙해 보이는 여자는 정말 예쁜 미소를 짓고 있는데, 반면 우현오빠는 화난 얼굴을 하고 있다.

"우현아, 얘, 여자 친구 아니잖아? 그치? 그러니까 나랑 놀러가자. 응?"

성숙해 보이는 여자가 우현오빠 팔짱을 끼며 애교 섞인 말투로 응석을 부렸지만, 우현오빠는 매정하게 뿌리치며 내 손을 끌고 앞으로 나아갔다. 그래도 그 여자는 끝까지 우현오빠에게 매달렸지만 그럴수록 우현오빠의 표정은 더욱 굳어져 갔다.

"우현아, 응? 나랑 놀자."

"야. 반시혜. 적당히 해라."

"야. 너 진짜 얘랑 사귀는 거야? 그래서 지금 날 무시하는 거야?"

"응. 나 얘랑 사겨. 그러니까 좀 떨어져라."

"이젠 영계를 꼬셨어? 하…… 꼬마야. 너 진짜 우현이랑 사귀니?"

이름이 반시혜? 지금 나 키 작다고, 한 살 어리다고 꼬마? 정말 기가 막힌다. 거기다가 나한테 그런 곤란한 질문을 하면 내가 뭐라고 대답을 하겠는가. 사귄다고 하면 왠지 안 될 것 같고, 안 사귄다고 하면 우현오빠가 곤란할 것 같아서 입술을 깨물고 만다.

"진짜 내 여자 맞다. 나 너한테 관심 없다고 몇 번이나 말하냐? 계속 이러면 정만 더 떨어진다."

"하… 근데 니 여자라는 이 꼬마가 대답을 못 하잖아."

"진짜 내 여자 맞아. 보여줘?"

순간 우현오빠의 입술이 내 입술 위로 포개어졌다. 너무 당황한 나머지 나는 멍하게 있었다. 그냥 가만히 서서 오빠의 온기를 느끼고 있을 뿐이다. 차츰 시간이 흐르고, 정신이 들 때쯤 오빠는 입술을 뗴었다. 부끄러워서 땅만 바라보고 있는데, 반시혜의 울음소리가 들려왔다. 그리고 앙칼진 목소리로 우현오빠에게 뭐라고 말을 하기 시작했다.

"너 내 앞에서 이딴 짓 한 거, 반드시 후회할 거야."

"후회하면 뭐, 어쩌라고. 이제 내 여자라는 증명까지 했으니까 다시는 내 앞에 나타나지 마라. 훠이훠이."

우현오빠는 땅만 바라보고 있는 내 얼굴을 들어서 씩 웃더니 다시 손을 꼭 잡고 반시혜를 지나쳤다. 반시혜는 그대로 그 자리에 서서, 우리를 노려보고 있었다. 그런 반시혜를 무시하고, 우리는 그대로 학교를 빠져 나왔다.

아직 추운 날씨인데도, 손에서 땀이 흐른다. 쉴새없이 뛰는 심장 소리가 우현오빠에게 들릴까 조마조마하고 부끄럽다. 그런데 우현오빠는 너무나도 태연하다. 이건 나의 첫 키스인데…… 너무 무심한 거 아니야? 아직 사귀는 것도 아니면서…….

옛날부터 꿈꿔왔던 첫키스. 첫눈 오는 날, 내가 제일 사랑하는 사람과 예쁜 거리에서 달콤한 입맞춤을 하는 상상을 해왔다. 하지만 이건…… 좋아하기는 하지만 아직 사귀는 사이도 아닌 남자가, 늘 다니는 지긋지긋한 학교 앞에서, 게다가 끈덕지게 달라붙는 여자를 떼어내기 위해서 아무런 감정 없이 갑작스럽게 나의 달콤한 첫키스를 뺏어버린 게 아닌가. 어떻게 그렇게 무심할 수가 있지?

우현오빠가 집 앞까지 데려다줄 동안 우리는 아무 말도 하지 않았다. 딱히 누가 먼저 말을 꺼내려 하지도 않았다. 그저 손만 꼭 잡고 발 맞춰 걸을 뿐. 그래서 나는 좀 전의 정말 심장이 터질 것 같은 그 상황을 계속 되짚어 보았다. 그저 떨리는 감정 뿐…… 지금은 그저 한없이 떨리는 감정뿐이다.

다음 날 학교.

"나는 어젯밤 네가 한 짓을 알고 있다."

"뭐……뭐…… 뭐가!"

"기집애. 부끄러워하기는! 우현 선배랑 사겨? 이거 너 첫키스지?"

"응…… 첫키스는 맞는데 사귀는 건 아니야!"

"뭐? 사귀는 것도 아니면서 키스를 했다 이거지? 집에 갈 때 나 버리고 둘이 손 잡고 가더구만, 사귀는 거 아니었어?"

"응……."

"뭐야. 화끈하게 그냥 사겨. 둘 다 아주 그냥 미련곰탱이들 아니야? 오늘도 둘이 손 꼭 잡고 갈 거냐?"

"아니!!!!!! 이때까지 너 버리고 간 거 진짜 진짜 미안해. 그러니까 오늘만 진짜 딱 하루만 나랑 같이 가면 안 돼? 정말 우현오빠랑 둘이 같이 있으면 심장이 터질 거야. 그리고 부끄러워서 아무 말도 못 할 거야. 제발 나를 살려줘. 친구."

"잘못했지?"

"응……."

"좋아. 내가 인심 썼다."

정말 다행이다. 어제 그 일…… 우현오빠랑 키스한 일…… 정말 너무 떨리고 부끄러워서 오늘 하루 종일 우현오빠 피해 다녔는데…… 그래도 가끔 복도에서 마주치면 심장이 미친 듯이 뛰어댔는데…… 집에 갈 때 둘이서만 같이 가면 진짜 심장이 터질지도 몰라. 진짜 다행이다. 오늘 하루 종일 오빠를 피해 다녔기 때문에, 대충 눈치를 챘을 것이라고 믿고, 지현이와 나는 후문으로 빠져나가기로 했다. 그래서 종이 울림과 동시에 책가방을 메고 서둘러 후문으로 필사적으로 뛰었다.

"헉헉헉. 우현선배 못 봤지?"

"응. 근데 얘기도 안하고 그냥 가도 정말 괜찮을까?"

"괜찮을 거야. 어제 그런 대박 사건이 있었고, 또 학교에서도 마주치면 피했는데 어느 정도 눈치 채고 자기도 그냥 가겠지. 괜찮아, 괜찮아."

"눈치 못 챘으면 어떡해?"

"아이, 괜찮을 거라니까."

나와 지현이는 애써 위로를 하며 후문을 빠져 나왔다. 그런데 왠지 모를 이 불안감…… 내 예상이 틀리길 빌었지만, 불길한 예감은 적중했다.

"꼬마야. 안녕?"

"아……안녕……하……세요."

순간 나는 어제 반시혜가 한 말이 떠올랐다.

'너 내 앞에서 이딴 짓 한 거, 반드시 후회할 거야.'

설마 지금 나한테 복수라도 하겠단 거야? 우현오빠를 피하지 말 걸 하는 후회가 들었다.

"유인혜? 언니랑 얘기 좀 할까?"

“아니요. 제가 좀 바빠서요. 안녕히 계세요.”

나는 이 말을 마친 후 지현이의 손을 끌고 필사적으로 달렸다. 하지만 반시혜와 그 패거리들은 순식간에 우리를 둘러쌌다.

“누구신데 저희한테 이러시는 거죠?”

“넌 친구를 잘못 사귄 죄야. 넌 그냥 입 다물고 있으면 돼. 애들아, 가자.”

반시혜의 한마디에 패거리들은 우리의 양팔을 잡고 강제로 끌고 갔다. 나와 지현이는 끝까지 발악해 보았지만, 양 옆으로 팔을 꼼짝 못 하게 잡고 있어서 어쩔 수가 없었다.

우리는 사람들이 보이지 않는 으슥한 골목으로 끌려갔다. 패거리들이 꼭 잡고 있던 양팔을 갑자기 풀어서 고꾸라지듯 내팽개쳐 반시혜 앞에 무릎을 꿇는 꼴이 되었다. 이런 여자 앞에 절대로 무릎을 꿇어서는 안 된다는 생각에 나는 재빨리 자리에서 일어섰다. 그러자 반시혜는 내 어깨를 밀쳐서 다시 넘어뜨렸다. 다리에 상처가 났는지 너무 아파 그 자리에서 도저히 일어설 수가 없었다. 반시혜는 쪼그리고 앉아 나와 눈높이를 맞추며 물었다.

“야, 너 우현이랑 사귀냐?”

나는 무조건 대답을 하지 않기로 했다.

“말 못 해? 좋은 말로 할 때 대답해. 아니면 나 너를 해칠 수도 있어. 너 우현이랑 진짜로 사귀냐고.”

대답을 하지 않기로 했으니 이번에도 반시혜의 말에 답하지 않았다. 아니, 못 하는 것일 수도 있다. 내가 우현오빠와 정말로 사귀지 않으니 사귄다고 대답할 수가 없다. 그렇다고 해서 사귀지 않는다고 말하면, 이 여자애는 우현오빠에게 또 다시 귀찮게 굴어서 우현오빠가 힘들다. 이럴 때는 어떻게 해야 하지? 도망을 가려 해도 양 옆으로 패거리들이 길을 모두 다 막고 있고, 지현이에게 구원의 눈길을 보내보았지만, 지현이 역시 패거리들에게 붙잡혀 있어 처지가 같았다.

그래. 어쩔 수 없어. 내가 사랑하는 사람들을 위해서라면 차라리 내가 희생되자! 우현오빠를 위해서 절대로 입을 열지 않을 것이고, 나 때문에 끌려온 지현이가 다치지 않게 온몸으로 지켜줄 것이다.

"끝까지 대답 안 하네. 그래. 오늘은 이 언니가 봐준다. 경고하려고 데리고 온 거니까, 애기야, 이 언니 말 잘 들어. 너 우현이랑 사귀는 거면 헤어져. 빨리 깨끗이 정리하란 말이야. 우현이는 내 남자야. 너 같은 꼬맹이한테는 안 어울리거든? 그리고 우현이는 내가 더 먼저 좋아했고, 너보다 훨씬 오래 전에 먼저 사귄 사이야. 그러니까 니가 먼저 깨끗이 정리해. 안 그러면 가만 안 둬."

반시혜와 패거리들은 그 말을 뒤로 골목을 빠져 나갔다.

지현이가 더 많이 놀랐을 텐데 나에게 달려와 걱정해 주었다. 나는 많이 놀라고 황당해하는 지현이에게 어제 있었던 일, 그리고 반시혜가 누군지를 얘기해 주었다.

우리는 말없이 거리를 걷고 있을 뿐이었다.

그때 어떤 남자의 목소리가 들리는 듯했다.

"인혜야. 유인혜!"

"인혜야."

이 목소리는 우현… 오빠?

"야. 유인혜. 저기 우현오빠 아니야?"

"응. 맞는 거 같아."

우현오빠에게 다가가려는 순간 오빠가 먼저 나를 발견하고는 뛰
어왔다. 그리고는 나를 꼭 안아주었다.

"어디 있었어. 걱정했잖아."

"미안해. 오빠."

오빠의 품에서 온기를 느끼고 있으니, 무릎의 상처도, 아까의 무
서움도 사라지는 것 같았다.

아까는 몰랐는데, 우현오빠 옆에 낯선 남자가 있었다.

"오빠…… 누구야?"

우현오빠 귀에다 대고 속삭였다.

"안녕? 나는 우현이 친구 정시온이야."

정시온…… 우현오빠 친구니까 잘 해줘야지.

가까운 카페로 들어갔다.

따뜻한 핫초코를 시키고 기다리고 있는 동안 어색한 침묵이 흘
렀다. 어색한 침묵 사이로 나는 이런저런 잡생각을 했다. '우현오
빠가 무슨 일이 있었는지 안 물어보네…… 왠지 뭔가를 알고 있
는 것 같기도 하고…… 아니면 말고. 안 물어보니 잘된 거지 뭐.'

또 한참의 침묵이 흐르고 흘렀다.

그때 먼저 침묵을 깬 건 시온오빠였다.

"인혜야, 내가 웃긴 이야기 해줄까?"

"네, 해주세요!"

기분 전환 겸 시온오빠에게 재미있는 이야기를 해달라고 했다.

"있지…… 아주 성격이 더러운 남자가 있었어. 얼굴도 잘생기고
키는 훤칠한데 말이야. 그 성격이 문제였던 남자가 있었지. 그 남
자는 평상시에 굉장히 이성적으로 행동했어. 화나면 다 깨부수고,

마음에도 없는 여자를 그냥 데리고 다니면서 술이나 마시고, 다음날이면 깨끗이 잊어버리고 언제 그랬냐는 듯 행동하는, 그런 통제 불능이었던 문제아였지. 그리고 얼마나 무심한지, 여자아이들이 좋다고 따라 다니면 눈길 한 번 주기는커녕 완전히 무시했지. 그런데……."

"야. 정시온."

시온오빠한테 재밌는 이야기를 듣고 있는데, 솔직히 하하하 하고 웃을 만한 그런 이야기는 아닌 것 같다. 뭔가, 하고 흥미진진한 얼굴로 열심히 듣고 있는데, 우현오빠의 표정은 점점 굳어가는 것 같았다. 왜 그렇지?

"정시온. 닥쳐라."

"왜? 나 인혜한테 재밌는 이야기해줄 거야."

"장난하냐? 이게 재밌냐? 기회 줄 때 그만 해라."

그때까지도 몰랐다. 우현오빠의 표정이 안 좋은 이유를.

그때까지도 몰랐다. 이 이야기가 우현오빠의 이야기인 줄은.

"음음… 인혜야. 그런데 말이야. 그 남자의 행동에 변화가 왔어. 나와 다른 친구들도 경악을 금치 못할 만큼…… 그 남자가 자신의 감정 표현이나 마음속 얘기를 잘 안 하지만, 알 수 있었어. 그 남자가 진짜 사랑에 빠졌다는 걸 말이야."

"야. 그만 해라. 정시온."

시온오빠는 우현오빠 말을 무시한 채 계속 이야기를 이어나갔다. 우현오빠도 이젠 어쩔 수 없다는 듯 머리를 감싸 쥐고 테이블에 엎드렸다.

"그 남자는 학교도 잘 나오지 않았고, 나온다 한들 야자는 다

빠뜨리고, 밤에는 술이나 마시러 가고, 그런 방황의 길을 걷고 있었는데…… 어느 날부터인가 학교를 꼬박꼬박 나오기 시작했어. 물론 중간에 무단 조퇴를 하는 일도 없이. 그리고 수업 마침과 동시에 술집으로 가던 애가, 그 곳의 출입을 끊었다는 거야. 매일 같이 교문 앞에서 누군가를 기다린다지……?"

"그 남자는 그 여자를 정말로 사랑하는가 봐요."

"응. 그 남자가 자기 마음 속 얘기 절대로 안 해도 엄청난 행동의 변화가 왔는데, 우린 다 눈치를 챘지. 그래서 매일을 귀찮게 캐물었더니, 평생 지켜주고 싶은 여자가 생겼대."

"우와, 그 남자 멋있는 거 같아요!"

뭐 딱히 즐거운 얘기는 아니지만, 영화에서나 나올 법한 멋진 남자이야기에 나와 지현이는 넋을 놓고 그 이야기를 들었다.

"인혜야… 그 여자가 누군지 궁금하지 않아?"

"아~씨. 이제 좀 그만 하라고."

시온오빠가 이야기를 할 동안 엎드려 있던 오빠가 갑자기 벌떡 일어났다. 너무 놀란 나머지 오빠를 쳐다보니 오빠의 얼굴은 새빨개져 있었다.

"알겠어. 인혜야. 그 여자가 누구인지는 언젠가는 알게 되겠지."

"으악. 궁금하다."

아까 시켜둔 핫초코가 나오고 시온오빠 덕분인지 어색한 침묵은 더 이상 흐르지 않았다.

"아참. 오빠들 축제 때 노래 불러요?"

지현이의 질문 덕분에 1주일 뒤 축제가 시작된다는 사실이 생각났다.

“비밀이다.”

우현오빠와 시온오빠는 비밀이라고 하고 절대로 알려주지 않았다. 그렇게 우리 넷은 즐거운 시간을 보냈다. 우현오빠는 나를 집 앞까지 데려다주었고, 시온오빠는 지현이를 데려다주었다. 오늘 반 시혜를 만난 건 최악이지만, 그래도 우현오빠와 제일 오랫동안 있어서 기분이 좋다.

학교 축제 D-6.

모든 학생들이 들떠 있는 축제 준비기간이었다. 나 역시 들떠 있었다. 고등학교 올라와서 처음 하는 축제이기에 정말 기대되고 흥분된다.

나와 지현이는 들떠서 수업을 듣는 둥 마는 둥 하고는 늘 우현오빠가 기다리고 있는 교문 앞으로 뛰어갔다. 하지만 우현오빠의 모습은 찾아 볼 수 없고, 우현오빠 대신 시온오빠를 볼 수 있었다.

“시온오빠!”

뭐야, 이지현. 왜 이렇게 반가워하지?

“얘들아 안녕?”

“우현오빠는 어디 있어요?”

“아…… 저기…… 우현이가 엄청나게 바쁜 일이 있어서, 오늘은 너 집까지 못 데려다준다고, 나한테 대신 부탁했거든.”

“아…… 그래요? 많이 바쁜가 보네요.”

말은 그렇게 했지만, 서운함은 감출 수가 없다. 매일 교문 앞에서 기다리고 있던 오빠가 없으니…… 연인 사이도 아니니까 못 데려다줘도 괜찮은데…… 데려다주지 않아도 되는 건데…… 아이처럼 자꾸 심통이 난다.

"근데 인혜야. 축제날까지 내가 데려다줘야 할 것 같다."

"……그렇게 바빠요?"

"응. 싫어?"

"아니요. 싫은 건 아니에요."

뭘 하기에 축제기간 동안 날 볼 수 없다는 거지? 유일하게 오빠랑 있을 수 있는 시간인데…… 조금, 아니 많이 서운하다. 나와는 달리 지현이는 기뻐서 들떠 있는 듯하다. 시온오빠와 지현이는 우리 집 앞에 나를 데려다 주고, 둘은 어디론가 사라졌다. 집에 들어와서 나는 오빠에게 문자를 해보았다. 답장이 없다. 걱정이 되어서 전화를 해보았다. 전화도 받지 않는다. 도대체 얼마나 바쁜 일이기에…… 걱정을 하다가 어느새 잠이 들었다.

시온오빠와 지현이와 나, 이렇게 셋이서 하교하는 다섯 번째 날이었다. 나는 엄청난 광경을 보고 말았다. 우현오빠와 반시혜가 담 밑에서 얘기를 하고 있다. 그냥 얘기만 하고 있다면, 내가 이 장면을 엄청난 광경이라고 할까? 일방적인 반시혜의 애정 표현이겠지만, 그렇다고 믿고 싶은데, 둘은 키스를 하고 있다. 뭐지…… 오빠는 내 남자 친구도 아닌데 가슴이 너무 아프다. 눈에서 눈물이 떨어진다.

시온오빠가 빨리 그 광경을 가리고 지현이가 내 눈물을 닦아주려고 했으나 나는 그 손길을 뿌리친 채 무작정 달렸다. 눈에서 눈물이 계속 흐르고, 가슴이 찢어지는 것 같았다. 그 동안 우현오빠 저러느라 바쁘다고 했던 거야? 아니라고 말해줘, 빨리. 지금 내가 본 광경은 꿈이라고, 내가 잘 못 본거라고, 빨리 달려와서 내 눈물 닦아줘.

우현오빠……그냥 나 혼자의 일방적인 짝사랑이었던 걸까? 나를 위한 오빠의 행동들…… 그저 여동생으로 생각해서 그렇게 잘해 줬던 걸까? 그래서 언제나 위험할 때 달려와서 나를 지켜줬던 걸까? 머릿속이 복잡해지고, 가슴은……마음은 점점 더 시려온다. 어느새 집 앞까지 왔다. 당분간 아무 것도 생각 안 하고 싶다. 그냥 오늘 일은 꿈이었을 뿐이라고, 내일 아침 깨고 나면 그냥 잊혀질 악몽일 거라고….

다음날 아침, 눈을 떠보니 어제 일이 꿈은 아닌 것 같았다.

아픈 마음과 부은 눈으로 학교로 갔다.

“인혜야. 괜찮아?”

“응. 괜찮아!”

“바보…… 하나도 안 괜찮아 보여. 억지로 밝은 척하지 마…….
너 우현오빠 많이 좋아했구나.”

우현오빠란 말에 눈물이 또르르 흘러내렸다.

“역시 나 혼자의 착각이었나 봐. 오빠는 그냥 날 여동생으로 생각했을 뿐인데…….”

“아니야…… 히히히. 바보 넌 정말 행복한 여자야.”

“뭐? 지금 나 홀로 사랑에 실연당한 걸 행복한 여자라고? 너 지금 나 놀려?!”

“아니, 아니, 절대 그런 거 아니야. 언젠가 너도 알게 될 테니. 힘내, 친구.”

뭐야, 이지현. 나는 마음이 아파 죽겠는데 이상한 소리나 하고.

축제가 드디어 다음날로 다가왔다. 고등학교 들어와서 처음 맞는 축제라 우현오빠랑 즐거운 시간 보내고 싶었는데 그럴 수 없다고 생각하니 마음이 아팠다. 혼자 좋아하고 혼자 차인 거라고 생각해 봐도 이렇게까지 마음이 아픈 건 줄은 몰랐다. 지금이라도 오빠한테 가서 좋아한다고, 사랑한다고, 내 눈으로 봤던 상황은 오해라고, 내가 잘못 봤다고 다시 나를 꼭 안아 달라고 말하고 싶었지만 아직 그럴 용기가 없다. 그냥 잊으려고 노력해야겠다.

축제 당일이다. 소란스러운 학교, 교문 앞에 걸린 축제를 알리는 커다란 현수막. 아침부터 아이들은 무척이나 들떠 보였다. 이 모든 것들이 축제라는 걸 한층 실감 나게 해준다. 모두들 즐거운가 보다.

그냥 오늘은 혼자 조용히 지내야겠다.

"야. 유인혜. 곧 있으면 가요제 한다. 빨리 가자."

"싫어. 안 갈래."

"왜 안 가!! 빨리 가자."

"가기 싫어. 너 혼자 갔다 와. 여기서 혼자 잘 놀고 있을게."

"야. 고등학교 들어와서 처음 맛보는 축제인데! 여기서 혼자 놀면 지지리 궁상이야. 빨리 가자."

나는 어쩔 수 없이 지현이의 손에 이끌려 열광의 도가니로 변한 강당 안으로 들어갔다. 정말 모든 사람들이 열광적으로 소리 지르고 진심으로 축제를 느끼고 있었다. 모두들 즐거워 보이지만, 나는 도무지 즐겁지가 않았다. 마음속 먹구름 때문일 거야.

시간이 흐르고 흘러 거의 마지막 순서가 다 되어 갔다.

이제 조금만 더 참으면 돼……. 기운 없이 시간이 빨리 흘러가기만 바라고 있던 나는 마지막 무대를 소개하는 MC의 말을 듣고는 정신이 번쩍 들었다. 내 귀를 의심할 수밖에 없었다. 마지막 무대에 오르는 주인공이… 우현……오빠라고? 오빠는 무대에 서거나 그런 성격이 아닌 것 같았는데…… 그리고 가요제에 나간다는 말은 들어보지도 못했는데…… 설마…… 이름이 같은 사람일 거야.

무대의 커튼이 올라가고 부드러운 음영의 보라빛 조명이 켜졌다. 아닐 거라고 생각했지만, 무대 위로 조명이 켜진 순간 내 눈 앞에 나타난 건 정말 내가 알고 있는 우현오빠였다. 이런 것도 나한테 말 안해줬네…… 역시 난 그냥 여동생일 뿐인가봐. 바보, 그걸 이제야 알다니… 흐르는 눈물을 닦았다. 이런 내 마음을 아는지 모르는지 반주가 시작되었다. 노을의 〈청혼〉, 내가 좋아하는 노래였다. 집에 바래다줄 때마다 우현오빠가 불러줬던 노래이기 때문이다.

기다리란 말만 하면서 외면했죠 오랜 시간
조금 기다리면 그때가 올 거라고 someday

그대가 원하는 그 말을 다 알면서
얼마나 오래 기다린 줄 알면서
이제야 말하네요

노랫소리가 자꾸 들린다. 오빠를 잊어야지 라고 방금 전에 다짐했으면서, 추억이 담긴 노래가 흐르니 또 다시 눈물이 흐른다.

You don't have to cry
울지 말아요 고개 들어봐요, 이젠 웃어봐요.
I will make you smile 행복만 줄게요.

언제나 그대 곁에서 영원히
Don't be afraid 모두 잘될 거예요.

고마워요 이런 날 믿고 기다려준 그대 my love
미안하단 말보다 먼저 하고픈 말이죠.

그대에게만 전해주고 싶던 말
하지만 결국 하지 못했던 그 말
나와 결혼해줘요.

무대에서 보는 그의 모습이 마지막일 거라고 생각했다. 이제 오빠를 정말 잊을 테니까 말이다. 이런 내 마음을 아는지 모르는지 우현오빠는 진지한 모습으로 노래를 부르고 있다.

여학생들의 환호성은 대단했다. 자꾸 듣고 있자니, 질투가 나고 눈물이 나고 마음이 아팠다. 더는 보고 있지 못할 것 같아서 그냥 우현오빠 노래를 다 듣지 않고 나가기로 했다. 의자를 벅차고 일어나 나가려는 순간, 또 한 번 내 귀를 의심해야 했다.

"유인혜……."

내가 들은 건 분명 우현오빠 목소리였다. 뒤를 돌아보니, 우현오빠는 흘러나오는 반주를 무시한 채 내 이름을 부르고 있다.

오빠가 다시 내 이름을 불러줬다. 너무 기쁘다.

"유인혜……나랑 사귀자."

또 한 번 내 귀를 의심했다.

뭐라구? 나 지금 환청 들리는 거지. 내가 진정으로 미친 거 맞지?

“너 오늘부터 내꺼 해라. 평생 너만 사랑할게.”

오빠…… 나는 재빨리 눈물을 닦고, 허벅지를 꼬집어 보았다. 너무 아프다. 이건 꿈이 아니다. 분명 우현오빠가 내 앞에 있다. 내 이름을 부르고 있다. 그리고 사랑을 고백하고 있다. 이건 꿈이 아니야.

지난 일 주일 동안 바빴던 이유…… 나만 보면 피했던 이유…… 다 이거 때문이었어? 그런데 날 사랑한다면, 반시혜랑은 왜 그런 거야? 아닐 거야. 분명 내가 오해하고 있는 거다. 난 오빠를 믿으니까…… 지금은…… 일단은…… 너무 사랑스러운 오빠에게 달려가고 싶어. 달려가서 꼭 안아주고 싶어…….

나는 당차게 눈물을 닦은 뒤 무대를 향해 달려갔다. 지금까지는 우현오빠 목소리 밖에는 안 들렸는데 긴장이 조금씩 풀리면서 모든 사람들이 나를 쳐다보고 있는 시선이 느껴졌다. 하지만 나는 내 눈 앞에 있는 우현오빠에게로만 달려갈 뿐이다. 사람들의 사이를 비집고 비집어서 무대 위로 올라갔다.

나는 아무 말 없이 오빠를 꼭 안아주었다.

“우리 오늘부터 1일이다.”

우현오빠가 빨개진 얼굴로 귀에다 속삭였다.

“야. 너희들 지금 우리 마누라 보이냐?”

우현오빠는 내 손을 꼭 잡고 전교생 앞에 들어 보였다.

“잘 봐둬라. 내 여자다. 지금 이 순간부터 이 여자 털끝 하나라도 건드리면, 너희들은 그 날로 죽는 거다. 그 사람이 남자든 여자든 가만 안 둘 테니까…… 명심해라.”

우현오빠는 확실한 징표를 남기듯 전교생이 보는 앞에서 키스를 했다.

모든 사람들의 탄성이 쏟아져 나온다. 하지만 그런 것 따윈 이젠 내 귀에 들리지도 않는다. 오빠와 너무나도 달콤하고 따뜻하고 부드러운 키스! 오빠의 온기만 느낄 뿐이다. 오빠와의 사랑을 확인하고 있을 때, 우리는 MC의 제지에 의해서 겨우 입술을 뗐다.

순간 오빠의 표정을 봤어야 하는데…… '니가 뭔데?'라는 저 표정, 너무나도 사랑스럽다. 나는 지금 이 순간이, 지금껏 살아온 날들 중 가장, 제일 행복하다. 그리고 내 마음 속에서는 이렇게 외치고 있다. '나는 세상에서 제일 행복한 여자야!' 라고.

오빠와의 두 번째 키스…… 아직도 여전히 부끄럽고, 심장은 터질 것 같다. 얼굴까지 빨개진 나를 보고는 한 번 웃어주더니 내 손을 꼭 잡고 그대로 강당을 뛰쳐나왔다. 부끄럽지만 오빠의 손을 꼭 잡고, 학교 운동장 벤치에 앉았다.

"오빠……."

"왜."

"오빠 뭐 물어봐도 돼?"

"어. 뭔데?"

"나 좋아해?"

"그런 거 물어보려고 진지해졌던 거냐?"

"……나 어제 반시혜랑 우현오빠 봤어……"

이 말을 하면서 눈물을 꼭꼭 참았다.

우현오빠…… 대답이 없다.

얼마 동안 침묵이 흐른 뒤 우현오빠는 조심스럽게 입을 떼었다.

"미안하다. 그냥 그 일은 잊어줘."

"어떻게 잊어!? 나는…… 나는……"

"미안하다."

오빠는 품에 나를 안고서 그냥 잊으라고만 했다. 처음 만났던 날처럼 다시 오빠의 품에 안겨 울었다. 짧은 시간이었지만, 그래도 그 동안 흘린 눈물, 아파했던 마음이 한꺼번에 터져버린 것 같았다. 서러운 마음에 오빠의 품에 안겨 엄청 울었다. 오빠의 따뜻한 품, 따뜻한 손길이 나를 달래주었다. '나 어디 안 가. 평생 유인혜 옆에 붙어 있을게.'라고 말해준 것처럼 오빠의 품이, 오빠의 손길이 내 마음을 진정시켜주었다.

축제가 끝난 그 날 이후로 나와 우현오빠, 지현이와 시온오빠랑 시간을 보내는 일이 많아졌다. 여태껏 느껴 보지 못한 인생의 즐거움과 행복을 느끼는 것 같았다.

그날도 야자가 끝난 후에 우리 4명은 더블데이트를 즐기기로 했다. 그래서 지현이와 나는 야자가 끝난 후 꽃단장을 하러 화장실로 갔다. 간단히 머리와 얼굴, 교복을 정리하고 조금이라도 빨리 오빠를 볼 생각에 서둘러 교실로 들어갔다.

교실로 들어와 책상을 정리하다가 쪽지 하나를 발견했다. 그걸 집어 들어 읽으려는 순간 지현이가 먼저 낚아채 갔다.

"뭐야, 진짜. 그래 니들끼리 잘 놀아봐. 잘됐네, 나도 시온이 오빠랑 둘이서만 놀 거야."

"도대체 무슨 내용인데 그래?"

나는 빨리 쪽지를 펴서 읽어 보았다.

인혜야,

　오늘 수업 끝나고 강당 뒤뜰로 나와. 이지현은 데리고 오지 마. 오랜만에 우리 둘만 데이트 하자.

-우현-

　우현오빠가 이런 말을 직접 안하고 왜 쪽지로 했지? 진짜 이런 쪽지 같은 거 보낼 성격이 아닌 것 같은데, 보면 볼수록 알 수 없는 사람 같았다.
　"그럼 지현아, 안녕. 시온오빠랑 잘해봐."
　나는 지현이와 인사를 한 뒤 서둘러 강당 뒤뜰로 향했다.
　강당에 가까워지자 왁자지껄 소란스러웠다. 그래도 여기서 우현오빠를 만나기로 했으니까…… 조금씩 조금씩 앞으로 다가가니 어둠 속에서 몇몇의 형체들이 보였다. 남자…… 여러 명……여자 여러 명? 뭔가 좀 불길했다. 우현오빠는 없었다. 아직도 사태 파악이 덜 된 나는 한 발짝 더 다가섰다. 그런데 그 중 어쩐지 낯익은 얼굴이 있었다. 아! 그때 반시혜 패거리… 도망쳐야겠다고 생각했다.
　조용히 뒷걸음치던 순간, 어떤 물체에 부딪혀 휴대폰을 떨어뜨리고 말았다. 휴대폰이 바닥에 떨어지는 둔탁한 소리에 모여 있던 아이들이 일제히 나를 쳐다보았다. 나는 휴대폰을 줍지도 않고 그대로 몸을 돌려 도망치기 시작했다.
　정말 죽을힘을 다해 뛰었다. 하지만 나를 쫓아오는 것은 건장한 체격을 가진 남자들이었기에 나의 달리기 실력으로는 잡히고 말았다. 그래서 나는 일단 사람들이 많은 큰 거리로 가기로 했다. 그래서 후문으로 향하던 순간, 그만 다리에 힘이 풀려 넘어지고 말았다. 더 이상 뛸 힘이 없었다. 다리에서는 피가 흘렀다. 낯선 남자들이 왜 나를 쫓는지, 반시혜 패거리에서 본 여자가 왜 있는지, 갑자기 저 사람들이 왜 이런 행동을 하는지, 너무 황당하고 무서웠다.

도망쳐야 하는데 다리가 너무 아프다.

"하……하……하…… 너 유인혜 맞지?"

결국에는 이 사람들과 직면하게 되었다.

"맞는데요. 누구세요?"

"자, 오빠 손잡고 놀러가자."

"싫어요, 누구신데요!"

"당돌한 아가씨네."

낯선 남자들 중 키가 제일 큰 남자가 내 손을 잡아끌고, 무작정 어디론가 데려가려고 했다. 끌려가지 않기 위해 나는 주저앉은 자리에서 절대로 일어나지 않기 위해 악을 쓰고 버텼다.

그런데 이 남자 힘이 너무 셌다. 그래서 나는 소리를 질러 사람들의 도움을 받기로 했다.

"꺄! 사람 살려 주……."

역시 낯선 남자들 중 키가 제일 큰 남자가 내 입을 틀어막았다. 나는 내 입을 막은 손을 깨물었다.

"아, 너 죽을래? 얘가 진짜."

"사람 살려주세요. 거기 아무도 없어요?"

"그냥 우리가 좋게 데려가주려고 나름 노력했는데, 니가 그 성의를 무시하네. 그럼 우리도 어쩔 수 없어."

그 말을 마친 키 큰 남자는 내 입을 테이프로 막고, 손을 끈으로 묶었다.

“으으……으으으읍……읍…….”

“그러게, 소리 지르지 말랬잖아.”

막혀 있는 입, 묶여 있는 손, 키 큰 남자에게 들려져 있는 몸, 피가 흐르는 다리. 저항을 하려고 해도 저항 할 힘이 남아 있지 않았다. 이 나쁜 악당들은 재개발 공사로 사람들이 오지 않는, 아파트 단지의 놀이터로 나를 데리고 갔다. 그러고는 내 입을 막고 있는 테이프를 거칠게 뜯어냈다. 그 바람에 내 입술에서는 피가 흘렀다.

“야…… 좋은…… 좋은…… 말로 할 때……그만 둬…….”

“아이고 무서워라. 그래도 그렇게는 못하겠는데요 공주님~?”

비열하게 웃는 키 큰 남자가 내 손목에 묶은 끈을 풀어주었다.

내가 재빨리 도망을 치려는 순간, 나는 또 다시 잡히고 말았다.

“어디가, 너는 아직 나랑 할 일이 남았잖아.”

그러고는 이 키 큰 남자는 나를 놀이터 담벼락으로 밀어붙였다. 벽에 세게 부딪히는 바람에, 어깨가 너무 아팠다. 그리고 키 큰 남자가 내 손목을 강하게 잡고 있었기 때문에 움직일 수가 없었다. 이 비열한 놈이 자꾸 내 앞으로 다가온다. 나는 어떻게든 빠져나가려고 했지만, 남자의 완력은 역시 이길 수가 없다. 온몸에 힘이 빠진다.

아무런 저항을 할 수도 없을 만큼 힘이 빠졌을 때, 키 큰 남자는 자신의 몸을 점점 내 쪽으로 기울였다. 내가 욕을 하며 밀어내려 하였지만, 손목이 붙잡혀 있어 더 이상 밀어내는 것도 무리였다. 이 남자의 얼굴이 점점 가까워졌고, 뜨겁고 불쾌한 숨결도 점점 가까워져 왔다. 제발……우현오빠 날 좀 찾아줘. 날 좀 구해줘. 내 눈에서 눈물 한 방울이 떨어졌을 때 이 남자는 내 몸을 못 움직이게 자신의 몸으로 누른 뒤 얼굴을 강하게 감싸 쥐고 입술을 댔다.

더러운…… 이제 어떻게 반항할 수도 없었다. 아까 따라온 이 키 큰 남자 외에 나머지 남자들과 여자들은 이 더러운 모습을 사진으로 찍기 시작했다. 플래시가 터지고, 셔터음이 빈 놀이터 공간 속에 울려 퍼졌다.

사진을 다 찍었는지, 키 큰 남자는 나에게서 입술을 떼었다. 모든 사람들이 놀이터를 빠져나갈 때, 반시혜 패거리가 나에게 다가왔다.

"그러게, 남의 남자를 뺏으면 이 꼴이 된다지? 쯧쯧."

반시혜 패거리는 나한테 그 말을 하고서는 놀이터를 빠져나갔다.

내가 남의 남자를 빼앗았다고? 나는 그런 적이 없었다. 나는 그냥 진심으로 우현오빠를 좋아했고, 우현오빠가 멋진 고백을 해서 그래서 우린 사귀게 된 것 뿐이다. 그 동안 참았던 눈물이 쏟아져 나왔다. 정말 소중한 사람을 얻은 대가인가? 그럼 이런 고통도 달게 받을 테니, 우현오빠를 평생 내 곁에 있게 해 줘.

나는 그렇게 바라면서 아픈 몸을 이끌고 천천히 놀이터를 나왔다. 아까 휴대폰도 떨어뜨리고, 연락할 길도 없었다. 나는 힘겹게 큰길가로 걸어 나왔다. 사람들의 동정어린 시선이 느껴진다. 하긴, 지금 내 꼴이 어떨까…… 그나저나 이런 꼴로 어떻게 집에 들어갈지가 걱정이었다.

일단 휴대폰 찾으러 학교로 다시 가야겠어. 그렇게 생각을 마친 나는 학교로 무작정 가고 있었다. 힘겹게 한 걸음, 한 걸음을 옮겨가고 있을 때, 멀리 저 앞에 우현오빠가 서 있는 듯했다. 오빠는 아무 표정이 없는 얼굴로 내 쪽을 향해 뚜벅뚜벅 걸어 왔다. 그러고는 아무 말 없이 나를 안아주었다.

"너 이렇게 만든 새끼 누구야."

"모르겠어. 처음 보는 사람들이었어."

"아, 당장…… 어딨어?"

말도 잇지 못할 만큼 화가 난 우현오빠는 처음 본다.

"오빠. 참아. 응? 화내지마. 내가 미안해."

"니가 뭘 미안해."

난 그냥 오빠에게 의지하며 오빠가 가는 대로 따라 갔다.

"오빠…… 여기는……?"

"우리 집이야, 들어가자."

나는 오빠 손에 이끌려 집으로 들어갔다.

"안녕…… 하세요."

"아무도 없어. 그냥 들어와. 자, 저기가 화장실, 일단 씻고 나와."

오빠는 씻으라며 자신의 티셔츠를 빌려 주었다.

샤워를 마치고 오빠의 큰 티셔츠를 입었다. 티셔츠만 입었을 뿐인데, 나의 작은 키에는 원피스가 되었다.

"어, 다 씻었어? 그럼 이쪽으로 와."

오빠는 나를 침대에 앉혔다. 그러고는 상처에 조심스럽게 연고를 발라 주었다.

"여자 입술이 이게 뭐냐? 진짜 다리는 어떻고, 안 그래도 못생긴 애가 거지가 다 됐네."

"뭐?"

"걱정하게 하지 마."

"이제 와서 말 돌려? 나 다 들었거든? 뭐? 거지?!"

“니 꼴을 봐라. 그런 말 안 나오게 생겼나.”

“그래도 거지가 뭐야!!”

오빠와 티격태격하다가 침대 위로 쓰러졌다. 오빠도 따라서 옆에 눕는다. 어색한 분위기.

“아, 시간이 너무 늦었다. 빨리 집에 가야겠다. 부모님 걱정하시겠어.”

“야, 너 그 꼴로 가려고? 더 걱정하신다.”

“힝, 그럼 어떡해?”

“어떡하긴, 여기서 나랑 같이 자고 가면 되지.”

“오빠랑 둘이……?”

“그럼 나랑 같이 자. 딴 남자랑 잘 거냐? 내가 인혁이한테 연락해 놓을게.”

오빠는 나를 다시 침대로 끌어 당겨 자기 옆에 누웠다. 그리고, 나를 품에 꼭 안아주었다.

“아까 말야… 기억나는 사람 말해 봐.”

“음…… 여자애들 중에 반시혜 패거리에서 본 것 같은 사람이 있었어! 노란색 긴 머리! 그리고 남자애들은…… 키 크고 머리를 뾰족뾰족 세운 애가 있었어.”

“내가…… 그 놈들 다 다시는 너 못 건드리게 혼내줄게.”

“응…….”

너무 심장이 콩닥거려서 잠을 못 잘 것 같았는데, 정말 가장 행복하게 잠을 잤다.

좀 전의 일도, 상처도 잊은 채.

다음날, 학교.

오늘은 우현오빠와 함께 즐거운 등교를 했다. 두근두근한 마음, 설레는 마음, 행복한 마음, 모두 모두 가슴에 가득 품고서. 교실 문을 열며 들어서는 순간, 아이들이 모두 나를 보고는 자기들끼리 소곤거렸다. 기분 나쁘게…… 왜 저러는 거지? 나는 그냥 우현오빠의 인기로 인해 고스란히 대가를 치른다고 생각하고 자리에 앉았다. 순간 지현이가 심각한 표정으로 다가오더니 나를 끌고 화장실로 갔다.

그리고 사진 한 장을 보여주며 말했다.

"나 어제 교문에서 우현오빠 만났어. 그런데 우현오빠는 그런 쪽지 보낸 적 없다더라. 그래서 나랑 우현오빠는 어떻게 된 상황인지, 대충 눈치 챘었어. 이 사진, 벌써 전교에 쫙 퍼진 것 같아. 각 교실마다 칠판에 커다랗게 붙어 있어."

나는 다시 교실로 뛰어 들어갔다. 아까는 미처 보지 못했는데, 칠판에 어제 강제로 당한 키스 사진이 떡하니 붙어 있었다. 나는 일단 우리 반 칠판에 있는 사진을 떼어 쓰레기통에 버렸다. 다른 반에도 있겠지……? 다른 학년에도…… 이 사진, 오빠가 봤겠지? 정신이 하나도 없는 것 같다. 아무리, 이건 사실이 아니어도, 내가 원해서 그런 것이 아니어도 오빠가 이 사진을 보게 되면… 나도 모르게 눈물이 또르르 흘러내렸다.

"유인혜. 울고 있을 시간 없어, 빨리 가서 다른 반에도 다른 학년 교실에 가서도 사진 뜯자."

"응……."

지현이와 함께 교실마다 들어가서 사진을 뜯었다. 1학년 교실에 붙어 있던 사진은, 지현이와 내가 다 뜯었다. 이제 2학년 교실에 있는 사진을 뜯으러 3층으로 올라갔다. 그런데 복도까지 흘러나오는 우현오빠 목소리가 들린다.

"앞으로 한 번만 더 내 여자 몸에 손대는 새끼는 그냥 다 저승길로 보낸다."

머리카락…… 얼굴…… 교복…… 분필 가루를 하얗게 묻혀놓고 저렇게 소리치고 있다. 우현오빠가 각 교실 마다 들어가서 사진을 다 뜯어내고, 칠판에 적힌 이상한 말들을 다 지우고, 저렇게 모든 학생들 앞에서 나를 감싸주고 있다. 나를 위해서 오빠가 지금 저 자리에 서 있다. 오빠가 교실을 나왔다. 그 순간 나와 눈이 마주쳤다. 오빠의 차가운 표정… 오빠는 그 표정 그대로 나에게로 왔다. 아무런 표정 변화 없이, 나를 꼭 끌어안아줬다.

"미안…."

"오빠가 왜 사과해."

"못 지켜줘서, 그래서 미안…."

나를 꼭 끌어안은 채로 오빠는 그렇게 거듭 사과를 했다. 오빠가 잘못한 것도 아닌데…… 오빠는 나를 안고 있던 손을 슬며시 풀더니 입술에 가벼운 키스를 했다. 마치 어제의 더러운 일을 씻어주듯이.

"내려가자."

"응?"

"교실로 내려가자고. 데려다줄게."

오빠는 갑자기 또 차가운 표정을 하고는 내 손을 잡고, 계단을 내려갔다.

"야, 니들 내 여친 예쁘다고 넘보지 마라."

우리 반 교실에 와서까지 오빠는 차가운 표정으로 말했다. 차가운 표정에 차가운 말투로 협박 아닌 협박을 하니, 아이들이 모두 조용해졌다. 그리고 아까 전처럼 나를 보고 소곤소곤 거리는 일은 없어졌다.

"나 보고 싶으면 우리 교실 놀러와."

"응."

"공부 열심히 해."

"오빠도 열공!"

길고 길었던 수업시간이 끝났다.

"인혜야. 우리 2학년 10반 가자."

"거긴 왜?"

"당근 넌 우현오빠 보러. 난 시온오빠 보러."

"됐어. 아, 지현아. 한 가지만 집고 넘어가자. 너 시온오빠랑 무슨 사이야!?"

"응? 몰라. 하여튼 가자."

"싫어. 가려면 혼자가."

"빨리. 빨리."

지현이가 막무가내로 나를 끌고 가는 바람에 어쩔 수 없이 2학년 10반, 우현오빠 반으로 오게 되었다.

"어? 시온오빠 없다. 우현오빠도 없는데?"

"우현오빠 친구들도 없는 거 같지 않아?"

무슨 일이지? 아까 분명 놀러 오라고 그랬으면서. 어딜 간 거야?

나는 제일 착하게 생긴 선배를 붙잡고 우현오빠의 행적을 물었다

"저기…… 우현오빠 어딨죠?"

"어? 너 유인혁 동생이지? 걔 아까 어디 가던데?"

"아니. 우리 오빠 말고, 우현오빠요. 우현오빠 어딨어요?"

"아…… 그래, 넌 우현이 여자 친구지?"

"아 진짜!!!! 쓸데없는 말만 할래요? 아까는 그냥 우현오빠 없어
서 돌아가려고 그랬는데, 오빠가 이상한 말하고 말 돌리니까 더
궁금해졌잖아요! 빨리 책임지세요. 어디 있어요!?"

"아, 이거 말하면 안 될 것 같은데……."

"5초 헤아리기 전까지 말 안하면 알죠?"

"아. 알았어. 아까 1교시 시작하기 전에도 우현이 없었어. 그러고
1교시 끝나니까 시온이도, 니 오빠도, 그리고 걔네들 같이 다니는
친구들도 다 나가버리던데? 자세한 건 몰라도, 해일공고 가는 것
같던데?"

해일공고……? 우현오빠가 무슨 일로 거기를 갔지?

"인혜야. 시온오빠 해일공고 갔대. 어떡해? 무슨 일이라도 있으
면?"

"시온오빠만 걱정 돼? 나쁜 년! 아무 일도 없겠지. 우현오빠랑 시
온오빠 없으니까 우린 우리 교실로 돌아가자."

"너야말로 나쁜 년이거든? 넌 네 남친, 그리고 네 오빠도 갔다는
데 걱정도 안 되냐 ?"

"다들 어린애도 아닌데, 설마 뭐 피 터지게 싸우거나 그러진 않
겠지."

설마 우현오빠도 우리 오빠도 어린애도 아니고 의젓한 열여덟살
인데 피 터지게 싸우거나 그러진 않을 거라는 생각으로 마음을

가라앉히려 노력했다.

 지루하고 기나긴 수업은 끝이 났다. 혹시나 하는 마음에 우현오빠 반으로 올라가 봤지만, 아까와 마찬가지로 우현오빠, 시온오빠, 우리 오빠, 그 외 친구들 모두 없었다. 그래서 지현이와 함께 둘이서 교문을 향하고 있었다. 사실 점점 걱정이 되고 불안해지기 시작했다. 설마…… 내가 생각하고 있는 그런 건 아니겠지?

 교문 앞에 거의 다다른 순간 거친 욕이 들리고, 낯익은 목소리가 들렸다. 혹시나 하는 마음에 재빨리 고개를 들었다. 지금 내 눈 앞에는 우현오빠, 시온오빠, 우리 오빠, 그리고 다른 친구 오빠들까지…… 그리고 나에게 강제 키스를 한 더러운 남자가 있다. 더러운 남자는 여기저기에서 피가 흐르고 눈은 퉁퉁 부어서 제대로 뜨지도 못 한다. 자신의 몸도 가눌 수 없는 듯, 계속 비틀대고 있다.

"새끼야. 똑바로 못 서나? 더 맞을래?"

 우현오빠 못지않게 우리 오빠도 흥분해 있다.

"야. 이성호. 무릎 꿇고 빌어. 사과하라고 새끼야!"

 어제의 그 키 큰 남자의 이름이 이성호인가 보다.

 하여튼 우현오빠는 이성호에게 무릎을 꿇고 나에게 사과를 하라고 시켰고, 그에 굴하지 않자 이성호에게 주먹을 날렸다. 그런 다음 우리 오빠가 이성호를 일으켜 세운 뒤 몇 차례 주먹질을 하니 이성호는 아무 소리 없이 내 앞에서 무릎을 꿇었다.

"아……저, 오빠, 이렇게까지 안 해도 돼. 나 멀쩡하잖아."

"바보야. 그렇게 멍청하게 사니까 그딴 짓이나 당하고 사는 거 아니야."

"오빠!!"

“야, 이성호, 빨리 사과하라고.”

“……미안하다. 난 저…… 그저……. ”

“그저 뭐 어쩌라고 새끼야. 똑바로 말해야 알아들을 것 아니야.”

“난 그저 반시혜가 시키는 대로 했을 뿐이라고.”

역시 그랬군. 반시혜 짓이었어. 차갑게 식는 우현오빠 얼굴, 그에 못지않게 우리 오빠의 표정도 차갑게 식어 있다.

“야. 신우현. 반시혜랑 끝낸 거 아니었냐?”

“끝낸 지 오래다.”

“근데 반시혜가 내 동생 저 꼴로 만들어놓냐?”

“내가 다 책임진다.”

“니가 뭘 책임져. 이미 내 동생 다치게 했잖아.”

퍽 소리와 함께 오빠가 우현오빠의 얼굴을 쳤다.

“꺄. 우현오빠 괜찮아?”

“꺄. 인혁오빠.”

이제는 친한 친구 사이인 우현오빠랑 인혁오빠가 내 눈 앞에서 치고 박고 싸우고 있다. 결국 나 때문에 사랑하는 사람들이 다친다.

“흑흑……오빠. 그만둬. 이러다가 우현오빠 다쳐.”

“인혜야. 그냥 자기들끼리 감정 욱해서 그런 거니까 자기들끼리 해결하게 놔두자.”

싸움이 치열해지고, 더 이상 시온오빠와 친구 오빠들이 말릴 수 없게 되자, 자기들끼리 해결하게 놔두자며 나를 데리고 어디론가 피하는 지현이와 시온오빠, 그리고 친구 오빠들.

“흑흑…… 저러다가 우현이 오빠…… 흑…… 우리 오빠도…… 흑흑…… 죽으면 어떡해?”

“안 죽어. 그러니까 걱정 마.”

“그래. 인혜야. 오빠들 친하잖아. 그냥 조금 있으면 다시 화해하고 해결될 거야.”

지현이와 시온오빠에게 못 이겨 집으로 왔다.

하지만 우현오빠와 우리 오빠 걱정 때문에 잠시도 가만히 있을 수가 없다.

이리 갔다 저리 갔다 정신없이 왔다갔다하고 있을 때…… 딩동, 벨소리가 들린다.

나는 분명 오빠일 것이라고 생각하고, 달려가 문을 열었다.

“뭐야. 이 피 좀 봐.”

“야, 누군지 확인도 안 하고 문 열면 어떡하냐? 나쁜 사람이면 어쩌려고.”

“어쨌든!! 나쁜 사람 아니고 오빠니까 됐잖아. 빨리 들어와. 아직도 피나.”

오빠의 입술에서 피가 흐른다. 얼굴과 눈 모두 퉁퉁 부어 있다. 입술뿐만 아니라 여기저기 살이 찢겨 피가 나고 있다. 머리카락은 온통 땀과 피로 적셔져 있었다. 교복도 얼룩덜룩하게 피가 묻어져 있다. 오빠의 손에서도 피가 흐르고 눈 못지않게 부어 있다. 우현오빠도 마찬가지겠지? 다들 정말 왜 이러는 거야. 나 때문에, 나 하나 때문에 여러 사람이 다치고 피해를 보는 것이 고통스럽다.

오빠가 샤워를 마치고 나왔다. 피를 씻고 나니 멍 자국이 선명했다.

“오빠야. 여기 앉아 봐.”

“왜?”

“약 발라줄게.”

“괜찮다.”

내가 안 괜찮아. 나 때문에 싸워서 다친 건데 어떻게 그냥 보고만 있어.

방으로 들어가 버린 우리 오빠의 뒷모습을 멍하니 쳐다보다가, 나도 오빠의 방으로 따라 들어갔다.

“바보 멍청아. 싸우긴 왜 싸워.”

“그럼 하나밖에 없는 동생이 그 꼴 당하는데 가만히 있겠냐?”

“그래도…… 피 나잖아. 이게 뭐야. 다 멍들고…… 오늘 마침 엄마 아빠 없었으니 다행이지. 엄마 아빠 있었으면 오빠는 죽었어.”

“어……인혜야. 신우현이 좋냐?”

“어? 어? 아……아니. 안 좋아해.”

“안 좋아하는데 왜 사귀냐.”

“응? 아…… 저…… 그게…… 아 몰라. 그런 거 묻지 마.”

나는 오빠의 상처 부위를 세게 꾹 눌렀다.

“아, 아프다고!!”

“그러니까 이상한 거 묻지 말라고.”

“아～씨, 알겠다고. 아 진짜 아프네.”

“그래. 그렇게 나와야지. 우리 오빠 귀엽네. 우쮸쮸.”

“혼난다.”

“그래도 하나뿐인 동생인데?”

“쳇.”

오빠랑 티격태격하며 남매의 정을 느끼고 있는 순간, 누군가가 초인종을 누르는 소리에 우리는 조용해졌다.

“누구세요?”

“……”

“누구세요!?”

“……”

“오빠, 이리 나와 봐. 이 사람 누구야?”

“내가 그걸 어떻게 아냐? 인터폰 확인해 봐.”

“아무 것도 안 보이니까 그렇지.”

“나와 봐. 누구세요?”

“……”

누군지 알 것 같다. 나는 벌컥 현관문을 열었다.

“야! 누군지 묻고 문을 열어야지!”

그때 우현오빠가 현관문 앞에 들어섰다.

“오빠…….”

“인혜야, 무지 아프다.”

“일단 빨리 들어와. 내가 치료해줄게.”

우현오빠도 아까의 우리 오빠 모습 못지않게 많이 다쳤다. 내가 우현오빠 상처를 치료해주는 동안 인혁오빠는 방에 들어가서 나오지 않았다. 상처를 어느 정도 치료해주고 소파에 앉아 우현오빠가 내게 기대고 있을 때 마침 우리 오빠가 물을 마신다며 거실로 나왔다. 오빠가 부엌으로 향하고 있는데 우현오빠가 말했다.

“유인혁.”

“왜?”

“니 동생 나한테 줄 수 없냐?”

“우현오빠… 뭐야. 왜 이러고 있어. 빨리 일어나.”

“다치게 하는 일 다시는 없게 내가 평생 책임지고 지킬게.”

“자신 있냐?”

“응.”

“그런데 내 동생은 너 싫다는데?”

순간 나를 째려보는 우현오빠. 나는 너무 당황해서 아니라고 두 손을 마구 흔들었다.

“……”

“어쩔 거냐? 이대로 포기?”

“아니, 나 이제 유인혜 없으면 못 살 것 같다. 유인혜 내 인생의 마지막 여자라고. 진짜 평생 아끼고 사랑할게.”

“유인혜! 어쩔래? 아직도 신우현이 싫냐?”

“응? 으… 응… 그게…… 저…… 모, 몰라.”

얼굴이 화끈하게 달아오른다. 아무 대답도 못 하고 멍하게 자리에 서 있었다. 친오빠가 그런 걸 물으니 왠지 모르게 부끄러워서 내 마음을 제대로 대답할 수가 없다.

“신우현. 내가 인심 쓴다. 대신에 인혜 눈에서 눈물 한 방울이라도 나오면 가만 안 둔다.”

“고맙다. 약속…… 지킬게.”

“그리고 유인혜. 우현이가 못살게 굴면 오빠한테 바로 바로 보고해라.”

“응!”

“뻥이다. 너도 우현이 힘들게 하지 말고. 둘이 예쁜 사랑해라.”

“응!! 우리 오빠 짱이야!”

“나는? 니 남친은 짱이야 아니야?”

"당연히……"

"당연히 짱이라고?"

"아니. 메롱이라고."

우현오빠를 놀리고 방으로 피신을 가려던 순간, 뒤에서 우현오빠가 내 팔을 잡아 당겨 기습 키스를 했다. 심장이 뛴다. 우리 오빠가 보고 있다는 사실을 뒤늦게 깨닫고 황급히 우현오빠에게서 입술을 떼었다.

"야! 우현아. 집에 안 가? 늦었어."

"몰라. 여기서 너희들이랑 자고 가지 뭐."

"뭐?"

"왜 그렇게 놀래. 같이 자는 게 우리한테 뭐 새삼스러운 일이냐."

"야. 니들 왜 이래?"

"왜? 니 동생한테 엉큼한 짓이라도 할까 봐?"

"오빠. 아니야. 우리 그냥 손만 잡고 잤어…"

내가 말끝을 흐리니 우리 오빠는 눈을 부릅뜨고 나를 노려본다.

"그럼… 오빠들끼리 같이 자."

"미쳤냐? 소름 돋는다. 난 인혜 너랑 잘래."

"뭐? 신우현. 너 내 방가서 자."

"싫어~"

오빠들은 또 누구와 잘 것인가에 대해 한참 동안이나 유치하게 싸웠다. 정말 둘 다 열여덟 살이 맞는지 의심이 된다. 잠시 후 우리는 모두 편안히 잠자리에 들었다. 왼쪽에는 인혁오빠, 내 오른쪽에는 우현오빠. 그날 밤, 나는 두 남자 사이에 끼어서 잠을 잤다.

꿈을 향해 한 걸음

한동안 오빠들은 오디션 준비 때문에 바빴다. 학교 끝난 후에도 데이트를 하지 못했고, 심지어 우리 오빠와 우현이는 야자까지 빠뜨리고 연습만 했다. 그렇게 죽기 살기로 열심히 연습해 드디어 오디션이 열리는 날이 내일로 다가왔다.

나는 열심히 기도했다. 우리 오빠들 꿈 꼭 이루게 해달라고 말이다. 오랫동안 꿈꾸고 준비해 왔던 것인 만큼, 정말 우리 오빠들 무대에 설 수 있게 도와 달라고.

오디션이 있는 날이다.

"꼬맹아, 간다."

"화이팅! 꼭 붙을 거야."

"음. 좋아. 이 분위기를 빌어서, 뽀뽀."

"싫어."

"아, 오늘 오디션인데."

"음. 좋아. 내가 인심 썼다. 특별히, 스페셜 초초 깜찍 뽀뽀해줄게."

"우와, 닭살 돋는다. 그만들 해라."

"히힛. 오빠도 잘하고 와! 파이팅!"

그렇게 오빠 둘을 떠나보내고, 나는 오빠들이 꼭 오디션에 붙기를 간절히 바라면서 시간을 보냈다. 그리고 몇 시간 후 문자를 받았다.

꼬맹아, 나 합격했다.

오빠들이 오디션에 붙은 기념으로, 축하 파티도 할 겸해서 오랜만에 나의 요리 솜씨를 뽐내보기로 했다. 무엇을 만들까 생각하다가 내가 좋아하는 스파게티를 만들어 보기로 했다.

스파게티 만들 재료를 사기 위해서 나는 마트로 나왔다. 마트에서 이것저것 재료를 다 사고 나오는데 저 건너편에서 반시혜를 봤다. 분명 나를 봤는데, 획 돌아서서는 자기 갈 길을 간다. 우현이가 다시는 나 못 건드리게 해준다더니, 정말로 반시혜가 나를 안 건드린다. 역시 신우현은 레전드야.

집으로 돌아와 두 남자가 오기 전에 요리를 했다. 아차, 그러고 보니 선물을 준비 못했네. 축하 선물을 주고 싶었지만 아까 깜빡하고 사오지 못했다. 다시 나가려니 곧 있으면 두 남자가 들어 올 것 같고…… 그래서 내가 택한 방법은 내가 선물되기!

먼저 나는 빨간색 끈으로 머리 위에 큰 리본을 묶었다. 그리고 아주 깜찍한 평상시에는 절대로 입고 다니지 못 할 초미니 드레스를 입었다. 그리고 곧장 베란다 창고로 달려가 커다란 상자를 찾았다. 나는 일단 그 상자의 바닥을 뜯었다. 그런 다음 그 상자를 들어 그 속으로 들어갔다.

"흠, 이제 오빠들이 오면 나는 까꿍 하고 나오기만 하면 완벽해."

오빠들이 오기만을 숨죽이며 기다렸다.

잠시 후, 초인종이 울렸지만 나는 상자 속에 숨어 대답하지 않았다.

"유인혜. 왜 문을 안 열어주냐?"

"인혁아, 인혜는 왜 없냐?"

"몰라. 자기가 맛있는 거 해준다고 너 데리고 오라고 했는데. 아, 배고파. 아까 노래한다고 기운 다 뺐나 봐."

“나도, 아 배고파. 우리 꼬맹이는 어디 간 거냐.”

“야, 여기 스파게티 있다. 이거라도 먹자.”

헉. 뭐야. 내가 여기 있는지도 모르고, 전화해볼 생각도 안하고 자기들끼리 스파게티를 먹다니 실망이다. 오빠들이 이 상자를 발견하자마자 까꿍 하고 나오려고 했는데, 상자를 한 번도 쳐다봐 주지 않았어. 지금이라도 나가고 싶은데 오빠들이 상자를 등지고 앉아서 스파게티를 먹고 있으니 당장 나갈 수도 없고. 그래. 이왕 시작한 거 깜짝 놀라게 해줘야지. 상자를 발견할 때까지 꼼짝하지 않고 기다리겠어.

얼마만큼의 시간이 흐른 것인가…… 오빠들은 아직도 스파게티를 먹고 있는 것으로 추정된다. 아까 전부터 다리가 너무 아파서 이제 기다리는 것도 지친다. 너무 다리가 아픈 나머지, 커다란 상자에 살짝 기댔는데 힘없는 상자는 그대로 쓰러지고 말았다.

쿵! 나는 넘어져 상자 밖으로 반 틈쯤 나오게 되었고, 오빠들은 동시에 소리가 난 쪽, 나를 쳐다보았다.

“야, 유인혜. 너 거기서 뭐하냐?”

“하하…… 아하핫… 아, 안녕?”

“야, 너 너무 귀여운데?”

“둘 다 뭐야, 내가 아까부터 여기 숨어 있었는데 몰라주고. 나 찾지도 않고, 둘 다 실망이야.”

“근데 어디 아픈 건 아니지?”

“뭐?! 이씨, 일단 빨리 좀 꺼내줘.”

"유인혜. 머리에 그 리본은 뭐냐? 혼자 집에 있으면서 많이 심심했나 보네."

"하나도 안 심심했어! 몰라 몰라, 오빠가 세상에서 제일 못됐어. 신우현 너도 마찬가지야."

그렇게 내가 선물되기 프로젝트는 실패로 끝이 나고 말았다.

"오빠들. 그럼 이제 오빠들도 연예인인거야?"

"아니야. 연습생 되는 거지."

"연습생도 어디야. 좀 있으면 가수되는 거잖아. 둘 다 멋있다. 자기 꿈도 이루고…… 부럽다."

"너는 뭐 하고 싶은 거 없냐?"

"말 안 할 거야. 저 때 유인혁이 듣고는 비웃었단 말이야."

"야. 왜 나를 나쁜 놈으로 몰고 가는 건데."

"진짜잖아. 비웃었잖아."

"그게 비웃은거냐. 그냥 타이밍이 절묘하게 웃음이 터진 거지."

"거짓말하지 마. 그 상황에 웃을 게 뭐가 있었는데. 말해 봐. 비웃은 거 맞잖아."

"아 그래. 그럼 신우현한테 말해 봐라. 얘도 웃나 안 웃나 보자."

"왜 뭔데?"

"우현아. 얘 스튜어디스 되고 싶단다. 그 이유 들으면 진짜 웃겨."

"뭔데?"

"쟤 어릴 적부터 공주병 되게 심했거든. 그래서 지는 나중에 크면 요정의 날개를 달고 하늘을 예쁘게 나는 공주가 될 거라고 그랬었거든. 근데 커보니까 현실에서 일어날 수 없다는 걸 깨달은 거지. 그래서 대신에 하늘을 나는 스튜어디스가 되겠단다. 웃기지 않냐?”

“좀 웃기네. 대신 키 좀 커야겠다.”

한 동안 키 문제로 티격태격하면서 시간을 보냈다.

“나 피곤하다. 인혜야, 무릎베개 해 줘.”

“싫어.”

나는 아까 내 키를 가지고 오빠들이 약을 올려서 약간 기분이 상했다. 그래서 우현이가 무릎을 베려는 순간, 나는 벌떡 일어났다. 덕분에 신우현 머리는 바닥에 쿵!

“아, 진짜 아프다.”

“꼬시다.”

나는 내 방으로 들어와 침대에 누웠다. 어제 오빠들 오디션 때문에 긴장이 돼서 제대로 못 잤더니 졸음이 밀려온다. 살포시 눈을 감았는데, 그대로 잠이 들었다. 한참 동안 달콤한 잠에 푹 빠져 있다가, 아침 햇살에 눈이 부셔 잠에서 깼다. 벌써 날이 바뀌어 일요일 아침이 된 듯하다.

“으억. 야아아아아 신우현!”

“어 깼냐?”

“뭐야. 니가 왜 여기서 이러고 있는 건데!”

“그야… 남친이니까.”

“빨리 저리 비켜, 떨어지라고.”

“싫어.”

“야, 이 변태야아!”

“무슨 일이야?!”

오빠가 방문을 벌컥 열고 달려 들어왔다.

“어? 아무 것도 아니다.”

“흐엉. 오빠 이것 봐. 신우현 달라붙어서 안 떨어져.”

“야. 이 늑대 같은 놈, 떨어져라.”

“내 여친 안아 보는 것도 안 되냐?”

“넌 좀 조용히 해. 오빠 지금 일요일 아침 확실하지?”

“너, 사랑이 식었다?”

“아, 좀 조용히 하라고! 지금 일요일 맞아? 확실해?”

“어, 넌 시간 개념도 없냐? 하긴 어제부터 기절한 듯 자더구만. 정신줄 놨네.”

“뭐야?! 이씨. 아 하여튼 그게 중요한 게 아니고, 일요일 아침이면 엄마 아빠 있잖아.”

“당연하지.”

“근데, 얘 신우현, 어제부터 계속 있었어?”

“당연하지.”

“오 마이 갓, 신은 날 버렸어. 꺄아아아아아아!”

오빠 등 뒤에서 엄마가 나타났다.

“어머, 인혜야 일어났니? 신서방도 일어났어?”

“엄마!”

“아이고, 깜짝이야. 왜~”

“헉! 신서방이 뭐야.”

“우리 사위.”

“누가 사윈데?”

“거기 있네. 잘생긴 우리 사위.”

내가 잠든 사이 정말 별일이 다 있었구나. 원래 아주 오랫동안 사귀고 나서 소개시켜주는 거 아닌가? 우리 오빠는…… 그래……
우리 오빠는 고백하는 순간부터 쭉 지켜봤으니…… 세상에 비밀
이란 없는 것이구나.

"빨리 옷 갈아입고 나와."

"으헉, 나 드레스 입고 잔 거야?"

"어, 트레이닝복으로 입어라."

"어디 가는데 트레이닝복 입어?"

"입 다물고 그냥 입어."

나는 얼마 전 구매한 따끈따끈한 신상 트레이닝복을 입고 나왔다.

"그럼 가자."

"어……어디 가는데?"

"자, 이거 손에 쥐고."

"응? 줄넘기? 줄넘기는 왜?"

신우현은 무작정 나를 끌고 공원으로 왔다.

"뭐야, 여긴 왜 왔어?"

"뛰어."

"뭐? 설마 나 운동시키게?"

"어."

"……나 잘 못해."

"하면 돼. 해 봐."

신우현은 자기가 마치 헬스트레이너라도 된 듯 나를 미친 듯이
운동시켰다.

"하…… 하…… 너무 힘들어."

“그럼 오늘은 그만하자.”

그러면서 내 손을 끌고 또 어디론가 가는 신우현.

“나 너무 힘들어. 또 어디 가?”

“슈퍼마켓.”

“거기는 왜?”

“입 다물고 그냥 따라와.”

신우현 손에 이끌려 슈퍼로 가는 중이다.

“여기서 기다리고 있어 봐.”

“응, 빨리 와.”

기다린 지 채 3분도 되지 않았는데, 신우현은 무언가를 한아름 안고 나온다.

“그게 다 뭐야?”

“자 마셔.”

빨리 마시라면서 빨대가 꽂힌 우유를 나에게 들이민다. 목도 마르고, 잠을 잔다고 어제부터 아무것도 못 먹었던지라, 나는 우유를 맛있게 마셨다.

“우유가 맛있는 건 처음이야.”

“자, 여기 또 마셔.”

“뭐…… 뭐야? 설마 지금 이거 다 우유야?”

“어. 니가 오늘 마셔야 될 우유야.”

신우현은 우유를 맛 별로, 회사 별로 모든 종류의 우유를 다 사 왔다.

“이걸 어떻게 다 먹어?!”

“할 수 있어. 돼지 파이팅!”

“뭐 돼지? 너 나한테 맞아 볼래?”

“아, 아프다 꼬맹아.”

“이씨.”

때리려고 해봤자, 큰 키의 신우현을 이길 수가 없어, 그냥 일찍 포기해 버렸다. 우현오빠는 아주 많은 우유와 함께 나를 집에다 데려다 놓고 인혁오빠와 함께 연습하러 갔다. 덕분에 나는 따사로운 일요일에 혼자 쓸쓸히 우유만 마셨다.

어느새 날이 저물어 밤이 되었고, 오빠를 기다리다 지쳐 잠이 들었다.

지이이이잉. 울리는 진동벨에 잠이 깼다. 일어날 수가 없어서 전화도 받지 않고 이불 속에서 꼼지락 거리고 있는데 방문이 벌컥 열리더니 우현오빠가 들어온다.

“일어나.”

“응……? 누구야?”

“네 남친이다. 일어나.”

“지금 몇 시야?”

“다섯 시.”

“다섯 시?! 새벽부터 웬일이야? 누가 문 열어 줬어?”

“내가 직접 들어왔는데.”

“어떻게 들어왔어? 열쇠 있어?”

“당연하지. 빨리 말 그만 하고, 트레이닝복으로 갈아입고 나와.”

“뭐야? 또 운동?”

“그럼, 키 커야지. 뭐 해 안 갈아입어?”

“나가야 갈아입지.”

“그럼 거실에서 기다릴게. 졸지 말고 빨리 나와.”

신우현은 정말 매일 아침마다 나를 운동시킬 생각인가 보다. 지금도 새벽에 나를 깨워 운동을 시킨다고 저러고 있다. 그나저나 우리 집 열쇠가 어떻게 신우현 손에 있는 거지? 운동하기 싫어서 아주 천천히 트레이닝복을 입으려고 했으나, 신우현이 자꾸 노려보고 있는 것 같아 초스피드로 옷을 입고 나왔다.

“뭐 이렇게 꾸물대? 빨리 가자.”

무작정 나를 끌고 가려는 신우현.

“잠깐!”

“또 뭐?”

“세수랑 양치는 하고 가야지.”

“그냥 가. 새벽에 볼 사람도 없어.”

“그러는 너는 왜 하고 왔는데?!”

“그럼 10초 만에 하고 나와. 1, 2, 3…….”

“너무 빨라.”

나는 화장실로 달려가 있는 힘껏 씻었다. 아침부터 힘도 없는데 엄청난 스피드로 씻으려니 너무 힘들다. 하지만 엄청난 스피드로 초를 세고 있는 신우현 때문에 나도 어쩔 수가 없다.

“지금 171초 지났다? 벌칙으로 뽀뽀 171번이야.”

“그런 게 어딨어? 그러다 입술에 불나겠다.”

“불나도록 하면 되지. 아 시간 없다. 빨리 가자.”

“천천히 좀 가. 힘들어.”

“이것가지고. 여기서 줄넘기 해. 100개 시작.”

“힘들다고!”

“마누라 나랑 뽀뽀할래? 줄넘기 할래?”

“……줄넘기 할래.”

“뭔가 좀 씁쓸한데?”

“셋, 넷, 다섯……나 어때? 어제보다 잘하지?”

“응. 9, 10, 11, 12…….”

“100!”

“다시 100개 시작!”

“조금만 쉬었다가.”

“학교 안 갈 거냐?”

“아씨. 1, 2, 3…….”

“잘한다. 꼬맹이.”

“헉헉…… 힘들어.”

“자, 우유 마셔.”

오늘도 어제와 마찬가지로 신우현이 사다준 우유를 들이켰다.

“잘 먹네. 꼬맹이.”

“힘들어.”

“스튜어디스 되고 싶다며.”

“응……고마워, 아침마다 운동시켜주고…….”

“빨리 가자. 학교 가야지.”

고맙단 말에 부끄러워하기는.

“들어가.”

“응. 조금 있다 봅시다!”

학교 가야 하는 시간에 임박해 나는 미친 듯이 벨을 눌렀다.

"누구야?"
"나야. 문 열어줘."
"싫어."
"아 유인혁. 문 열어."
현관문이 열린다.
"아침부터 어디를 그렇게 싸돌아다니냐?"
"운동하고 왔어."
"세상 살다 보니 별일을 다 보네."

또 다른 시련

"다녀왔…… 엄마…… 아빠……."
집에 들어오자마자 내 눈에 들어 온 것은 울고 있는 엄마의 모습이었다. 머리를 감싸 쥐고 소파에 앉아 있는 아빠의 모습도 보였다. 그리고 텔레비전, 장식장, 소파, 피아노 등 모든 가구와 전자제품에 붙어있는 빨간 종이가 눈에 들어왔다. 나는 재빨리 2층으로 뛰어 올라가 내 방문을 열어 보았다. 역시 마찬가지로 내 침대, 책상, 옷장, 컴퓨터, 화장대…… 빨간 종이가 안 붙여진 곳이 없다.
이게 무슨 일이야? 나는 내 눈 앞에서 벌어지고 있는 지금 이 상황이 너무 어리둥절하고, 믿기지가 않았다. 떨어지는 눈물을 꼭 참고, 천천히 오빠 방문을 열어 보았다. 오빠 방도 마찬가지로 모든 가구, 심지어 오빠가 연습할 때 써야하는 음악용품들에도 붙여져 있었다.

　나는 도무지 믿을 수 없는 지금 이 상황에 눈물을 닦고 1층으로 내려왔다.

"아빠, 지금 이거 뭐야? 이 빨간 종이……이거 뭐야? 응?"

"미안하다. 인혜야……."

"빨간 종이가 왜 가구마다 붙어 있어?"

"미안하다…… 널 볼 면목이 없구나."

"아빠…… 우리 집 이때까지 잘살았잖아? 부족한 거 없이, 정말 위기 한 번 없이 잘살았잖아. 이렇게 넓은 집에서, 이렇게 예쁘고 좋은 집에서, 좋은 가구들 쓰고…… 매일 그렇게 행복하게 잘살았잖아? 그런데 갑자기 왜? 응? 갑자기 왜 이러는 건데……."

"정말 미안하다. 지금은 이 말밖에 해줄 수가 없구나."

"아빠……"

　아빠 얼굴을 더는 못 보겠어서 그대로 내 방으로 뛰어 올라 왔다. 문을 잠그고 쏟아지는 눈물을 주체할 수가 없어서, 소리 내어 울었다. 내가 약한 모습 보이면 안 되는데…… 울고 있는 엄마, 한 번 다독여주지도 못하고 이렇게 울면 안 되는데 참으려고 해도 도저히 참을 수 없는 눈물에 그냥 목 놓아 울어버렸다. 믿을 수 없는 상황에 너무 슬프고 황당해서 자꾸만 눈물이 흐른다. 어느 정도 정신을 차렸을 때 나는 오빠에게 전화를 걸었다.

"여보세요."

"……"

"야, 유인혜."

"흑…… 오빠……."

“야, 너 울어?”

“오…… 빠…… 흑흑…… 오빠.”

오빠의 목소리를 들으니 또 다시 눈물이 쏟아져 나왔다.

“왜? 무슨 일이야?!”

“지금…… 집에…… 흑흑…….”

“지금 갈게.”

연습 중인 오빠를 이렇게 눈물을 보이며 집으로 오게 하면 안 되는 건데…… 그래도 지금 이 상황을 믿기는, 혼자 감당하기는 너무 힘들었다.

“헉헉헉. 뭐야. 엄마 왜 울어?”

“어, 인혁이 왔냐?”

“아버지, 이게…….”

“미안하다. 회사가 갑작스럽게 부도가 나는 바람에…… 어떻게 막을 도리도 없었다.”

“그렇지만, 이건 너무 갑자기…….”

“미안하다…… 이 말밖에는 할 말이 없구나.”

“엄마, 일어나. 방으로 들어가.”

“너희 엄마는 아빠가 챙기마. 인혜도 많이 놀랐을 거다. 인혜한테 먼저 가봐.”

오빠가 방문을 노크하는 소리가 들렸다.

“유인혜. 나 들어간다.”

“오빠…….”

“울지 마. 운다고 해결되는 거 아니잖아.”

어릴 적 남자 아이들이 괴롭혀서 울고 있을 때, 우리 오빠는 그

애들 다 혼내주고 울고 있는 나를 감싸 안아주었다. 그러면 눈물
도 그치고, 마음도 든든해졌는데. 뭐든지 우리 오빠만 있으면 이
세상도 정복할 수 있을 것 같은 느낌이 들었는데 지금도 그럴까?
오빠한테 안겨서…… 그렇게 눈물이 그쳐지면 또 다시 힘이 날까?

"오빠……나 안아줘."

"뭐?"

"옛날에, 나 어릴 적에 울고 있을 때 오빠가 뚝 그치라고 안아줬
잖아. 그때처럼…… 그렇게 안아줘."

오빠는 말없이 내게 다가와 어릴 적처럼 꼭 안아주었다.

"다 잘될 거야……그 동안 우리 너무 잘살았잖아. 그러니까 한
번쯤, 딱 한 번쯤은 이런 고통 겪어 보자."

"오빠……."

그날 이후 얼마 지나지 않아, 우리는 학교에서 아주 멀리 떨어진,
아주 작은 동네로 이사를 했다. 오빠는 연습을 해야 하는데 이사
한 집과는 너무 멀어서 회사에서 생활을 해야 했다. 아빠도 어떻
게든 해결할 방법을 찾아본다며 어디론가 나가셨고, 엄마는 몸져
누우셨다. 나도 기운도 없고 무기력해 아무 것도 할 수가 없었다.
그래서 며칠째 학교도 나가지 못하고 있었다.

-며칠째 연락도 안되고 무슨 일이야? 우현-

-전화 좀 받아. 우현-

-진짜 무슨 일 있는 거야? 우현-

-걱정돼. 문자 보면 전화 해. 우현-

-우리 만날까? 우현-

-인혜야, 무슨 일이야. 학교도 안 나오고, 전화도 안 받고… 지현-

-인혜야. 선생님인데, 무슨 일 있니? 며칠째 학교도 안 나오고 연락도 안되고…… 이 문자 보면 바로 전화 주렴. 선생님-

오랜만에 휴대폰을 켜자 많은 문자들이 와 있었다. 지금은 아무와도 연락하고 싶지 않다. 누구와도 만나고 싶지 않았다. 그리고 신우현 너는 더욱 만나고 싶지 않아. 이제 아무 짝에도 볼품없는 애가 되어버렸는데… 매일…… 호화로운 정원 딸린 예쁜 집에 살던 애가 이렇게 허름하고 아주 작은 집에 사는 애가 되었는데 네가 좋아하겠어…? 싫어. 무섭고 두렵다.

어느 날 사무실에서 지내고 있던 오빠에게서 전화가 왔다.

"어, 오빠?"

"여보세요."

"어. 인혜야. 저기 잠깐 집 앞으로 좀 나올래?"

"집 앞으로? 집 근처 왔으면 들렀다 가. 엄마도 보고……."

"너무 바빠서. 일단 빨리 집 앞으로 나와."

"알겠어. 끊어."

나는 오랜만에 오빠를 볼 생각에 재빨리 가디건을 걸치고 집 앞으로 나갔다.

"우현……오빠……."

거기 우현오빠가 서 있었다. 우현오빠의 모습을 보자마자 나는 다시 집 안으로 들어가려고 했다. 하지만 우현오빠가 나를 잡아 뒤에서 끌어안았다.

"이거 놔."

“인혁이한테 얘기 다 들었어. 네가 나 안 만나줄 것 같아서 인혁이가 도와줬어.”

“그럼 잘 알겠네. 이제 우리 집 거지 됐어. 거지 같은 애 사귀기 싫잖아. 우리 그만 헤어져. 내가 이런 말 할 처지도 못 되지만…… 헤어지자구.”

“바보야…… 내가 그런 놈으로밖에 안 보이냐? 그런 거 다 필요 없어. 난 유인혜 하나면 돼. 유인혜만 있으면 된다고.”

“신우현…….”

“그러니까 이상한 생각하지 말고, 너는 대학교 들어가야 될 거 아니야. 자꾸 학교 빠지지 마.”

“응…….”

“많이 말랐네…… 밥 좀 먹고…… 나 그만 연습하러 가봐야 돼. 너 보려고 몰래 나온 거야. 같이 있어주지 못해 미안하다…… 걱정하게 하지 말고, 전화하면 받고, 밥 잘 챙겨먹고, 학교 가고, 알겠지? 다음에 또 올게. 잘 자.”

“응, 조심해서 가.”

다행이다. 집안이 파탄 났는데도 나를 싫어하지 않아서…… 내가 너무 바보 같은 생각을 했어. 생각이 짧았어…… 이렇게 사랑하는데 그런 게 무슨 소용이겠어…… 미안해. 너는 그럴 사람이 아닌데…… 내가 오해 했어. 신우현……. 앞으로 이상한 생각 안 할게.

다음날 아침은 아주 일찍 일어나서, 신우현이 가르쳐준 줄넘기를 하고 즐거운 마음으로 학교를 갔다.

“인혜야. 어디 있었어? 연락도 안 되고 얼마나 걱정했는지 알아?”

“미안…. 그동안 일이 좀 있었어.”

“무슨 일?!”

“그냥…… 집에 문제가 생겨서…… 나중에 천천히 얘기해줄게.”

“그래…….”

그래…… 아무리 힘들어도 이렇게 나를 걱정해주고 좋아해주는 사람들이 있잖아. 힘내자.

1교시 수업 시작

“유인혜. 멍때리지 말고 열공!”

“응. 너도.”

나 학교 왔는데 잠깐 얼굴 볼래?

우현의 문자였다. 학교라고? 당연히 보러 가야지. 또 오늘 못 보면 한 동안 못 보는데.

“저기, 선생님!”

“어. 인혜야. 왜 어디 문제 있니?”

“저…… 몸이 좀 안 좋아서 그런데…… 조퇴시켜 주세요.”

“학교도 며칠 못 나왔었다며…… 학업에 지장 생기겠다…… 그래도 인혜는 평상시에 열심히 하니까…… 많이 안 좋으면 가방 싸고 병원부터 가봐. 담임선생님께는 내가 잘 말씀드릴게.”

“네. 감사합니다.”

음…… 어디에서 기다리고 있는지를 안 물어봤네…… 어디 있을까? 신우현을 찾기 위해 두리번두리번 주위를 살피고 있었다. 계단을 내려가 교문으로 가려던 순간 뒤에서 내 눈을 막는 한 사람.

“누구게?”

“음…… 신우현!”

“재미없게 한 번에 맞히냐.”

“한 번에 못 맞히면 삐질 거면서.”

일단 선생님들 눈에 띄지 않게 조심스럽게 교문을 빠져 나왔다.

“어디 가고 싶은 데 있냐?”

“음…… 우리 놀이 공원 갈래?”

“뭐, 그것도 좋아.”

“근데 너 연습 없어? 인혁오빠는 연습 있던데?”

“땡땡이쳤다.”

“맨날 땡땡이쳐.”

“너도 이거 땡땡이잖아.”

“아니야. 나 조퇴한 거야.”

“조퇴했는데 놀이 공원 가니까 땡땡이지.”

“그럼 나 다시 학교 간다?!”

“잘 가라.”

“에이, 뭐야.”

우리 둘은 오랜만에 만나서 너무 들떠 있었다. 너무 즐겁고, 밝은 이 분위기. 어느 새 집안 걱정은 싹 다 날아갔다.

“어, 저기 버스 온다.”

우리는 버스 맨 뒷좌석에 나란히 앉아서 서로의 어깨에 기대며 놀이 공원으로 가는 중이다.

“우리 사진 찍자.”

“싫어.”

“아 왜. 너 또 연습가고 그러면 자주 못 보잖아. 그러니까 찍자.”

“어.”

“일루 와.”

나는 신우현을 내 쪽으로 끌어 당겨 최대한 다정하고 사랑스러워 보이게 찍으려고 노력했다.

“찍는다. 하나, 둘, 셋!”

“우와, 잘 나왔어.”

“내 거로도 한 번 찍어.”

“그래. 다시 한 번, 하나, 둘 , 셋!”

“잘 나왔네.”

“응. 난 이거 배경화면 해놓을 거야.”

내가 바탕화면으로 좀 전에 찍은 사진을 저장하는 동안 신우현도 뭔가 열심히 꾸물거리고 있다.

“뭐해?”

“아, 놀랐잖아.”

“이리 줘 봐.”

“싫어.”

싫다고 해봤자, 이미 내 손 안에 들어와 있는 신우현 휴대폰.

“뭐야. 평생 내 여자 유인혜?”

“아씨, 빨리 줘.”

부끄러워하며 휴대폰을 낚아채 가는 신우현. 할 거 다 하면서 부끄러워하기는.

“나도 할게. 우리 커플로 해놓자. 그럼 나는…… 평생 내 남자 신우현. 저장 완료.”

휴대폰 배경 문구를 들키고 부끄러운지 내 어깨에 얼굴을 묻고 아무 말도 하지 않는 신우현. 덕분에 나는 매우 심심하다. 창문에

다가 하~ 하고 입김을 불었다. 그러니 투명한 창문에 동그란 원이
만들어 졌다. 뽀드득 뽀드득.

"뭐해?"

"응? 낙서."

"예그리나 맑음?"

"사랑하는 우리 사이 맑음. 순 우리말이래. 예쁘지 않아?"

"그래. 맨날 예그리나 맑음만 하자."

말없이 우리는 손을 꼭 잡고 창밖을 바라보았다.

"이제 내리자."

"응. 우와 저기 놀이 공원 보여."

나는 놀이 공원을 발견하고는 열 살짜리 어린애처럼 아주 좋아
했다.

"그렇게 좋냐?"

"그럼 좋지."

우리는 손을 꼭 잡고 놀이공원으로 들어왔다. 평일 오전이라 그
런지 사람들이 별로 없었다.

"우리 저거 하자."

"싫어."

"아 왜 원래 놀이 공원 오면 꼭! 커플로
해야 되는 거야."

"아 진짜, 싫다고."

"……흑흑…… 으아아아앙."

"아 할게, 한다고."

"아이 이뻐. 자, 이거 미키 마우스 모양

하자."

"이거 그냥 이렇게 머리에 올리면 되냐?"

"내가 해 줄게. 키를 낮추시오~"

"아 진짜, 별 짓을 다 시키네."

우리는 미키마우스 머리띠를 커플로 했다. 신우현은 자꾸 투정 부리지만 어쩐지 귀여운 걸.

"우리 오늘 여기 있는 거 다 타자!"

귀신의 집도 가고, 무서운 놀이기구도 함께 타고 정말 재미있는 시간을 보냈다. 마지막으로, 데이트의 묘미라고도 불리는 관람차를 탔다. 왠지 이렇게 좁은 공간에서 둘이만 있으니까 뭔가 되게 어색하고 쑥스러웠다. 이 어색한 분위기를 어떻게 풀어야할지 몰라, 그냥 가만히 창 밖만 바라보았다. 그런데 이 눈치 없는 심장은 콩닥콩닥 뛰고 있다. 한참을 그렇게 말없이 창밖만 내려다보다가, 신우현이 먼저 말을 꺼냈다.

"나 그냥 가수하지 말까?"

"뭐?"

"가수하지 말고, 그냥 졸업하자마자 우리 결혼할까?"

"미쳤어? 어떻게 얻은 기회인데…… 가수 꼭 해야지. 가수하려고 너 아버지랑도 많이 싸웠다며……그러니까 꼭 멋진 가수가 된 모습, 아버지한테 보여드려야지."

"내 옆으로 와."

"……싫어. 여기서 움직이기 무섭단 말이야."

"그럼 내가 가지 뭐."

신우현은 내 옆자리로 왔고, 난데없이 갑자기 키스를 했다. 처음에 움찔하며, 피하려고 했는데…… 노을 진 저녁 하늘과, 맨 위에서 내려다보는 좋은 전망, 이 분위기에 취해서…… 신우현과 키스를 하며, 관람차 한 바퀴를 돌았다. 처음 하는 키스도 아닌데 심장은 또 미친 듯이 뛴다.

우리는 놀이 공원의 데이트를 마치고, 놀이 공원을 나왔다. 놀이 공원을 나와 버스정류장으로 걸어가는데, 우리 옆으로 나오는 한 가족을 보았다. 엄마, 아빠, 그리고 조금 의젓해 보이지만, 아직도 너무 어리고 귀여운 10살쯤 되어 보이는 남자 아이, 아장아장 걸음마 수준인 예쁜 여자 아이…… 너무 다정해 보이는 가족 모습에 그 가족이 떠나갈 때까지 계속 쳐다보았다.

"저 가족 왠지 너무 예쁘지 않아?"

"어. 우리도 나중에 결혼해서 예쁜 아기 낳아서 놀이 공원 오자."

"흥, 내가 너 하고 결혼할 것 같냐?"

"그럼 누구랑 하려고?"

"너보다 더 멋진 남자."

"나보다 더 멋진 남자가 이 세상에 어디 있는데?"

"음…… 많아. 깔리고 깔린 게 멋진 남자 아니야?"

"꼬마 돼지랑 결혼해 줄 마음 착한 남자는 나밖에 없다."

"야, 내가 꼬마 돼지라는 거야?"

"그럼 아니냐?"

"뭐?! 이씨. 너 맞아 볼래?"

티격태격하고 있는 사이, 버스가 와서 우리는 조용히 버스에 올랐다.

피곤했는지 슬며시 내 어깨에 기대는 신우현.

"인혜야."

"뭐?"

"내가 오늘 어디 좀 가거든?"

"그래서?"

"미안하지만, 오늘은 혼자 가. 조심해서 가야 돼. 도착하면 전화하고, 내가 전화하면 좀 빨리 받고, 알았지?"

갑자기 말을 마치고, 문이 열리자 신우현이 내렸다. 매일 죽어도 데려다주겠다던 신우현이 자기가 스스로 나한테 혼자 가라고 하다니, 뭔가 이상하다. 갑자기 달라진 신우현의 행동을 찬찬히 살피면서 무슨 일이 있는 건지 내 나름대로 추측을 하다 보니 어느새 내가 내려야 할 정류장에 도착했다. 나는 버스에서 내려 신우현에게 전화를 걸었다. 그런데 신우현은 전화를 받지 않는다.

나는 내 전화를 받지 않아 살짝 기분이 상해 빨리 집으로 들어왔다.

"다녀왔습니다. 어? 엄마 일어나 있네? 몸은 좀 괜찮아?"

"응 괜찮아."

"밥은 먹었어?"

"아니. 입맛이 없어서."

"기다려 봐. 내가 죽이라도 끓여 줄게."

힘이 없어 보이는 엄마를 위해 죽을 끓였다.

"엄마, 먹어 봐."

"우리 딸이 한 거라 맛있네."

"엄마. 내가 노래 불러줄게! 엄마, 힘내세요. 인혜가 있잖아요. 엄마, 힘내세요. 인혜가 있어요. 힘내세요. 엄마, 사랑해~"

“우리 인혜…… 많이 컸네…….”

“엄마, 오빠가 그랬어…… 그 동안 우리 너무 잘살았으니까, 한 번쯤 딱 한 번쯤은 이런 고통도 받아 보자고…… 우리 비록 이렇게 됐지만, 모두 다 잘 해결될 거야. 그 동안 우리가 더욱 더 열심히 행복하게 살면 될 거고…… 곧 있으면 오빠도 데뷔하고 돈도 벌고 아빠도 열심히 해결책을 찾고 있잖아. 그리고 나도 열심히 공부해서 꼭 성공할게. 그래서 우리 옛날 집으로 돌아가자. 알았지? 엄마 힘내!”

“그래. 나는 그런 돈보다 우리 인혜랑, 인혁이랑, 남편만 있으면 돼. 사랑하는 사람들이 다 내 곁에 있는데 뭐가 두렵겠어? 엄마, 힘낼게. 우리 열심히 살자.”

“응! ”

엄마가 다시 기운을 되찾았다. 다행이다.

지이이잉. 한밤중에 진동벨이 울린다.

“이 밤에 누구야…. 여보세요?”

“어, 잤냐?”

“어? 응, 잤어.”

“지금 나와.”

“뭐?! 지금? 어디로?”

“너희 집에서 나와서 오른쪽으로 조금만 와. 그럼 공원 있다. 그리로 와라.”

“알았어.”

전화를 끊고, 부스스한 머리를 묶고, 가디건을 걸치고 공원을 찾아 밖으로 나갔다. 집으로 나와, 아까 신우현이 말한 대로, 오른쪽으로 나와 조금 걸으니 공원이 나왔다. 이런 곳에 공원도 있었네? 왜 불렀는지 궁금하기도 하고, 무슨 일이 있나 싶어 서둘러 공원으로 향했다.

"신우현 어디 있는 거야!"

공원에 도착했지만, 가로등의 불도 다 꺼져 있고, 너무 깜깜하고 사람들의 인기척은 하나도 느껴지지 않는다. 그리고 신우현도 안 보인다. 신우현한테 전화를 걸어보려고 휴대폰을 꺼내 들었는데…….

갑자기 환해진 공원, 공원의 나무나, 가로등, 벤치는 전구로 장식되어 있었다. 전구가 공원을 밝게 빛나게 해주었고, 너무 아름답고 예쁜 불빛을 뿜어내고 있었다. 귀엽고 큼지막한 전구가 바닥에 깔려 길을 만들고 있었다. 그 길을 따라 갔더니 공원 끝에 촛불로 커다란 하트가 만들어져 있었다. 그 하트 안에는 나보다 더 큰 곰 인형이 앉아 있었다. 그리고 내 뒤에서 나지막하게 신우현의 목소리가 들려왔다.

"생일 축하합니다. 생일 축하합니다. 사랑하는 유인혜. 생일 축하합니다."

생일 케이크를 들고 나타난 신우현.

"꼬마 돼지, 생일 축하한다."

"내 생일은 내일이야."

"바보야. 좀 전에 12시 넘었어. 내가 제일 먼저 네 생일 축하해 주고 싶었어."

"이거 혼자 다 준비한 거야?"

"그럼 내가 하지 누가 하냐? 팔 아프다. 빨리 촛불 꺼."

나는 촛불을 끄며, 소원을 빌었다.

이렇게 멋진 남자, 평생을 내가 사랑해주고 싶은 남자, 신우현…… 평생 함께할 수 있게 해주세요. 평생 우리 둘이 사랑할 수 있게 해주세요……. 소원을 빌고 눈을 떴는데, 내 손을 가져가는 신우현. 네 번째 손가락에 반지를 끼워준다.

"너는 내 거라는 증거물."

"우와…… 예쁘다……."

"어? 울보 또 우네?"

"고마워…… 이런 거 다 언제 준비했어?"

"버스에서 내리자마자 그 때부터 지금까지 준비한 거야."

"신우현…… 고마워…… 너…… 정말…… 감동이야."

오늘은 내가 먼저 신우현에게 입맞춤을 했다. 너무 고마워서, 너무 행복해서, 너무 감동적이어서…… 내가 먼저 용기내서 신우현에게 다가갔다. 우리는 그렇게 행복하고 달콤한 시간을 보내고 있었다.

그때. 우현의 전화벨이 울렸다.

"여보세요. 아…… 사장님. 네. 잠깐 나왔습니다. 네…… 지금 바로 들어가겠습니다."

"왜? 지금 회사로 오래?"

"어, 너무 오랫동안 안 들어가서……."

"빨리 가 봐."

"아…… 더 있고 싶은데……."

"다음에 또 보면 되지. 빨리 가 봐."

지금 당장 회사로 오라는 사장님의 전화에, 신우현과 나는 공원의 전구와, 촛불을 다 상자에 담았다. 그리고 큰 곰 인형은 내가 안고, 상자와 케이크는 신우현이 들고 집으로 향했다.

"또 올게."

"그래. 너무 자주 땡땡이치지 말구. 열심히 해야지. 파이팅!"

"어, 들어가."

"안녕~."

나는 곰 인형을 등에 업고, 두 손 가득 상자를 들고 낑낑대며 집으로 들어왔다. 오늘처럼 행복하고 짜릿한 생일날은 없었다. 너무 행복하고, 황홀해서 신우현이 준 곰인형을 안고 그대로 잠이 들었다.

다음날 아침.

"인혜야. 일어나, 학교 가야지."

"응. 일어났어."

"어머, 우리 공주님이 웬일로?"

"아침 일찍 일어나서 운동했어. 줄넘기!"

"오늘은 해가 서쪽에서 떴나? 아무튼 그럼 빨리 씻고 아침밥 먹으러 와."

"넵! 알겠습니다."

서둘러 씻고, 엄마가 끓여준 미역국을 먹고 신우현이 준 케이크까지 덤으로 먹고 즐거운 마음으로 학교에 갔다.

매일 아침 신우현이 가르쳐준 줄넘기를 하고 우유 한 개씩 꼭 챙겨먹고, 학교가고 수업하고 집에 오고…… 신우현 없는 똑같은 일상이 반복되었다. 그래도 매일 문자나 전화 통화는 꼭 했었는데 요즘 들어 전화는커녕 문자 한통도 없다. 연락이 너무 뜸하다. 그래서 내가 문자를 하거나 전화를 해도 한 번도 연락이 된 적이 없다. 무슨 일이 생긴 걸까? 아니면 혹시 나를 일부러 피하는 것인가? 요즘 한참 동안이나 이 고민에 빠져서 내가 무엇을 하는 지도 모르겠다. 그렇게 신우현의 연락만을 기다리면서 지내던 어느 날이었다.

야자까지 모두 끝나고 빨리 집에 가려고 준비하고 있을 때 시온오빠와 지현이가 버스 정류장까지 함께 가자고 했다. 혼자 가면 또 신우현 걱정에 정신을 못 차릴 테지만, 시온오빠와 지현이가 함께 있으면 잠시나마 그 걱정은 덜겠다 싶어 나는 기분 좋게 같이 가자고 했다.

이사하고 오랜만에 함께하는 하교에 마냥 즐겁고, 또 무엇보다 신우현 걱정에서 잠시 벗어날 수 있다는 것이 참 좋았다. 그렇게 셋이서 즐겁게 버스 정류장으로 향하던 중, 나는 이상하고 이상한, 마음이 아프고 아픈, 슬프고 슬픈, 화나고 화나는, 분하고 억울한, 그런 광경을 보았다. 내 눈 앞에 보이는 이 장면…… 믿어지지가 않았다. 믿고 싶지 않다. 눈을 힘껏 비비고, 눈을 부릅뜨고 다시 쳐다봤지만, 분명히 내 남자친구 신우현이 거기 있었다. 그리고 옆에 선 여자는 반시혜였다… 입술을 꽉 깨물고 절대로 눈물을 흘리지 않으리라 다짐했지만, 도저히 흘러내리는 눈물을 참을 수 없었다. 그렇게 눈에서 눈물이 떨어지기 시작했다.

"인혜야…… 너 갑자기 왜 그래?"

"저기 신우현…… 우현오빠 맞지?"

"우현 선배……? 뭐야? 반시혜 아니야? 둘이 왜 팔짱끼고 있는 건데!"

"내 친구지만, 실망이다. 저런다고 인혜 매일 걱정하게 만들었냐?

하…… 나 도저히 못 참겠다.”

“시온오빠. 참아…… 그냥 가만히 있어. 지금 우현 선배한테 가 봤자, 인혜만 더 다 칠 거야. 그냥 지금은 가만히 있어봐.”

“휴…….”

시온오빠도 지현이도…… 지금 신우현과 반시혜라고 한다. 내 귓속에 그들의 이름이 들린다. 지금 내 눈 앞에 보이는 광경…… 팔짱 끼고 지나가는 저 두 남녀 진짜 신우현, 반시혜 맞나 보다. 그동안 난 뭐였던 거지?…… 장난감이었나? 나는…… 사랑이 아닌데도 혼자 사랑이라고 생각하고 있었던 건가? 지금 머릿속이 너무 혼란스럽다.

“유인혜, 일단, 집에 가자. 너무 늦었잖아. 집도 여기서 멀다며. 데려다줄게.”

“아니에요, 저 혼자 갈 수 있어요.”

“너 혼자 못 가. 데려다줄게.”

“그래, 인혜야. 말할 때 좀 들어. 나도 같이 데려다줄게.”

나는 지현이와 시온오빠의 도움으로 집에 겨우 돌아올 수 있었다. 집에 들어와서는 아무 것도 생각하기 싫어 그냥 억지로 잠을 청했다. 하지만…… 아까 봤던 그 장면들…… 머릿속에 자꾸만 스쳐 지나가 잠을 잘 수 없다. 결국 아침까지 베개를 촉촉이 적시고, 한숨도 자지 못 했다.

다음 날엔 내가 어떻게 학교까지 갔는지도 모르겠다. 내 정신이 제 정신이 아니다. 하루 종일 넋을 놓고 있었는데 시온오빠가 찾아와 말했다.

“인혜야, 오늘 토요일이니까, 일찍 마치잖아. 오빠랑 놀러가자.”

“아니요, 오늘은 그냥 집에 가서 쉴래요.”

“너 집에 가봤자 울기만 할 거 아니야. 그냥 오늘 하루쯤은 모든
걸 다 잊고 놀자.”

“네…… 좋아요.”

“그래, 그럼 수업 끝나고 데리러 올게.”

집에 가면 혼자서 또 울 거 같아서, 마음이 또 찢어지게 아플 거
같아서…… 오늘 시온오빠를 따라 나서기로 했다.

“인혜야.”

“어, 시온오빠.”

시온오빠는 수업이 끝나자마자 우리 교실로 들어와 내 책가방을
자기가 메고는 나를 일방적으로 끌고 교실을 나왔다. 나는 어리둥
절해하며 그냥 오빠 가는 대로만 따라갔다. 뒤에서 누군가가 지켜
보고 있다는 사실도 모른 채…….

“시내 가자. 가서 맛있는 것도 먹고, 게임도 하고, 그러면서 스트
레스 풀어.”

“네. 고마워요. 오빠. 신경 써주셔서.”

“이 정도로 뭘.”

시온오빠와 나는 시내를 활보하며, 즐거운 시간을 보냈다……아
니…… 억지로 신우현을 잊으려고 노력하며 시간을 보냈다. 한참
을 놀다 보니 어느덧 밤이 되었다. 늦었다며, 시온오빠가 집에 데
려다주겠다고 했다. 그래서 우리 둘은 버스 정류장으로 걸어가고
있었다. 그런데…… 어떤 술집 골목에서 나오는 신우현과 반시혜,
나와 눈이 마주 쳤다. 또 다시 눈물이 고인다. 반시혜는 그런 나
를 보고는 신우현에게 더욱 더 달라붙어 애정 표현을 한다. 그러

면 그럴수록 내 마음 속에서 뭔가 뜨거운 게 올라오는 게 느껴졌고, 그걸 어떻게 꺼내야 할지 몰라 눈물만이 흘러 내렸다. 그런 나를 발견했는지 시온오빠는 나를 감싸 안고, 빨리 버스 정류장으로 끌고 갔다.

"저런 놈 뭐가 좋냐?"

"……"

"울지 마. 오늘 기분 풀어주려고 했는데, 괜히 더 상처만 남겼네. 미안하다. 이러려고 그랬던 건 아니야."

"괜찮아요. 저희 집 다 왔어요. 여기서부터는 저 혼자 갈게요. 오늘 감사했어요. 안녕히 가세요."

나는 시온오빠에게 이 말을 마친 뒤 필사적으로 뛰어 집으로 들어왔다. 생각하기 싫은데, 자꾸만 아까 신우현 모습이 머릿속에 스쳐 지나간다. 눈물을 꼭 참아보지만, 자꾸만 떨어진다.

용기를 내어 신우현에게 몇 통이나 전화를 걸어봤는데, 모두 받지 않는다. 베개를 촉촉이 적시고 있었는데 한 통의 전화가 걸려 왔다. 지현이다.

"여보세요?"

"나 너희 집 앞이야. 잠깐 나와."

"응. 알겠어."

나는 눈물을 닦고, 거울을 보고 억지로 미소를 한 번 지어 보이고는 밖으로 나갔다.

"지현아. 니가 웬일……."

순간 내 고개가 돌아갔다.

"너…… 왜 그래?"

"남의 남친이랑 그렇게 재밌더냐?"

"무슨 소리야……."

"너 아까 수업 마치고, 시온오빠가 너 데리러 왔더라. 그러고 둘이 그렇게 다정하게 어디를 간 건데……."

"미안……."

"미안하다면 다야? 너도… 정말 반시혜랑 똑같아. 알아?!"

지현이가 아까 전의 나와 시온오빠 모습에 오해를 했나 보다. 당연히 오해할 만도 하겠지…… 자신의 남자 친구가, 바로 자기 눈앞에서 다른 여자랑 다정한 모습으로 있었으니 말이다. 나도 정말 방금 신우현이랑 반시혜 모습 보고 미치는 줄 알았는데 지현이는 오죽하겠어…… 미안해…… 신중하지 못했던 내 잘못이야.

"너 앞으로 시온오빠 앞에 나타나지마. 그리고 내 앞에도……."

"지현아……."

"내 이름도 부르지 마."

이렇게 소중한 친구마저 잃어버리는 걸까? 정말 꼬이고 꼬이는 하루…… 결국 이 날도 눈물로 밤을 지새웠다.

다음날 아침 엄마가 방문을 열었다.

"인혜야, 자니?"

"응? 아니, 엄마, 왜?"

"어머, 너 울었니? 눈이 퉁퉁 부었네."

"너무 많이 자서 그래."

"그래? 그럼 다행이고. 오늘 너희 오빠 집에 온대."

"정말?"

"그래, 그러니까 씻고 엄마랑 장보러 가자."

“그래, 알겠어.”

겨우 기운을 되찾은 엄마 앞에서 슬픈 내색을 절대로 할 수가 없어서, 힘들지만 그래도 애써 밝은 척했다. 그리고 오랜만에 집에 오는 오빠를 위해 맛있는 식사를 준비하기로 했다. 그래서 엄마를 따라 장을 보고 와서, 엄마를 도와 요리를 했다. 요리를 다 마치고 세팅까지 완벽히 되고 오빠가 오기만을 기다렸다.

똑똑.

“어? 누구세요? 오빠야?!”

“어, 문 열어.”

오빠가 너무 반가워 뛰쳐나가 문을 열고, 오빠를 반겼다.

“뭔 괴물이 내 앞에 있냐.”

“오랜만에 보는데 그런 말 하고 싶어?!”

“진짜야, 너 눈 부어서 괴물 같아.”

“뭐?! 죽을래?”

“너 혹시 울었냐?”

“아⋯⋯아니야, 울긴, 내가 왜 울겠어. 엄마! 오빠 왔어.”

“어머, 우리 아들 왔어?”

오빠에게 걱정 끼치기 싫어서, 그냥 안 울었다고 거짓말을 했다. 그러고 아빠도 오빠가 왔다는 연락을 받고 집으로 달려왔다. 그래서 오랜만에 가족 모두가 모여서, 행복한 시간을 보냈다. 식사를 마친 후 오빠와 나는 방으로 들어왔다. 이사 온 집은 너무 작고, 방도 두 개밖에 없어서, 오빠와 나는 방을 같이 쓰게 되었다.

“야, 유인혜. 거기 내 가방에 기타 튜닝기 있을 거야. 그것 좀 줘.”

기타를 통통 튕기며, 내게 심부름을 시키는 오빠. 오랜만에 집에 왔으니 그냥 시키는 대로 오빠 가방을 열어 기타 튜닝기를 찾았다. 기타 튜닝기를 찾으면서, 우연히 서류 봉투를 발견하였다.

"오빠 이거 뭐야?"

"계약서."

"한번 봐도 돼?"

"맘대로."

처음 보는 연예인 계약서에 신기해서 이리저리 살펴보았다. 계약 기간, 출연료는 몇 대 몇으로 나눌 것인가, 촬영 시 코디, 메이크 업 지원의 여부는 어떻게 되는가에 대해 자세히 나와 있었다. 그리고…… 추가 조건으로, 아이돌 활동이 끝나기 전까지는 무조건 연애 금지? 연애 금지라고? 참 아이돌은 불쌍하구나, 우리 오빠도 정말 피 끓는 나이에 연애도 못해보고 딱하다고 생각을 하고 있던 찰나, 한 가지 머리에 스쳐지나가는 게 있었다.

"오빠. 신우현도 오빠랑 같은 회사 맞지?"

"응."

"그럼 같은 계약서 쓰지?"

"어."

나는 곧바로 휴대폰을 챙겨 들고 밖으로 뛰쳐나갔다.

"야 유인혜 어디 가?!"

"나 좀 나갔다 올게."

나는 전속력을 다해 미친 듯이 뛰었다. 그리고 일단 학교 근처로 가는 버스를 탔다. 버스 안에서 나는 신우현에게 전화를 걸었다. 역시나 내 전화를 받지 않는다. 그래도 나는 열 번이고, 스무 번이고 계속 전화를 했다. 27번째 통화 버튼을 눌렀을 때, 역시나 받지 않는구나, 하고 끊으려고 할 때 수화기 건너편에서 신우현 목소리가 들렸다.

"여보세요."

"지금 만나."

"왜?"

"일단 만나서 얘기해. 공원 벤치에서 만나."

나는 전화를 끊고, 초조한 마음으로 버스 정류장에서 내렸다.

"어? 유인혜?"

"어? 시온오빠?"

"이런데서 보다니…… 아, 마침 할 말 있었는데…….."

"그런데 제가 좀 바쁜데……?"

"완전 중요한 거야. 잠깐만 얘기하자."

"네…….."

기다리고 있을 신우현 모습이 걸렸지만, 지금 당장 꼭 해야 할 중요한 얘기라기에 나는 시온오빠도 뿌리칠 수가 없었다. 그래서 우리는 버스 정류장 의자에 앉았다.

"너 울었냐?"

"네? 아…… 아니요."

"나한테는 안 숨겨도 돼. 신우현 그 새끼 때문에 많이 힘들지?"

또 눈물이 난다. 자꾸 자꾸 참으려고 해도 신우현이라는 말 만 나오면 나도 모르게 눈물이 흘러내린다.

"거 봐, 너 힘들잖아. 신우현…… 연락도 없고, 자꾸 반시혜 만나고…… 니 속 다 뒤집어놨지?"

"네…….."

“넌 그게 진짜 반시혜가 좋아서 그러는 걸로 보여? 우현이……
니가 잡아줘라.”

“네?”

“나 어제 우현이 만났어. 사실 나도 한참 동안 연락 안 되었는
데……. 그때 시내에서 너 보내고 우현이 붙잡았지. 그런데……
그 새끼…… 슬퍼 보이더라. 어딘가 모르게…… 하하…… 내가 너
무 쓸데없는 말만 했지? 하여튼…… 요즘 이해할 수 없었던 신우
현 행동에도 다 이유가 있었더라고. 연락 안 된 건… 아침부터 밤
까지 하루 종일 노래랑 춤만 연습하는데 휴대폰 들여다볼 시간
도 없대. 그리고 개는 잠자는 시간 아깝다고 그 시간에 뛰쳐나가
서 놀던 애잖아…… 근데 그런 놈이 숙소에만 가면 그냥 무작정
잠만 잔대. 인혁이 놈이 그러더라. 얼마나 힘들었으면, 잠도 없는
애가 그렇게 자겠냐? 연예인도 할 게 못 되나 봐…… 어…… 하
여튼 나랑은 그렇게 연락 안 됐고…… 너랑은…… 자기도 연락하
기 힘들었겠지? 일단은 자기도 생각할 게 많았을 거야. 솔직히 연
예계에서 그것도 아이돌이 여자 친구가 있다면 대박 사건 아니냐?
그럼 사람들이 너한테 죽일 듯이 덤벼들 거고 그러면 넌 또 힘들
어할 거고, 자기는 그런 상황에서 아무것도 힘이 되어 줄 수 없으
니까…… 그리고 회사 자체에서 연애 금지하는 마당에 너를 몰래
만난다고 한들 너한테는 더 상처만 남기는 일이잖아. 그러니까 그
새끼 어떻게 해야 될지 몰라서, 멍청하게 반시혜 이용한 건데……
너는 그 모습 보니까 더 힘들어하고 그래서 신우현, 지금 많이 힘
들어 하고 있어…… 연예인 길 걷는 거 힘들잖아. 그리고 신우현
너 정말 많이 사랑한다. 그러니까 니가 신우현 잡아줘. 나 염치없

고 이런 말 할 자격 안 되는 거 알지만, 니가 먼저 잡아줘라.”

“야, 너 어디가? 야 유인혜!”

나는 시온오빠의 얘기를 들으면서, 내 생각에 확신이 들었다. 나는 벤치에 앉아 기다리고 있을 신우현 모습을 생각하며 빠르게 공원으로 뛰어갔다.

연습생 생활이 많이 힘든지, 피부색이 달라진 신우현. 예전과는 다른 분위기가 느껴진다.

“야. 신우현.”

“왜?”

“너 요즘 왜 연락도 없고, 그리고 또 반시혜 왜 만나?”

“나…… 반시혜랑 사귄다. 너는 정시온이랑 사귀는 거 아니냐?”

“나, 시온오빠랑 사귀는 거 아니야. 그리고 너 거짓말하지 마.”

나는 신우현 주머니를 뒤져 휴대폰을 꺼내 펼쳐 보았다.

“야, 너 뭐 하는 짓이냐?”

“봐. 너 반시혜랑 사귀는 거 아니야. 배경화면에 우리가 저 때 커플로 저장했던 거 그대로 있잖아. 나 다 알고 왔어.”

“니가 뭘 다 아는데.”

“지금 너…… 많이 힘들지? 바보야. 그러게 왜…… 그런 바보 같은 짓해서 내 마음 아프게 하고, 너도 힘들어해. 너 회사에서 쓰라고 한 계약서 때문이지? 그래서 지난번에 가수 안 한다고 그랬던 거지? 그래서 어떻게 해야 될지 몰라서 방황한 거지?”

“……미안하다.”

“……우리 헤어지자.”

“뭐?”

"헤어지자구, 신우현. 너 꼭 가수 돼야 하잖아. 너 정말 노력 많이 했잖아. 그러니까 너 가수 꼭 해. 그런데 니가 가수 하는 데 걸림돌이 되는 게 바로 나잖아. 그러니까 내가 빠져 줄게. 꼭 데뷔해서 성공해."

"……너 없이 사는 건 나에겐 아무런 의미 없어."

"우리 아직 나이도 어리잖아. 아직 우리 살 날 많이 남아 있잖아. 그러니까, 우리 잠깐 동안만 헤어지자. 서로의 꿈을 위해서 잠깐만, 아주 잠깐만 멀리 떨어져 있자. 그리고 꼭 꿈 이루고 아주 멋지게 성공하면 그 때 우리 다시 만나자. 아주 멋진 모습으로 다시 만나자. 지금도 너랑 있는 시간 너무나도 행복하고 좋아. 하지만, 조금만 더 참고, 진짜 사랑이란 의미 알았을 때 그때 우리 다시 만나서 더 많이 사랑하자."

"꼭 그래야만 되냐? 아직 너 없이 사는 거…… 자신 없어."

"나도 자신 없어…… 하지만, 우리 서로 믿잖아. 그러니까 한눈 팔지 말고, 서로 믿으면서 기다리자."

"그래……."

"정말 꼭 다시 만나야 해. 잊지 말고…… 다른 사람 만나지 말고…… 우리…… 꼭…… 다시 만나야 해……."

"울지 마. 울보야. 자꾸 울면 걱정돼서 너 못 보내."

"응. 나 안 울고 너 기다릴게. 우리…… 정말…… 다시 만나서…… 못 다한 사랑 다시 해야 돼."

"그래…… 그때 만나면 우리 결혼하자."

"응…… 잘 가. 건강하구…… 나 먼저 간다."

나는 떨어지는 눈물을 멈출 수가 없어서 뒤돌아서 무거운 한 발

짝을 조심스레 떼었다.

"유인혜, 사랑한다."

등 뒤에서 들리는 신우현 목소리.

"나도 사랑해."

"우리 꼭 다시 만나."

"응, 꼭 다시 만나."

이 말을 마친 뒤 나는 다시 무거운 발걸음을 떼었다. 그 때……
신우현이 내 몸을 돌려 키스를 했다. 심장이 또 떨린다. 아주 오랫
동안, 우리는 그 자리 그대로 서서 서로의 사랑과 온기를 느끼고
있었다.

그러고 꽤 오랜 시간이 지나, 나는 천천히 입술을 떼었다.

"다시 만나는 날, 그날부터는 내가 다시 너 오빠라고 불러줄게."

"그래, 사랑한다. 밥 잘 챙겨 먹고, 추울 때는 옷 따뜻하게 입고,
밤길 조심하고…… 잘 가라."

"너도. 안녕."

나는 뒤돌아서 눈물을 닦으며 빨리 버스 정류장이 있는 곳까지
달렸다.

이별 후에

오빠는 자퇴를 하고 서울로 올라갔다. 신우현도 역시 자퇴를 하
고 서울로 올라갔다. 나는 그 뒤로 매일 학업에만 열중했다. 그리고

매일 아침 신우현이 가르쳐준 줄넘기 하는 것도 잊어버리지 않고, 또 수영도 배우고 외국어도 공부하면서 내 꿈에 대한 준비를 했다.

그렇게 1년이란 시간이 흘렀다. 우리 오빠와 신우현, 그리고 또 다른 가수들이 합쳐져서 엔드리스라는 아이돌 그룹이 결성되었다. 매일 텔레비전에 나오는 오빠와 신우현을 보면서 외로움을 달랬다. 여느 날과 마찬가지로 텔레비전을 틀어, 오빠들의 모습을 보려고 했다. 그런데 이번 가요 무대는 엔드리스 멤버들은 없고 신우현 혼자만이 무대에 올라와 있다.

"네, 엔드리스로 인기를 몰고 있는, 신우현군. 오늘은 특별 무대로 솔로 곡을 보여 준다고 하죠? 기대가 되네요."

"네, 그리고 더군다나 이 곡은 신우현군이 직접 작사 작곡까지 했다고 해서 화제를 모으고 있습니다. 제목부터 심상치 않은 이 곡, 혹시 여자 친구가 있는 것이냐는 팬 분들의 반응도 있는 곡입니다. 자, 한번 들어봅시다. 신우현의 〈To My Girlfriend〉."

넌 나를 세상으로 이끌어준 Angel.
넌 내가 평생 사랑할 Soul mate.
처음 보는 순간부터 넌 내 심장을 뛰게 했어.
이런 감정, 이런 느낌 갖게 한 것도 모두 너야.
평생을 사랑할게. 평생을 지켜줄게.
내 사랑 울보야. 울지 말고 씩씩하게 잘 살아야지.
밥도 잘 챙겨 먹고, 추울 땐 잘 챙겨 입어.
무엇보다 이 말을 제일 전하고 싶어.
사랑해. To My Girlfriend.

마지막 엔딩 부분을 부르면서 내 생일날 끼워줬던, 그 커플 반지를 들어 보이는 신우현……. 이 노래를 듣고는 절대로 흘리지 않겠다던 눈물을 또 다시 흘리고 말았다. 아직도 나를 잊지 않고 있다는 안도감의 눈물 한 방울, 또 보고 싶고 그리워서 눈물 한 방울……. 자꾸 울면 안 되는데…… 정말 울지 않고, 씩씩하게 잘 살고 있을게. 꼭 우리 다시 만나자.

그 후로는 텔레비전도 틀어 보지 않았다. 자꾸 보면 흔들리게 될까 봐. 자꾸만 더 보고 싶어질까봐…… 그래서 나는 잠시나마, 신우현을 잊고자 매일 공부만 하면서 시간을 보냈다. 그리고 졸업을 하고 나도 드디어 대학교에 입학했다.

"인혜야. 같이 가자."

"너는 너희 강의 들으러 가야지. 우리는 다른 과잖아."

"아 괜찮다. 나도 그냥 너희 강의 들으면 안 되나?"

"당연히 안 되지. 우리 강의실에는 여자밖에 없어."

"아 그래도 가고 싶다."

"나중에 동아리 활동할 때 보면 되잖아."

"그때까지 언제 기다리노. 아 슬프네. 그냥 너희 강의실 뒤에서 몰래 있으면 안 되나?"

"야, 차한강!!!"

"아…… 알았다. 내 갈게. 문자할게. 만나서 밥이라도 먹자. 오늘은 문자 씹지 말고, 꼭 나와야 한다. 알겠제?"

"아, 몰라."

대학생이 된 후, 취미 생활로 사진 동아리에 들었다. 그런데 그 사진 동아리에서 차한강이라는, 좀 특이한 남자아이를 알게 된 것이다. 하여튼 이 아이는 나를 보자마자 나에게 호감을 보였고, 그 뒤로 나를 계속 따라다녔다. 귀찮기도 하고, 재밌기도 해서 그냥 따라다니든지 말든지 신경을 쓰지 않았더니 이번에는 항공 서비스과인 우리 학과까지 따라 오겠다고 난리다.

길고도 짧은 강의를 다 듣고 나오는데 문자가 왔다.

- 사진 동아리 학생들. 사진 인화 다 되었는데 보고 싶은 사람은 보러 오도록 -

나는 그 동안 찍은 사진들이 너무 궁금해서 가보기로 했다.

"인혜야, 유인혜~."

나를 부르는 차한강의 목소리가 들린다. 나는 슬며시 가방으로 얼굴을 가리고 냅다 뛰었다.

"인혜야, 어딜 그렇게 가노. 우리 사진 보러 가자."

결국 달려가는 나를 붙잡고, 내 옆을 나란히 따라 걷는 차한강. 이제는 자포자기 심정으로 같이 동아리실로 갔다.

"어, 인혜랑 한강이 왔니? 너희들 사진 여기 있어. 인혜, 너 사진 찍는 솜씨가 아주 좋던걸?"

"아, 그래요? 감사합니다."

선배의 칭찬에 기분이 좋아 빨리 사진을 넘겨보았다. 그 동안 내가 찍은 셀카, 그리고 자연 사진 등 여러 가지 테마를 담은 사진들이 있었다. 뭔가, 뿌듯하기도 하고 재밌기도 했다.

"인혜야, 우와, 니 사진 억수로 잘 찍네."

"나 네 거 봐도 돼?"

"어어, 된다, 봐라."

차한강이 그 동안 찍은 사진을 넘겨 보았다.

"뭐야, 왜 다 내 얼굴밖에 없냐?"

"그야 당연히 난 온통 니 생각뿐 아이가. 내 얼굴을 찍어보라 했을 때는 내 얼굴보다는 니 얼굴이 더 아름다우니까 찍었고, 자연을 찍으라 했을 때는 바로 니가 꽃이니까 니 얼굴 찍었고, 뭐 그 다음 자유롭게 한번 카메라에 담아보라 했을 때는 뭐, 나는 니뿐이니까 그냥 죽기 살기로 니 얼굴만 찍어댔제."

"너답다. 너다워."

"칭찬이가? 좋은 말 한 거제?"

"몰라, 나 집에 갈 거야."

"어어, 니 같이 이래 이쁜 애는 혼자 집에 가면 위험하다. 내가 데려다주께."

"됐어, 혼자 갈 거야."

"튕기지 말고, 같이 가자."

"괜찮다고!!! 야, 차한강. 너 여기서 꼼짝 말고 움직이지 마. 얼음!"

"땡은 언제 해줄 낀데?"

"안 해줄 거야. 너는 계속 그렇게 있어. 따라오기만 해! 아주 그냥 죽어!"

"인혜야, 인혜야, 유인혜, 땡 해줘~"

나는 얼음 땡을 하는 걸로 착각하는 차한강을 그대로 버려두고 집으로 왔다. 정말, 하루하루가 피곤하다.

"인혜야~"

"헉, 너 여긴 어떻게 알고 온 거야?"

"내? 다 알지~"

"너……너 강의는 어떻게 하고!?"

"필요 없다. 그 까짓 강의 한 번 빠지는 게 뭐 대수가. 나는 지금 니가 여기서 나도 없이 혼자 훈련받을 생각하면 너무 끔찍해가 모든 걸 버리고 니 쫓아왔다."

그렇다. 여기는 포항의 바닷가다. 우리는 여기서 체력훈련과 비상훈련을 받기 위해 왔건만, 차한강…… 저 아이는 자기 강의든 뭐든 내팽겨 치고 여기까지 따라왔다.

"인혜야, 내 저기 파라솔 밑에 앉아서 니 지켜보고 있을게. 위험한 순간이 오면 반드시 내가 지켜줄게."

"알았으니까 제발 좀 가!"

"자, 학생들 집합! 여기 이 학과에 사람들이 굉장히 많죠? 그래서 이번 훈련은 총인원 42명중 단 20명에게만 훈련의 기회를 드리도록 하겠습니다. 그러니까 지금 여기서 저기 큰 바위 보이죠? 저기까지 뛰어갔다가 오는 걸로 선착순 20명 뽑겠습니다. 알겠습니까? 자, 준비 시작!"

뭐? 벌써 시작? 한 발 늦었다. 그래도 이 기회를 놓치면 안 되지. 그러기에 나는 죽을 각오로 있는 힘을 다해 뛰었다. 있는 힘을 다해 뛰지만, 모래사장이라서 잘 뛰어지지도 않고, 내 마음은 벌써 큰 바위를 향해 있는데. 내 다리는 도저히 따라주지 않는다. 그래도 이 악물고 미친 듯이 뛰었다. 그래서 겨우 반환점을 돌고 오는데 교관 앞에 이미 많은 학생들이 모여 있는 것을 보고는 거의 포기를 하고 뛰었다.

"아직 3명 남았다. 빨리 뛰어."

뭐? 3명? 아직 선착순 3명이 남았다는 말에, 나는 다시 눈에 불을 켜고 온 힘을 다해 뛰었다. 그랬더니 19번째로 들어 올 수 있었다. 그래도 20명 안에는 들었으니 이제 나도 비상 훈련을 받을 수 있을 거다.

"자 지금부터 선택받은 20명은 바다 안에서 훈련을 받을 거다. 팀을 나눠서 훈련을 받을 거니까, 10명씩 두 팀을 만들도록."

"인혜야, 인혜야, 유인혜, 잘하고 있나? 인혜야, 인혜야!"

"야! 여기 인혜라는 사람이 누구냐? 대답 좀 해줘라. 저 남학생 숨 넘어간다."

"와 하하하하하!"

나를 애타게 부르는 차한강, 그런 차한강의 부름을 무시하는 나, 이 와중에 개그하시는 교관님, 재밌다고 까르르 웃는 아이들, 휴… 어지럽다.

"자, 조는 다 만들었습니까? 그럼 입수 준비하십시오."

"어? 저기 교관님, 우리 인혜 물에 들어갑니까?"

"당신도 들어가고 싶습니까!?"

"아, 아입니다, 그게 아니고예, 우리 인혜 감기라도 걸리면 우짭니꺼, 걱정이 돼놔서 그라지예. 저 인혜를 위해서 저도 같이 입수하겠심더."

"당신은 조용히, 가만 계십시오!"

자꾸만 자기도 수중 훈련을 받겠다며 고집을 피워대는 차한강. 그런 차한강을 단번에 제압해버리는 교관님.

"그래도…… 지는 인혜랑 같이 드가고 싶은데……."

"뭐라고 그랬습니까?"

“아입니다.”

“당신은 여기서 나머지 22명을 책임지고 체력 훈련시킵니다. 알겠습니까?”

“옙!!”

졸지에 나머지 22명의 체력 훈련을 도맡게 된 차한강, 쌤통이다. 나는 나를 간절하게 바라보는 차한강의 눈빛을 애써 모른 척하며 바다로 향했다.

“지금부터 각 팀끼리 릴레이로 수영을 합니다. 알겠습니까?”

나는 정신을 바짝 차리고 내 순서를 기다렸다. 내 순서가 왜 이렇게 빨리 돌아오는 건지 벌써 2번째 수영을 하고 3번째 차례를 기다리고 있다.

“인혜야, 파이팅이데이!”

차한강의 응원을 뒤로 하고 3번째 수영까지 무사히 마치고 나왔다. 조금 휴식을 취하려고 하니, 또 다른 훈련이 준비되어 있었다.

“자, 지금부터는 비상 착수 훈련을 실시하겠습니다. 비행기가 추락했을 때 바다에 떨어지는 경우가 제일 많기 때문에 오늘은 진짜 바다에서 헬프 자세를 실시하도록 하겠습니다. 모두 다 구명조끼를 착용하고 각 팀별로 나눠서 바다에 들어가도록 하겠습니다. 실시!”

으악, 헬프 자세라니. 비행기가 추락했을 경우 만약 구명보트를 타지 못하게 된다면 취해야 하는 자세다. 몸을 최대한 웅크리고 주변사람들과 팔짱을 끼고 둥글게 모여서 체온을 유지시켜야 한다. 이 힘든 자세를, 그것도 지금 25미터를 세 번이나 왕복하고 왔는데!

“자, 버티십시오. 떨어지면 죽습니다.”

팔짱을 꼭 끼고 헬프 자세를 취하고 있는 우리에게 와서는 막 흔들고 물을 뿌리는 교관님. 눈을 질끈 감고, 악을 쓰며 버티는 나, 덕분에 훈련이 끝났을 때는 난 녹초가 되어 있었다. 탈의실에서 옷을 갈아입고 버스에 올라타려는데 볼에 차가운 것이 와 닿는다.

"뭐야. 너였어?"

"자, 이거 마셔라. 힘들었제?"

"응, 너도 나 기다린다고 애썼다."

"아이다, 내 니 기다리는 동안 즐거웠대이."

아침부터 훈련에 따라와서 지금까지 지겨웠을 법한데, 정말 해맑게 웃으며 이온음료를 건네는 차한강.

"인혜야. 집에 조심히 들어가고. 나도 니랑 그 버스 타고 가고 싶은데 이 망할 버스에 내 자리는 없다 안 카나. 아쉽지만 조심해서 가고 집에 도착하면 문자 꼭! 알제?"

주절주절. 쉴새없이 대사를 쏟아내는 차한강. 힘겹게 버스에 올랐다. 온몸에 힘이 빠지고, 나른하고, 삭신이 다 쑤신다. 정말 가끔 너무 힘들어서 괜히 스튜어디스 되려고 했다는 생각도 든다. 너무 피곤했는지 창가에 머리를 기대고 잠이 들었다.

다음날 학교.

"모두들 유니폼 갖춰 입으니까, 정말 스튜어디스 같네요. 자, 오늘은 간단히 워킹과 인사 그리고 미소 짓는 연습을 해보도록 하죠."

강의실을 몇 바퀴째 돌고 있는지 모르겠다. 평상시에 높은 구두는 잘 신지 않아서 지금 내 걸음은 정말 위태롭다. 금방이라도 픽 쓰러질 듯이, 그리고 발도 너무 아프고 물집 다 생기겠다. 아, 힘들다.

"자자. 두 손은 모으고! 자 허리는 45도 각도를 유지하세요. 언제 어디서든 밝은 미소 잃지 말고. 다시! 될 때까지 다시 하세요."

우와, 허리가 끊어질 지경에 이르렀다. 진짜 발 아픈 거까지 다 참고 워킹 연습했는데 이제는 허리가 끊어질 정도로 허리만 숙여대고 있다. 진짜 스튜어디스 된 사람들은 대단하다, 대단해. 오늘도 삭신이 쑤시는 것을 느끼며 강의실을 나왔다.

"인혜야."

"엄마, 깜짝이야. 너는 강의 없냐? 맨날 니 강의는 안 듣고 여기서 이러고 있어?"

"아 몰라 몰라. 이거 신어라. 발 아프제? 니 구두 신을 때면 발 진짜 아파하는 거 같아서 운동화 사왔다. 신어라."

오, 발 아팠는데 잘됐다. 나는 신이 나서 차한강이 사들고 온 운동화를 신었다.

"한강아. 고마워."

"뭐. 이런 것 가지고."

신우현도 차한강만큼이나 잘 챙겨줬는데. 아니 더 잘 챙겨줬는데…… 무심한 것 같아도 뒤에서 말없이 챙겨줬는데. 지금 내 옆에 신우현은 없는데 자꾸 뭐든지 신우현과 연관 지어 생각하게 된다.

"인혜야 니 뭐 하노? 왜 갑자기 실없이 웃고 그래."

"한강아. 내 미소 많이 어색해?"

"아니, 예쁘다. 이야, 여신이 따로 없네."

"에잇, 뻥치지 말고. 정말, 웃기지도 않는데 자꾸 웃으라니까 못 웃겠어. 입가에서 경련이 일어나 연습해도 미소 짓는 건 너무 어려워."

나는 심각하게 얘기를 하고 있는데 어디론가 달려가는 차한강.

재 또 뭐하려는 거야?

"인혜야, 나 잘 봐래이."

광장 중앙에 서서는 나를 부르는 차한강, 도대체 뭘 하려는 거야!!

"한다! 곰 세 마리가 한 집에 있어. 아빠 곰, 엄마 곰, 애기 곰, 아빠 곰은 뚱뚱해. 엄마 곰은 날씬해."

지금 모든 학생들이 다 보는데서 곰 세 마리 동요를 부르며, 그 동요에 걸 맞는 괴상한 율동을 하는 차한강.

"애기 곰은 너~무 귀여워."

"풋."

"어어? 인혜 웃었다. 내 귀엽나?"

"아니 웃겨."

나는 결국 차한강의 애기 곰 흉내에 웃음을 터뜨리고 말았다.

"진짜가? 아싸. 한 건 했네. 니 미소 짓기 힘들 때 지금 금방 애기 곰 그거 생각해라. 그럼 저절로 미소 지어질 거 아이가."

"그거 생각하면 미소가 아니라 폭소할 거야."

"아, 그럼 다른 거 해줄까?"

"아니, 에. 에취! 흐웅. 한강아 콧물 나."

"와 이러노. 니 감기 걸렸나? 여름 감기는 개도 안 걸리는데."

"감기 맞는 거 같아. 어제 계속 수영하고, 힘든 훈련 계속 하니까. 콜록, 감기 걸렸나봐."

"아이고. 우리 인혜, 자 가자!"

"야, 어딜 가!"

무작정 나를 끌고 어디론가 끌고 가는 차한강. 나는 맥없이 끌려가고 있다. 차한강 손에 끌려 온 곳은 다름 아닌 한의원이다. 나는 생각 없이 한강이를 따라 들어갔는데, 내 이름을 부르는 의사 선생님. 갸우뚱 하며 진료실로 들어가자 갑자기 내 손목의 맥을 짚어 보신다.

"음. 요즘 몸이 쇠약해져 있네요. 고된 생활의 반복으로 몸이 조금 지쳐 있습니다."

"네, 의사 선생님, 우리 인혜가 요즘 훈련을 너무 열심히 해서 힘들다 하네요. 그러니까 최고 좋은 약재로다가 아주 좋은 보약 만들어주세요."

"야, 한강아, 나 보약 싫어해."

"거기 주소 적어 놨죠? 인혜 집 주소거든요. 약 다 되면 그 쪽으로 보내주세요."

"차한강!"

보약을 거부하다 결국 나는 또 차한강 손에 이끌려 진료실을 나오게 되었고, 지금 병원 밖으로 나오게 되었다.

"왜 그래? 미안하게."

"뭐 그것 가지고 또 미안하다고 하노. 괜찮다. 내 지난번에도 말했잖아. 니를 위해서 뭐든지 할 수 있다고. 보약쯤이야. 껌도 아니지."

"고마워."

"됐다. 뭘, 피곤하제? 집에 가서 푹 쉬라."

그때 전화벨이 울린다.

"전화 왔네, 받아 봐라."

"응, 여보세요?"

"응, 지현아! 잘 지냈어? 어떻게 너는 연락 한 통도 없냐?"

"그래, 어디서 볼까?"

“왜? 인혜야, 니 친구 만날라고 그라제!?”

“시끄러. 어, 지현아, 우리 학교 앞에 카페 새로 생겼어. 거기서 만나자.”

“안 된다. 저기요, 우리 인혜 지금 많이 피곤해서 안정을 취해야 하거든요. 다음에 만나세요오~”

“야, 차한강! 응, 미안해. 지현아, 좀 있다 카페에서 만나. 끊어.”

“야, 갑자기 전화를 뺏어 가면 어떡해!?”

“니 지금 많이 피곤하잖아. 충분한 휴식을 취하라고 안 하드나.”

“그래도, 정말 오랜만에 만나는 친구야. 꼭 만날 거야.”

“그럼, 뭐, 아까는 미안했다. 그러면, 내 차 타고 가자. 내가 데려다 줄게. 그거는 좀 허락해도.”

“알았어.”

나는 차한강의 차를 타고 우리 학교 정문 앞 사거리에 새로 생긴 카페로 갔다.

“한강아, 고마워. 내일 봐.”

“어, 일찍 들어가래이.”

좀처럼 가려 하지 않는 한강이를 억지로 보내고 오랜만에 지현이를 만날 생각에 들뜬 마음으로 카페 안으로 들어갔다.

나와는 조금 떨어진 학교에 입학해서 졸업 후에는 한 번도 보지 못했다. 그래서 더욱 반가운 지현이다.

“주문하시겠습니까?”

“조금 있다가, 친구 오면 그때 같이 할게요.”

“네, 알겠습니다.”

“애는 왜 이렇게 늦지?”

약속 시간 30분이 지났는데 아직도 나타나지 않은 지현이.

옛날에도 약속 시간은 철썩같이 지키던 앤데…… 무슨 일 있나? 전화라도 한 번 해볼까?

지현이에게 전화를 걸어 보려고 휴대폰을 집어든 순간, 지현이가 카페로 들어선다.

"지현아, 여기!"

"아, 인혜야. 오랜만이야."

"그래, 그 동안 뭐하고 지냈어?"

"나야, 뭐……나름 행복하게?"

"칫, 나름이 뭐냐? 그런데 너 살 좀 많이 찐 것 같다? 특히 뱃살!!"

"어? 내 배?"

내가 배에 살이 좀 쪄 보인다고 그러자 자신의 배를 쓰윽 쓰다듬는 지현이.

"너…… 설마……."

"아, 줄 거 있어."

줄게 있다며 나에게 하얀 봉투를 내민다.

"이게 뭐야?"

"열어 봐."

봉투를 열어보자…… 저희 결혼합니다……? 신랑 정시온…… 신부 이지현……?

"뭐야, 겨…… 결혼해?"

"응, 그렇게 됐어. 지금 내 뱃속에 아기도 있어. 지금 5개월이야. 그래서 배 더 나 오기 전에 빨리 결혼하자고 그래서…… 서둘러 하게 됐어."

“우와…… 벌써 애기까지? 진짜 빠르다.”

“결혼식…… 꼭 와줄 거지?”

“그럼, 당연하지. 축하해. 지현아, 애기는 여자야 남자야?”

“아직 모르지.”

“나 배 한 번 만져봐도 돼?”

“응.”

“안녕, 아가야, 이모야~ 인혜 이모, 내 목소리 들려?”

우와, 20살인데 벌써 결혼을 하다니…… 시온오빠 그리고 지현이 정말 대단하다. 벌써 아기까지…… 그래도 나도 곧 있으면 이모가 될 수 있다는 사실에 너무 가슴 벅차고 신기한 기분이 든다.

“결혼은 빨리 할 거야. 일주일 뒤쯤?”

“왜 이렇게 빨리 해?”

“원래, 그 전부터 준비하고 있었는데…… 너한테 늦게 전한 거야.”

“뭐야, 나한테 제일 먼저 알려줬어야지!”

“미안, 항상 조심한다고, 멀리 안 다녔거든. 오늘도 애기 때문에 조심히 온다고 늦었어.”

“미리 말하지. 내가 갈 텐데. 괜히 오라고 그래서…….”

“아니야. 우리, 애기 낳고는 또 신나게 놀아 봐야지?!”

“애기 엄마가 그래도 돼? 하여튼 너무 축하해.”

“고마워.”

일주일 뒤

“엄마, 이 하얀색 원피스가 예뻐? 아님 이거 검정색 드레스가 예뻐?”

“음…… 신부가 하얀색 드레스 입으니까, 너는 검정색 입어라.”

“그래.”

“엄마, 나 다녀올게.”

“그래, 축하한다고 전해줘.”

“응, 알았어.”

오늘은 지현이와 시온오빠의 결혼식이 있는 날이다. 이것저것 세심하게 신경을 쓰며 준비하고 있다. 한껏 치장을 하고 밖에 나오니, 어린 부부의 결혼을 축복이라도 해주는 듯 하늘은 구름 한 점 없이 맑았고, 햇살도 따스하다. 모든 것이 예쁘고 밝게 빛나고만 있는 것 같다. 나는 빨리 지현이를 보고 싶은 마음에 서둘러 예식장으로 갔다.

“지현아, 너 너무 예쁘다.”

“그래? 고마워.”

“우리 사진 찍자.”

“그래, 이리로 와.”

“나도 빨리 드레스 입고 싶다.”

“이 드레스 괜찮아? 나 화장은 잘 됐어?”

“응, 아주 예뻐. 내가 20년 동안 봐온 신부 중에 니가 제일 예뻐.”

“치, 농담은~.”

“아, 시온오빠는?”

“저기서 손님 접대하고 있을 거야. 한번 가 봐.”

오랜만에 시온오빠를 보는 거라, 왠지 긴장되고 떨린다.

“시온오빠!”

“어, 인혜 왔네?”

“완전 축하해. 벌써 애기까지 만들고, 너무 조급한 거 아니야?”

“아, 쑥스럽네.”

“칫, 쑥스러워 하기는.”

곧 있으니 식이 시작되었다. 시온오빠와 지현이가 손을 꼭 잡고 하얀색 카펫을 밟으며 들어온다. 둘이 너무 잘 어울리고 예쁘다. 결혼식이 끝나고 어린 부부는 신혼여행을 떠났다.

나는 그런 둘을 떠나보내고 한참 동안 그 자리에 서 있었다. 솔직히 말하면 오늘 이 자리에서 신우현을 만날 수도 있을 거라는 헛된 기대를 품고 왔었는데…… 이번에도 그냥 나 혼자만의 상상으로 끝이 나 버렸다. 바보 같은 내 모습에, 허탈한 현실에 나도 모르게 눈물이 두 뺨을 타고 흘러 내렸다. 신우현이 끼워준 커플링을 만져 보았다. 신우현도 맨날 결혼, 결혼 노래를 불렀는데…… 우리 닮은 예쁜 아기 낳자고, 그렇게 노래를 불렀는데…… 왠지 오늘따라 더 생각이 난다. 보고 싶고…… 보고 싶은데 못 보니까 괜히 눈물이 나고…… 그래서 나는 또 신우현을 잠깐, 한 순간이라도 잊기 위해 학교 도서관으로 향했다.

평상시에는 공부를 하면 잠시나마 그래도 잠깐…… 아주 잠깐은 신우현 생각 안 나서 좋았는데…… 그런데 오늘은 왠지 더욱 더 신우현이 보고 싶어서 눈물 한 방울이 흘러내렸다.

“어어? 인혜야, 니 우나?”

“야, 조용히 해.”

“야, 니 왜 우노? 누가 니 울리는데? 어? 말해 봐라. 내가 다 혼내 줄게.”

갑자기 등장해서 소리치는 차한강. 그 덕분에 나와 차한강은 도서관에서 쫓겨났다.

“너 때문에 쫓겨났잖아.”

“아, 나는 니가 우니까 걱정이 돼서.”

“걱정해 달라 소리 안 했다.”

갑자기 내 손을 잡는 차한강.

“야…… 너 왜 그래? 이거 놔.”

“인혜야.”

“인혜야!!”

“아 왜!!!”

“내, 다음 주에 유학 간다.”

“정말? 어디로?”

“저기 프랑스 파리로.”

“오~ 유학도 가고, 좋겠다.”

“나랑 같이 가자.”

“뭐?!”

“나랑 같이 가자고. 내가 니 평생 행복하게 해줄게. 울 아버지 패션 사업하시거든. 그래서 내 파리 가서 공부 좀 하고 아버지 사업 물려받기로 했다. 그래서 내 좀 있으면 돈도 많아질 끼고, 니 하나 쯤 내 거뜬히 책임질 수 있다. 사랑한다, 인혜야.”

“농담하지 마.”

“농담 아이다. 니는 맨날 왜 내 말을 진심으로 안 듣는 긴데? 나는 니에 대한 마음 진심이다.”

“미안…… 하지만, 나 정말 좋아하는 사람 있어. 자 여기 커플링 보이지?”

“어…… 내 이거 어디서 마이 봤는데…… 그 뭐고? 그 아이돌⋯⋯엔듀리? 아 뭐고. 그⋯⋯."

"엔드리스."

"아, 그래! 그 엔드리스에 갸 신우현인가 금마도 이거 똑같은 거 맨날 끼고 노래하던데⋯⋯ 니 설마 가랑 사귀나?"

"아, 아니야. 내가 어떻게 연예인이랑⋯⋯ 똑같은 반지는 많고 많아. 하여튼 나는 현재 좋아하는 사람 있어. 지금까지 살면서 그 사람 외에 단 한 번도 다른 사람 생각해본 적 없어. 그래서 니가 날 좋아해주는 마음은 정말 고마운데⋯⋯ 미안하지만 그 마음을 받아줄 수는 없어⋯⋯ 미안."

"야~ 금마가 누군지는 몰라도 진짜 행복하겠네. 이래 이쁘재, 공부도 잘하재, 성격도 좋재, 몸매⋯⋯ 그래 몸매도 죽이제, 이런 여자가 지만 바라본다는데 얼마나 행복하겠노. 하여튼 내가 들어갈 자리는 없다 이거네? 됐다. 뭐. 프랑스 가서 니랑 똑같이 생긴 여자 찾아보지 뭐. 이것도 사랑하는 여자를 위해서라면 쿨하게 보내줘야 하는 것도 멋진 남자가 해야 할 일 아이가. 그럼 행복해라."

"어⋯⋯잘 가."

"야, 오늘이 마지막인데, 좀 더 밝게 인사해도."

"다음 주에 간다며."

"그래도 이제 요 며칠간도 학교 안 나온다. 오늘 휴학계 내러 온 거거든."

"정말? 그 동안 잘 못 해줘서 미안해. 차한강, 잘 가!! 꼭 공부 열심히 해서 사업 물려받구⋯⋯ 건강하고⋯⋯ 그 동안 그래도 너 덕분에 많이 웃었어. 고마워. 잘 가!!"

"그래, 나는 참말로 니 사랑했대이~"

“응, 나 같은 애 좋아해줘서 고마워. 잘 가!”

“그래, 내 이제 진짜로 간다. 안녕.”

이제 다시 차한강을 볼 일은 없을 것이다. 그래도 그동안 차한강 때문에 많이 웃었는데…… 시원섭섭하다. 지현이는 결혼해서 이제 행복하게 살 것이고…… 한강이는 유학길에 올라 좋은 사업가가 되겠지? 이제 내 인생만, 멋지게 풀려가면 될 것 같다.

그 날 이후로 나는 그냥 여느 평범한 대학생처럼, 화장도 하고 쇼핑도 하고 그러면서 생활했다. 그리고 우리 집은 장학금을 받아 학교를 다녀야 하는 형편이었으므로 나는 수험생들보다 더한 열 정을 학업에 쏟아 부었다. 그 결과 나는 우수한 학점을 받고 2년 제를 졸업했다. 그리고 그동안 틈틈이 알바해서 모은 돈으로 승무 원 학원을 등록했다. 그리고 학원에서 1년 정도 교육을 받고, 나 도 드디어 면접에 응시할 자격이 되었다.

“42번 유인혜씨 들어오세요.”

“네 , 안녕하세요.”

“네, 앉으시죠. 체력 테스트는 조금 있다 하도록 하고, 지금은 당 신이 왜 이 항공에서 일을 해야 하는지 설명을 해주시겠어요?”

“네, 제가 이 항공의 국제선을 타야 하는 이유는…….”

면접을 끝내고 떨리는 두 다리로 간신히 면접장을 나왔다.

며칠 뒤.

“여보세요?”

“유인혜씨 되시죠?”

“네, 그런데요.”

“축하드립니다. 합격입니다.”

“정말요? 저도 이제 스튜어디스 되는 거죠? 감사합니다. 감사합니다.”

내가 합격을 하다니. 이제 정말 내 꿈을 이루는 건가? 즐거워서 어찌 할 줄을 모르고 있던 때에 갑자기 생각난 신우현…… 신우현 앞에 멋진 모습으로 서려면, 더욱 더 열심히 일해야 돼. 그리고 우리 집안을 다시 일으켜 세우기 위해 나는 몇 년 간은 죽도록 일만 할 생각이다.

6년 뒤,

나는 지난 2년 동안 비행기에 올라 하늘을 날고, 외국의 땅을 밟으며 열심히 일했다. 그리고 2년이 지나, 휴식도 취하고 오랜만에 가족도 볼 겸해서 한국으로 돌아가기로 했다.

“어머, 이제 집으로 가?”

“네.”

“예쁘다. 안 꾸며도 예쁜데, 그렇게 꽃단장 하니까 얼마나 예쁜지…… 꼭 인형 같다, 얘.”

“감사합니다.”

“그래, 잘 쉬고, 가족들이랑 즐거운 시간 보내고 와.”

나는 캐리어 가방을 끌고 시끌벅적한 공항을 나왔다. 정말 따뜻하다. 얼마 만에 맡아보는 한국의 냄새인가. 너무 그리웠다. 오랜만에 그리운 한국을 느껴보며 공항을 벗어나려던 찰나에 한 남자의 목소리가 나를 불러 세웠다.

“유인혜.”

뒤로 돌아보자 커다란 꽃다발이 내 시야를 전부 가리고 있었기 때문에 나를 불러 세운 목소리의 주인공이 누군지 알아채지 못했다. 한 발짝 더 가까이 다가가서 목소리의 주인공이 누구인지 확인하려고 했으나, 높은 키의 그 남자가 꽃다발로 얼굴을 완강하게 가리고 있었기 때문에 턱 없이 부족한 내 키로는 그의 얼굴을 확인하기는 무리였다. 그래서 폴짝폴짝 뛰면서까지 그의 얼굴을 확인하려 했으나, 그는 이리저리 피하며 꽃다발에 자신의 얼굴을 숨겼다. 뭐 이런 사람이 다 있나 싶어 그냥 돌아가려던 순간 그 남자가 내 팔을 잡아 자신의 품으로 끌어안았다. 이 느낌…… 누군지 알 것 같다.

"유인혜. 못 본 사이에 키 많이 컸네."

"오빠……."

정말 오랜만에 듣는 이 목소리, 너무나도 듣고 싶었던 이 목소리, 항상 그리웠던 이 목소리.

"오랜만이다."

"내가 공항에 있다는 거 어떻게 알고 온 거야?"

"다 사랑의 힘이지. 이 꽃 너 주려고 산 거야. 늦었지만, 스튜어디스 된 거 축하해."

"고마워. 근데 오빠 이렇게 있어도 돼? 기자들이나 파파라치들 없어?"

"이제 그딴 거 신경 안 써. 피곤하지? 빨리 가자."

오랜만에 느껴보는 오빠의 따뜻한 손이다. 한국으로 돌아오는 날. 이렇게 기적적인 일이 있을지는 상상도 못했는데. 오빠가 다시 내 앞에 나타나는 건 꿈속에서나 늘 그려왔던 그냥 그림일 뿐이었는데. 너무나도 놀라워서, 너무나도 행복해서 지금 이 순간이 믿기지가 않는다.

"오빠."

"응?"

"우현아."

"왜?"

"야. 신우현."

"왜 자꾸 불러. 이 꼬맹아."

"그냥 오빠가 내 옆에 있다는 게 안 믿겨서……."

"6년 만이다. 너무 오랫동안 안 봐서 그래."

정말 딱 6년 만이네. 그동안 한 순간도 오빠를 잊은 적이 없어. 매일 매일 하루도 빠짐없이 오빠를 그리워하면서 오빠를 기다려 왔어. 오빠와 재회하는 상상, 수도 없이 많이 해봤지만 이렇게 갑자기 오빠가 나를 찾아올 줄은 정말 꿈에도 몰랐어.

"너 갑자기 왜 울어."

걱정 마. 내가 지금 흘리는 눈물은 행복과 안도의 눈물이니까. 그리고 고마워. 이렇게 시간이 흘렀는데도 잊지 않고 나를 찾아와줘서.

작가 후기

십대 청소년들이 가장 재미있게 읽을 수 있는 것들에는 무엇이 있을까? 아마도 자신들이 가장 공감할 수 있는 분야, 주제가 있어야 흥미롭게 읽을 수 있을 것이다. 내 나이 또래라면, 누구나 사랑에 대한 환상, 그리고 진로에 대한 고민, 또 그 꿈을 향해 나아가는 과정들에 관심을 가지고 있다. 그래서 사랑과 꿈을 접목시킨 이야기를 만들어 보려고 했다.

내가 쓴 소설에는 미숙한 점들이 아주 많다. 하지만, 내 나이에 소설을 쓰는 사람이 몇이나 있겠는가? 소설로서 부족한 점이 많더라도 애교로 봐 주시고, 재미있는 이야기, 공감할 수 있는 이야기, 옛 기억이 새록새록 떠오르는 이야기로 읽어주셨으면 한다.

사실 나는 글쓰기를 잘하지 못 할뿐더러, 관심도 없고 흥미도 없었다. 그런 내가 어떻게 이야기 하나를 만들었을까? 처음에는 그저 학교 동아리 활동이니까, 동아리에서 책을 낸다고 하니까 어쩔 수 없이 끄적거리기 시작했다.

하지만 소설을 쓰는 과정은 굉장히 힘들었다. 머리를 쥐어짜고, 끊임없이 생각하고, 썼다가 지웠다가를 수백 번도 넘게 반복을 하고 짜증도 내고, 울어보기도 했다. 그래도 역시 소설을 쓴다는 것은 나에게 너무 버거운 일이었다. 그래도 이왕 시작한 거 열심히 해보자 라는 마음으로 다시 공책을 펴고 줄거리와 사건 전개를 적기 시작했다. 드디어 이야기의 기둥 줄거리를 만들고 소설을 쓰기 시작할 때, 그때는 몰랐지만 나도 모르게 즐겁게 글을 쓰고 있었다. 그래서 소설의 앞부분은 재밌게 열심히 써내려갔지만 또 다음 순간, 너무나도 막막해져 쓰기 싫을 때가 있었다. 그래서 덮어두고 있다가 정해진 검사 날이 다가오면, 쪽수 채우기에 급급했다. 이 점은 지금 내가 가장 후회하고 있는 부분이다. 처음부터 열심히, 재밌게 썼더라면 지금 이 소설보다 더 좋은 작품이 나오지 않았을까? 하고 말이다. 다 쓴 소설을 검사 맡고, 고치는 과정은 소설을 쓸 때처럼 정말 할 일이 너무나도 많았다. 진짜 다른 모든 것을 포기하고 소설에만 올인 해야 했다.

소설 하나를 완성하는 데는 엄청난 정성이 들어가고, 노력과 시간은 두 말할 것도 없다. 평소 재미없어 보인다고 거들떠보지 않던 책들. 그 책 하나를 만들기 위해서 작가는 얼마나 많은 것을 쏟아 부었는지 내가 직접 느껴보니 모든 책들이 대단해 보인다.

아직 소설이라고 칭하기에도 부끄러운 것이지만, 내가 무언가를 했다는 뿌듯함은 말로 표현을 할 수 없다. 비록 내가 그 과정을 좀 더 즐겼더라면 더 좋은 작품이 나왔을 텐데 하는 후회는 살짝 있지만, 그래도 이렇게 해낸 것만으로도 뿌듯하다. 앞으로는 글을 거리낌 없이 쓸 수 있을 것 같다는 엄청난 자만심도 생겼다.

이 소설을 쓰게 된 것은 내 인생의 최고의 행운이 될 것 같다. 평생 간직할 수 있는 그런 소중한 추억거리와 경험을 얻은 것이다. 그래서 이 기회에 무척이나 감사한다.

추천사

"17번이요."

맨 앞자리에 앉은 지은이는 국어 시간에 발표를 하고 나서 늘 그렇게 자신의 번호를 얘기했다. 주인을 닮아 가녀리고 작은 목소리지만 여리기만 한 목소리는 아니다. 오히려 여러 번 듣다보면 그 목소리 안에 당차고 고집 센 지은이의 모습이 느껴진다.

지은이는 학교에서 수업시간에 보이는 모습은 영락없는 모범생 그 자체이다. 수업시간에 칠판과 선생님의 얼굴을 뚫어지게 바라보며 한 글자라도 놓칠까 열심히 받아 적는 모습이 얼마나 귀여운지 모른다.

그렇지만 학교 밖에서 만난 지은이는 학교의 모습과 완전 다른 사람이었다. 짧아서 묶기 힘든 머리를 한껏 멋을 부려 높이 묶고, 하늘하늘한 짧은 꽃무늬 스커트에 초록색 가디건을 걸친 모습으로 나타났다. 내가 알던 지은이의 모습은 빙산의 일각일 뿐, 그 내면에는 무수히 많은 생각과 끼가 출렁이고 있었다.

그리고 오늘 나에게 읽어봐 달라며 내민 원고에는 이런 지은이의 모든 것이 뒤섞여 녹아 있었다. 수업시간의 지은이, 학교 밖의 꿈 많고 공상하기 좋아하는 지은이의 모습 모두, 또한 16살 지은이의 삶과 16살 또래의 관심사가 이 글 안에 있었다.

'예그리나' 라는 고전적인 제목과 달리 이 책의 내용은 통통 튀는 10대 여학생의 사고방식과 생활이 주를 이룬다. 굳이 이 책을 분류한다면 청소년 연애소설로 분류할 수 있을 것이다. 얼마 전 청소년들에게 인터넷 상에서 많은 인기를 누리고 영화로까지 만들어진 '늑대의 유혹' 과 비슷한 느낌의 글이다. 꿈 많고 평범한 16살 소녀와 그 소녀를 좋아하게 된, 같은 학교 전설적인 인기남의 사랑이 주 내용이다.

그렇다고 해서 이 글이 가벼운 연애소설의 내용만으로 이루어진 것은 아니다. 주인공 여학생은 부유했던 가정이 갑자기 아버지 사업의 부도로 인해 어려워지게 되고, 그 가운데서도 꿈을 잃지 않고 열심히 노력해 스튜어디스라는 꿈을 이루게 된다. 남자 주인공도 가수라는 자신의 꿈을 향해 오디션을 보고, 힘든 연습생 생활을 거쳐 인기 가수가 된다. 특히 여주인공이 스튜어디스의 꿈을 이루기 위해 열심히 노력하는 부분에서는 직업에 대한 사전 조사가 잘 이루어졌다는 생각이 든다. 이러한 주인공들의 구체적인 삶의 모습을 통해 이 글을 단순한 연애소설이 아닌 청소년 성장소설로도 볼 수 있을 것이다.

간혹 지나친 애정표현으로 손발이 오그라드는 듯한 느낌을 주는 부분도 있었다. 그렇지만 돌이켜 생각해 보면 나 또한 16살의 여학생일 때는 연애에 대한 그런 환상을 갖고 있었다. 환상을 갖고 있다는 것은 아직 현실의 때가 덜 묻었기 때문이 아닐까? 아직은 조금 미숙하기도 하지만 그런 미숙한 부분이 오히려 앞으로의 발전 가능성이 될 것이다.

마지막으로 글쓴이는 이 글을 완성하기 위해 머리를 쥐어뜯는 창작의 고통을 느꼈다고 한다. 16세에 자신의 책을 완성하기 위해 창작의 고통을 느낄 수 있는 학생이 몇이나 될까? 이런 경험이 당장의 이익으로 나타나지는 않겠지만 땅속 깊이 거름이 스며들 듯, 지은이에게도 좋은 영양분이 되어, 3년, 5년, 10년 뒤에 훌륭한 결실을 맺게 될 것이라 확신한다.

중리중 교사 김신애